Silke Nowak

BRUDERHERZ

ÜBER DAS BUCH

Die ländlich-beschauliche Gemeinde Schwandorf wird von einem verstörenden Mord erschüttert: Eine männliche Leiche wird am Straßenrand gefunden. Der Tote wurde mit einer sichelähnlichen Waffe entmannt. *Grüße von Kronos,* lautet die Nachricht, die den Ermittlern zu denken gibt: *Wenn der erste Schnee fällt, kehre ich zurück.* Die Tatwaffe findet sich unweit des Tatorts wieder – auf dem Grab einer jungen Frau, die Jahre zuvor bei einem Autounfall ums Leben kam.

Josefine Miller, genannt Joy, zog vor Kurzem von Berlin aufs Land. Auf dem Anwesen der Alten Mühle führt sie das Leben einer ganz normalen Mutter und Hausfrau: Sie arbeitet in Teilzeit bei der Polizei, kümmert sich um ihr Kind und den Haushalt. Doch Colin Westheim, ein Kommissar mit legendärem Ruf, bezieht sie trotzdem in die Ermittlungen der Sonderkommission *Kronos* ein.

Zu den Verdächtigen gehören die beiden Söhne des Mordopfers. Es handelt sich um zwei Brüder, die unterschiedlicher nicht sein könnten: Julius ist Staranwalt in New York, Manuel hat das Down-Syndrom und lebt in einer betreuten Wohnstätte in der Nähe von Schwandorf. Die Ermittlungen laufen gut. Erstaunlich gut. Der Täter kann nach nur wenigen Tagen gefasst werden. Doch das Gefühl, etwas Wichtiges übersehen zu haben, begleitet Joy bis zum Schluss.

Ein Dorf, das schweigt.
Ein Einsatzleiter, der ein dunkles Geheimnis verbirgt.

Zwei unterschiedliche Brüder, verbunden durch die Liebe zur Mutter. Und durch die Rache am Vater?

Bruderherz ist der erste Band einer neuen Krimiserie, die abwechselnd aus der Perspektive von Bad Cop Colin und Good Cop Joy erzählt wird.

ÜBER DIE AUTORIN

Silke Nowak, 1975 in Ravensburg geboren, lebte fast 20 Jahre in Berlin, wo sie Literaturwissenschaften, Philosophie, Psychologie und Kunstgeschichte an der Freien Universität studierte. Es folgte eine Promotion in Germanistik über moderne Lyrik von Friedrich Hölderlin bis Paul Celan. Sie unterrichtete Literaturwissenschaft an der Freien Universität Berlin und der Technischen Universität Chemnitz, arbeitete als Pressesprecherin und im Bereich der Neuen Medien.

Seit ihrem Debütroman *Auserwählt* sind die Krimis von Silke Nowak regelmäßig auf den E-Book-Bestsellerlisten von Amazon zu finden.

Von der Autorin bereits erschienen:

Bruderherz. 2019 (Colin-Joy-Serie, Band 1)

Alinas Grab. 2018 (Detektei Fuchs & Bentwood, Band 1)
Nocturna. Die tödliche Schrift. 2019
(Privatdetektei Fuchs & Bentwood, Band. 2)

Schneekind. 2013 (Der Krimi- und Weihnachtsbestseller)
Penelopes Tod. 2015 (Einzelband)
Die Tigerin. 2016 (Einzelband)
Patient #211. 2017 (Einzelband)

Auserwählt. 2013 (Clara-Schwarzenbach-Serie, Band 2)
Die schwarze Lilie. 2014 (Clara-Schwarzenbach-Serie, Band 1)
Spielende. 2014 (Clara-Schwarzenbach-Serie, Band 3)

SILKE NOWAK

BRUDER
HERZ

VIKTORIA
PUBLISHING

Bruderherz
Kriminalroman

Viktoria Publishing, Bad Saulgau
Umschlag: Büro Ziegler, Köln
Buchausgabe 1 | 2020
Druck: Kindle Direct Publishing (KDP)
ISBN 9781657107649

PERSONENLISTE

Josefine Miller, genannt **Joy**, zog von Berlin aufs Land, um mit ihrem zweiten Mann **Bela** und dem gemeinsamen Sohn **Milan** ein neues Leben zu beginnen. Ihr Kind trägt den Namen ihrer größten Sehnsucht: Fliegen wie ein Vogel. Doch die Kriminalpsychologin gibt sich als Mutter mit einer geringen Beschäftigung zufrieden, die weit unter ihren Möglichkeiten liegt. Wirklich ernst genommen wird sie in dieser Position von niemandem – nicht einmal von sich selbst. Erst Colin Westheim fordert das von ihr ein, was er in ihrem Blick gelesen hat: Stärke. Und er hat die Flügel gesehen, die sie im Verlauf der Geschichte entfalten wird.

Henry Kissinger, Joys deutlich älterer Ex-Mann, Senator für Inneres in Berlin, ein ausgewiesener Experte für Sicherheitsfragen. Nur bei seiner Frau verfolgte er ein anderes Ziel: das der Verunsicherung. Dass er leichtes Spiel mit dem damals fünfzehnjährigen Mädchen hatte, versteht sich von selbst.

Ermittlerteam:

Colin Westheim, ein undurchschaubarer Kommissar mit legendärem Ruf. Er leitet die Sonderkommission *Kronos* und holt Joy in sein Team. Doch insgeheim hat er andere Pläne mit ihr.

Siegfried Gruber, genannt **Siggi**, Pfundskerl mit weitem Herzen und manchmal engem Horizont.

Hagen Lansky, genannt „die Ratte", ist wachsam und immer vor Ort. Jemand, den man nicht unbedingt zum Feind haben möchte – und noch weniger als Freund. Doch wer es versteht, ihn zu führen, dem leistet er gute Dienste.

Angelika Kaufmann, Polizeimeisterin, gute Seele, Teilzeitbeschäftigte am Kommissariat.

Rakowski, Emma, jung, ehrgeizig, niederschmetternd gut. Steht für eine neue Generation von Frauen, die nur eines verletzlich machen würde: ein Kind.

Rikki Schneider: IT-Experte, dessen Leben im Netz stattfindet.

Die Leute aus Schwandorf:

Diana Fürst †, starb mit nur einundzwanzig Jahren bei einem Verkehrsunglück. Eine tragische Geschichte, die nicht nur ihre Familie, sondern das ganze Dorf traumatisierte.

Baldur Fürst, Vater des verunglückten Mädchens, ehemaliger Wirt des *Goldenen Löwen.* Hinter seinem Schweigen scheint sich ein dunkles Geheimnis zu verbergen. Oder spricht er einfach nicht viel? Hat der Alkohol seine Erinnerung zerstört? **Gerlinde Fürst**, seine Frau, scheint dazu keine Meinung zu haben.

Martin Fürst, Bruder des verunglückten Mädchens, Sänger der Band Dorfcombo.

Alexander Wagner, Spross einer wohlhabenden Bauernfamilie, die sich seit Generationen Äcker und Grundstücke in und um Schwandorf herum vererbt haben. Heute ist Alexander Wagner Immobilienmakler in Frankfurt.

Elena Wagner †, geb. Montana, erste Frau von Alexander Wagner, entstammte einer gebildeten Verlegerfamilie aus Bologna, Italien. Sie starb an Krebs.

Julius und **Manuel Wagner**, zwei Brüder, die unterschiedlicher nicht sein könnten: Julius ist Staranwalt in New York mit einem unwiderstehlichen Charme, Manuel hat Trisomie 21 und lebt zurückgezogen in einer Wohnstätte für Menschen mit Behinderung.

Dr. Erwin Schädler †, Vater von Niko Schädler. Der Allgemeinmediziner war der erste Hausarzt mit einer Praxis in Schwandorf. Wie es scheint, wird er auch der letzte bleiben.

Maria Schädler, die „Frau Doktor" lebt in ihrer eigenen Welt, die zum größten Teil in der Vergangenheit stattfindet.

Niko Schädler, hat sich dem Wunsch des Vaters, Medizin zu studieren, widersetzt. Heute ist er Altenpfleger. Mit seiner Verlobten will er das Haus des Vaters renovieren.

Thomas Decker †, Vater von Johannes und Karina Decker, ehemaliger Inhaber der *Autowerkstatt Decker* in Schwandorf, die sein Sohn weiterführt. Der Mann, der als Experte viele Unfallhergänge untersucht hat, starb selbst bei einem Unfall. Seine Frau **Melanie Decker** lebt noch, auch wenn ihr Name bereits auf dem Grabstein des Ehemannes eingraviert wurde.

Johannes Decker, Inhaber der *Autowerkstatt Decker*, Gitarrist der Band Dorfcombo.

Karina Decker, hochsensibel, klug, schön. Ihr Traum, Astronautin zu werden, war zu groß. Heute ist sie Tagesmutter in Schwandorf und wird zu einer engen Vertrauten von Joy werden.

Dorfcombo: Band aus Schwandorf, bestehend aus **Martin Fürst** (Sänger), **Johannes „Jonny" Decker** (Gitarrist) und **Niko Schädler** (Schlagzeug)..

BAD COP & GOOD COP

Pass auf, Joy. Ich werde dir etwas über mich erzählen. Es wird dir nicht gefallen, aber es wird dich weiterbringen. Diese Geschichte wird dir deine Grenzen aufzeigen, jedoch aus einem einzigen Grund: Damit du sie überschreiten kannst, wenn ich fort bin.

Also hör gut zu. Ich bin nicht der nette Polizist, das weißt du längst. Ich bin skrupellos, korrupt, ein richtiger Arsch. Trotzdem vertraust du darauf, dass ich der eigentlich Gute bin. Warum? Selbst wenn ich dir sagen würde, dass ich Leute töte, sie erpresse und foltere, einfach weil sie es verdient haben? Warum, verdammt, glaubst du mir dann nicht?“

Colin Westheim

„Du fragst nach dem Warum? Die Antwort ist gefährlich, aber dennoch ist es meine Antwort: weil ich es fühle. Ich fühle, dass du dich von einem Feuer nährst, das sich an etwas Echtem entzündet, an etwas Großem; und das hat immer mit Liebe zu tun. Doch ich fühle auch, dass dieses Feuer in dir erlischt.

Aber Colin: Du weißt, ich bin die Gute. Und ich werde dafür sorgen, dass all das ein glückliches Ende findet. Ein Happy End. Verlass dich auf mich. Am Ende werden wir beide unsere Grenzen überschritten haben. Doch werden wir dieselben sein? Egal wohin wir gehen, wir begegnen immer nur uns selbst.

Es bringt also nichts, fortzulaufen.

Ich verspreche dir, eines Tages werden wir frei sein – wie die beiden Vögel, die ihre Runden oben am Himmel ziehen. Erinnerst du dich? Dort, wo es keine Grenzen mehr gibt."

Josefine Miller, genannt Joy

Er ist der böse Bulle.

Sie die Gute.

Oder nicht?

JOY

DU WILLST FLIEGEN, BABY?
DANN HAB KEINE ANGST VOR DER TIEFE. NUTZE DIE SCHWERKRAFT ALS MITTEL DEINER ERHEBUNG.

Hallo Schatz. Ich wollte nur kurz Bescheid geben, dass es später wird. Tut mir leid, aber Chris hat das ganze Büro zum Essen eingeladen, ausgerechnet heute Abend.“

Joy stand am Tresen ihrer Wohnküche und hörte die Nachricht ab, die ihr Mann auf der Mailbox hinterlassen hatte. Sie presste das Handy gegen ihr Ohr. Während sie auf Belas Stimme lauschte, blickte sie durch die breite Fensterfront in das Mühlental hinaus. Sanft gingen die Wiesen ineinander über, ein Bach schlängelte sich durch die grüne Landschaft und wurde von einer alten Steinbrücke überquert. Birken säumten den Weg, der zur Alten Mühle hinaufführte.

„Warum nimmst du nicht ab?“, fragte Bela. „Will Milan mal wieder nicht einschlafen?“

Die Küchenuhr tickte leise. Es war 19:35 Uhr. Auf dem Sofa lag Pirat, ihr geliebter Beagle, der sie aus glänzenden Hundeaugen schuldbewusst ansah. Im neuen Haus durfte er eigentlich nicht mehr auf das Sofa.

„Runter", sagte Joy und deutete auf das Hundekörbchen.

Pirats Pfote zuckte nur. Wieder warf er ihr diesen Blick zu, gegen den sie machtlos war. Der Beagle hatte einen schwarzen Fellfleck über dem rechten Auge, der ihm das Aussehen eines Seeräubers verlieh.

Der Zeiger rückte vor auf 19:36 Uhr.

„Ich musste Milan letztens sage und schreibe *sechsmal* die Geschichte mit dem Traktor vorlesen." Bela lachte.

Ihr Mann hatte vor einer halben Stunde angerufen, als sie den Kleinen ins Bett gebracht hatte. Milan war mittlerweile schon drei Jahre und vier Monate alt. Joy staunte jeden Tag, was er schon alles konnte. Alles, außer einschlafen, dachte sie und unterdrückte ein Gähnen. Das tägliche Ritual des Zubettgehens zog sich meist bis zu einer Stunde hin.

„Keine Ahnung, vom wem er das hat", hörte sie Bela wieder.

Draußen legte der Abend seinen zarten, blaugrauen Schleier über das Tal. Wie wunderschön das aussah. Joy wohnte mit ihrer kleinen Familie noch nicht lange im Mühlental. Erst vier Monate zuvor waren sie eingezogen, doch dieser Ort hatte eine solch magische Kraft, dass es ihr vorkam, als hätten sie schon immer hier gelebt. Der Wind fuhr zärtlich durch die Wipfel der Birken, die sich hin und herwiegten. Als ginge der Atem der Ewigkeit durch das Tal. Manchmal hatte Joy sogar das Gefühl, den Ort aus einem vorherigen Leben zu kennen. *Ja, ich bin endlich angekommen.* Ihr Berliner Großstadtleben war bereits nicht mehr als eine blasse Erinnerung.

„Chris hat das mit dem Essen ganz spontan entschieden“, hörte sie Bela wieder. „Heute kam der Zuschlag für die Finanzierung. Du kannst dir ja denken, was seitdem los ist.“ Bela lachte. Er klang ausgelassen, beinahe überschwänglich, als er hinzufügte: „Das muss natürlich gefeiert werden.“

Natürlich. Auch Joy lächelte. Christian Fischer war der Leiter des Museums für Moderne Kunst, der es nun also geschafft hatte, gegen den anfänglichen Widerstand des Gemeinderats einen Neubau für 15 Millionen Euro durchzusetzen. Und Bela war sein Architekt. Dabei hatte Bela so gut wie keine Chance gehabt, den Wettbewerb zu gewinnen. Als sich das Gremium dennoch für seinen Entwurf entschieden hatte, war das ein kleiner Skandal gewesen, denn Bela war zwar jung und talentiert, aber ein No Name in der Szene.

Nun, das würde sich jetzt ändern. Das Museum war Belas erster großer Auftrag – und wenn alles gut lief, war es der Beginn einer vielsprechenden Karriere.

„Das ist schon verrückt, dass es nun wirklich losgeht“, sagte Bela. Wieder drang jenes ausgelassene, übermütige Lachen an Joys Ohr, das sie so sehr liebte. Doch fast noch mehr liebte sie seine leisen Töne: „Du verstehst das doch, Schatz“, fragte er, „ich muss da mit. Das verstehst du doch?“

Natürlich verstehe ich dich. Habe ich denn eine andere Wahl? Aber ich vermisse dich, vor allem heute, du weißt das.

„Moment, ich muss mal kurz was klären.“ Bela stoppte die Aufnahme selbst dann nicht, als eine Stimme im

Hintergrund darauf hindeutete, dass ein Mitarbeiter etwas von ihm wollte. Gedämpft unterhielt sich Bela mit der Person.

Joy starrte zur Alten Mühle hinauf, die sich finster gegen den Abendhimmel abzeichnete. Dieses Gebäude war ein Magnet. Egal, wie zauberhaft sich das Tal präsentierte, wie romantisch der Mond darüber glänzte oder wie leicht die Birken einem zulächelten – am Ende wurden alle Blicke von der Mühle angezogen. Auf Fotos von früher war ein gepflegter Prachtbau zu sehen, doch seit mehr als einem Jahrzehnt hatte man das große und verwinkelte Gebäude dem Verfall überlassen.

Wenn wir die Mühle erst restauriert haben, wird sie wieder in ihrem alten Glanz erstrahlen.

„Sorry", meldete sich Bela zurück, „bin wieder bei dir." Seine Stimme wurde sanfter, als er hinzufügte: „Habe ich dir heute eigentlich schon gesagt, dass ich dich liebe?"

Joy schloss für einen Moment die Augen; es war ein Moment des Glücks. Bela und sie hatten sich vier Jahre zuvor in der *Monkey Bar* in Berlin am Zoologischen Garten kennengelernt; der Club war an diesem Abend, wie an jedem Samstagabend, hoffnungslos überfüllt gewesen. An der Bar war nur noch ein einziger Platz frei gewesen, auf den sie beide zugesteuert waren. „Bitte", hatte Bela gesagt und dabei eine Verbeugung in ihre Richtung angedeutet: „Er gehört dir." Etwas in Belas Blick hatte sie tiefer berührt als alles, was sie bis dahin erlebt hatte. War es jenes Wiedererkennen gewesen, mit dem alle großen Liebespaare ihre erste Begegnung beschrieben?

Als wäre er ein Teil von ihr.

Als hätte ein Bann über ihnen gelegen, waren sie einfach nur dagestanden und hatten sich in die Augen gesehen. *Wer bist du nur? Wie kommst du hierher? Ich kenne dich, ohne zu wissen, woher.* Der Barkeeper hatte sie schließlich aus ihrer Verzauberung befreit: „Atmen Sie einfach weiter", hatte er augenzwinkernd gesagt. „Meine heutige Cocktail-Empfehlung für Sie lautet übrigens: Magic Love."

Damals war schnell klar gewesen, dass Bela und sie nicht nur den Platz an der Bar teilen würden. Nach nur einer Stunde ahnten sie, dass es noch viel mehr miteinander zu teilen gab: die Rechnung, die sehr hoch gewesen war an jenem Abend, den Heimweg, der länger als sonst gewesen war, und vor allem ihre Sehnsucht nach einem gemeinsamen Leben auf dem Land, nach Einfachheit, Natur, Ruhe.

„Ach so, Schatz, die Tapete ist endlich angekommen", hörte sie Belas Stimme wieder.

Joy hatte die hellblaue Tapete mit den weißen Schiffchen in einer dieser trendigen Wohnzeitschriften entdeckt, die sie seit Neuestem verschlang. Sie wollte damit Milans Zimmer tapezieren. Zusammen mit den weißen Sprossenfenstern und den mintgrünen Vorhängen würde es der Ort einer glücklichen Kindheit werden. Genauso, wie sie es sich immer gewünscht hatte.

Ein Ort der Geborgenheit.

Das Anwesen der Alten Mühle hatte ihnen ein Immobilienmakler vermittelt, dem dieses „außergewöhnliche Objekt" in „absoluter Alleinlage" in der „wunderschönen Landschaft" Oberschwabens „besonders am Herzen" gelegen hatte. Der Preis hatte ihr Budget zwar überschritten, aber er war dennoch erstaunlich günstig gewesen für ein Anwesen mit über sechstausend Quadratmetern, auf dem zwei Häuser, eine Scheune und die Alte Mühle standen. Auch ein Brunnen, ein kleiner Teich, ein Backhäuschen und ein Stückchen Wald gehörten dazu. Im vergangenen Herbst hatten Bela und sie das Anwesen zum ersten Mal besichtigt, im November erworben und Anfang Februar waren sie eingezogen.

Damals hatte der Schnee wie eine glitzernde Decke über dem Tal gelegen. Es hatte ausgesehen, als schliefe die Mühle nur, als träumte sie und wartete darauf, im Frühjahr zu neuem Leben erweckt zu werden.

„Wir könnten morgen ja gleich loslegen mit dem Tapezieren?“, hörte sie Bela wieder. „Was denkst du?“

Morgen? Richtig, am nächsten Tag war Feiertag, Christi Himmelfahrt. Joy hörte durch die Telefonleitung Schritte, die darauf hindeuteten, dass Bela das Büro verlassen hatte und auf dem Weg zum Auto war.

Joy war nicht religiös. Ihre Mutter war zwar katholisch, doch in Berlin Neukölln, wo sie aufgewachsen war, hatte die katholische Kirche keine Rolle mehr gespielt. Die einzige Religion, die dort allgegenwärtig gewesen war, hieß Islam. Im Leben ihrer Mutter, die jeden Tag an der Kasse von Aldi gesessen hatte, um vier Kinder ernähren zu können, hatte der Trost im Alkohol gelegen, nicht im Beten. Aus ihrer Kindheit hatte Joy daher keine Erinnerung an Christi Himmelfahrt. Erst später, in ihrem Studium der Psychologie und Kunstgeschichte, hatte sie sich mit den christlichen Inhalten auseinandergesetzt.

Pirat blickte zu ihr herüber und wedelte mit dem Schwanz.

Christi Himmelfahrt, das war der Tag, an dem der Sohn zum Vater in den Himmel aufgefahren war, vierzig Tage nach seinem brutalen Foltertod am Kreuz. Wie grausam dieser Vater und sein Weltbild doch waren. Nur Jesus, den femininen Mann, den hatte sie als Kind geliebt. In der Küche ihrer Großmutter hatte ein kitschiges Gemälde gehangen, auf dem er ihr mit strahlenden Augen zugelächelt hatte.

„Es tut mir wirklich leid, Schatz“, hörte sie Bela wieder. „Aber vor elf bin ich nicht zu Hause. Eher später. Warte also nicht auf mich.“

Joys Blick glitt zum Waldrand hinauf. Noch konnte sie die Konturen der einzelnen Bäume erkennen, doch bis um elf würde es stockfinster werden hier draußen. Das Anwesen der Alten Mühle lag vollkommen für sich allein, die nächste Gemeinde war gut zwei Kilometer entfernt.

Es war 19:40 Uhr.

„Runter aber jetzt“, rief sie in Richtung Sofa.

Diesmal gehorchte Pirat aufs Wort, sprang vom Polster, tapste herüber und blieb schwanzwedelnd vor der Balkontür stehen. Joy klemmte sich das Telefon zwischen die Schulter und das rechte Ohr, drückte den Hebel mit beiden Händen nach unten und zog die schwere Glastür auf. Sofort schoss Pirat hinaus in den Garten.

Der Geruch von frisch gemähtem Gras drang herein.

Das Zirpen der Grillen.

„Ach so, Joy, noch eins. Der Kindersitz müsste noch beim Brunnen stehen. Kannst du ihn dann noch reinholen?“ Joy hörte einen Motor starten. „Okay du, ich muss jetzt los. Also bis später – und gib Milan einen Kuss von mir“, waren Belas letzte Worte, bevor er die Nachricht beendete.

Auch Joy legte das Handy weg. Für einen Moment stand sie unschlüssig im Raum und starrte auf den Tisch, der für zwei Personen gedeckt war. Vor genau einem Jahr, am 29. Mai, hatten Bela und sie standesamtlich in Berlin Charlottenburg geheiratet. Danach hatten sie in der *Monkey Bar* noch etwas getrunken – nur sie beide, die beiden Trauzeugen und der Barkeeper.

War das wirklich erst ein Jahr her?

Joy räumte den Tisch ab; den Hackbraten würde sie einfrieren, das Gemüse konnte sie aufbewahren. Als sie die Kühlschranktür öffnete, fiel ihr Blick auf den teuren Weißwein, den sie extra für heute gekauft hatte. Mit dem Vorsatz, den Abend trotzdem zu genießen, nahm sie die Flasche heraus, angelte sich ein Glas aus dem Regal und trat auf die Terrasse hinaus.

Einatmen. Ausatmen.

Die warme Luft entspannte ihre Züge.

Der Abend auf dem Land roch anders als in der Großstadt. Jetzt, im Sommer, war der Duft von Gras allgegenwärtig. Die Hitze des vergangenen Tages war noch in den Dingen gespeichert und intensivierte ihren Geruch; es roch nach Holz, nach Erdbeeren und nach dem kühlen See, der sich in der Nähe befand.

Joy lauschte auf das Zirpen der Grillen.

Zwei große Vögel durchkreuzten den Abendhimmel. Immer, wenn sie sich begegneten, stiegen sie in einem gemeinsamen Tanz höher in den Himmel hinauf, um danach, wieder jeder für sich, weiterzugleiten in dem unendlichen Blau. Joy sah ihnen nach. Ihr Flug nahm die Schauende ein Stück weit mit. Fliegen zu können war ihre Sehnsucht aus Kindertagen, die nie ganz in ihr verstummt war.

Joy stellte das Glas ab und setzte sich in die alte Hollywoodschaukel. Gedankenverloren löste sie den Plastikverschluss der Weinflasche und drehte, Windung um Windung, den Korkenzieher hinein. Es ploppte leise, als sie den Korken herauszog. Joy schenkte sich ein, hob das Glas, prostete damit ins Leere und sagte: „Alles Gute zum Hochzeitstag, mein Schatz."

Nur das Zirpen der Grillen antwortete.

Die kühle Säure rann ihre Kehle hinab. Der Wein schmeckte vorzüglich; fruchtig, aber dennoch herb, sie nahm noch einen Schluck, dann noch einen und noch einen, wobei sie den Blick abermals über das Tal schweifen ließ.

Wie wunderbar dieser Ort doch war.

Joy schloss die Augen. Natürlich hätte sie Bela jetzt gerne bei sich gehabt, aber dennoch genoss sie den Moment. Die Hollywoodschaukel quietschte leise. Alles war gut. Mehr noch: Dieser Moment war vollkommen und sie spürte, dass sie ihn mit Bela teilte, selbst wenn er nicht da war.

Was war das?

Irritiert öffnete sie die Augen wieder.

Joy horchte auf. Sie glaubte, den Widerhall von Musik vernommen zu haben. Tatsächlich. Aus der Ferne wehten Musikfetzen herüber. Kam das vom Dorf? Tiefe Bässe, schnelle Rhythmen, dann wieder Stille. Eine Melodie drang herüber.

Ihr Blick glitt zur Straße hinunter.

Die Straße war dunkel. Da war kein Auto, das mit geöffnetem Verdeck vorüberfuhr.

Plötzlich fiel es ihr wieder ein. *Das Konzert.* Vor ein paar Tagen hatte ein Zettel in ihrem Briefkasten gelegen, der die Anwohner darüber informierte, dass an diesem Abend ein Open-Air-Konzert stattfand. Eine Rockband aus der Region spielte für einen wohltätigen Zweck. Wie hatte die Band noch geheißen? Dorfcombo? Man bat um Nachsicht wegen der Lärmbelästigung und versicherte, dass um ein Uhr nachts Schluss sein werde.

„Pirat?“, rief sie in den Abend hinein.

Im Tal sammelten sich die Schatten.

Suchend fuhr ihr Blick den Bachlauf entlang. Wo steckte Pirat bloß? Für einen Großstadthund hatte er sich erstaunlich schnell an die Natur gewöhnt. Anfangs hatte er noch Angst gehabt, das Haus zu verlassen, doch dann wurden seine Streifzüge immer ausgedehnter: Zuerst hatte er den Garten ausgiebig erkundet, dann war er durch die Hecke auf die Wiese hinausgeschlüpft, und seit einer Woche traute er sich sogar bis zum Waldrand.

Ihr Blick wanderte suchend zum Wald hinauf, der zu einem schwarzen Streifen am Horizont geworden war.

Joy nahm noch einen Schluck Weißwein. Das Zirpen der Grillen vermischte sich mit dem Bass einer Soundanlage. Prüfend sah sie auf das Babyfon. So schwer Milan einschlief, so schwer war es auch, ihn wieder wachzubekommen. Wenn er schlief, dann schlief er. Erst gegen ein Uhr in der Nacht verlangte er nach einem Fläschchen, trank es im Halbschlaf und glitt dann wieder in das Land der Träume hinüber.

Joy leerte ihr Glas.

Die Abenddämmerung war so friedlich, dass sie beschloss, noch einen Spaziergang zu machen, um nach Pirat zu schauen. Sie wollte nur eine kleine Runde gehen, hoch zur Mühle, bis zum Wald hinauf und wieder zurück.

Weiter reichte der Empfang des Babyfons ohnehin nicht. Kurz entschlossen klemmte sie sich das Ding an den Hosenbund, durchquerte den Garten und schlüpfte durch ein Loch in der Hecke auf den Innenhof hinaus.

„Pirat?“

Ihre Schritte hallten im gepflasterten Innenhof wider.

Um den Hof gruppierten sich drei Gebäude. Eines davon war das Einfamilienhaus, in das sie vorerst eingezogen waren. Sobald die Mühle restauriert war, würden sie das Haus an eine Familie vermieten, die Kinder in Milans Alter hatte, um dann selbst in die Alten Mühle umziehen. So war der Plan.

Joy durchquerte den Innenhof.

Sie ging an der Scheune vorbei. Daneben stand ein kleines Steinhaus, in dem über vierzig Jahre das Ehepaar Keller gewohnt hatte. Beide waren zeit ihres Lebens Angestellte in der Mühle gewesen. Sie hatten ihr ganzes Leben damit verbracht, diesen Ort zu pflegen, das Korn zu dreschen und das Mehl in Säcke zu füllen. Nachdem Willi Keller gestorben war, hatte seine Frau Agathe lebenslanges Wohnrecht auf dem Anwesen erhalten, eine Bedingung, die an den Kauf der Immobilie geknüpft gewesen war. Bela und sie hatten das gerne akzeptiert, zumal Agathe sich noch selbst versorgte. Außerdem hatte sie Kinder im Dorf, die sich um sie kümmerten. Die alte Dame war schon über achtzig. Ihre großen, braunen Hände zeugten von einem arbeitsreichen Leben, das ernste Madonnengesicht von einer Sehnsucht, die nie erfüllt worden war.

Joy ging weiter.

Der Brunnen war mit Brettern abgedeckt. Sie sah den Kindersitz, der darauf stand, doch sie würde ihn erst auf dem Rückweg mitnehmen. Während der Wind wieder die Musik herüberwehen ließ, nahm sie den Weg zur Alten Mühle hinauf. Je weiter sie sich vom Innenhof entfernte, desto dunkler wurde es. Die Stämme der Birken waren bereits dunkelgrau, dazwischen wucherten Büsche und Gestrüpp. Im Frühjahr mussten sie das Dickicht entfernen lassen, damit die Birkenallee zu ihrer alten Pracht zurückfand.

„Pirat?“, rief sie.

Knack.

Rechts im Gebüsch hatte sich etwas bewegt. Ein Eichhörnchen? Ein Vogel? Plötzlich fröstelte sie. Der Weg schien noch dunkler geworden zu sein. Joy blickte wieder auf. Die Alte Mühle ragte schwarz in den Abendhimmel empor.

Knack.

Da, war da nicht ein Schatten vorbeigehuscht? Joy wich zurück. Da hatte sich doch etwas bewegt, oder nicht? Angestrengt starrte sie in das Unterholz hinein und lachte hysterisch auf, als ein Vogel daraus hervorhüpfte.

Was ist los mit dir, Baby? Es gibt keine Monster. Im Schatten lauert nichts als deine eigene Angst.

Joy wusste das. Trotzdem klang ihre Stimme schärfer, als sie rief: „Pirat! Wo steckst du?“

Es raschelte auf der anderen Seite des Weges. Wieder hörte sie es: *Knack!* Joy fuhr herum. Diesmal lachte sie vor Erleichterung: Durch eine lichte Stelle im Unterholz kam Pirat schwanzwedelnd auf sie zu.

„Da bist du ja endlich, du kleiner Ausreißer!“

Joy bückte sich, um Pirat auf den Arm zu nehmen, doch bevor sie den kleinen, festen Hundeleib zu packen bekam, bewegte sich der Beagle zielstrebig auf den Busch zu. Plötzlich blieb er reglos stehen, den Blick in das dunkle Gehölz gerichtet.

„Na komm, Pirat, lass die Eichhörnchen", sagte Joy.

Der Hund begann zu knurren.

„Komm jetzt! Pirat! Wir gehen!"

Pirat knurrte lauter. Die Haare in seinem Nacken stellten sich auf. Er legte die Ohren an. Dann begann er zu bellen, einmal, zweimal. Doch er ging nicht zum Angriff über, wie er das tat, wenn er eine Maus entdeckt hatte. Nein. Pirat knurrte und bewegte sich dabei rückwärts, wich einen Schritt nach dem anderen zurück. Was war da?

„Komm jetzt!" Joy versuchte, die Unruhe in ihrer Stimme zu verbergen. „Wir gehen! Los!"

Wieder wollte sie ihn packen, doch Pirat schoss bereits den Weg in Richtung Innenhof hinab. Joys Finger umklammerten das Babyfon. Sie zwang sich, ruhig zu bleiben, doch als sich neben ihr ein Schatten löste, rannte sie ebenfalls los. *Lauf*, schrie ihr Herz, *lauf zurück zu deinem Baby*. Während sie einen Fuß vor den anderen setzte, blickte sie sich immer wieder um. Ihr Atem ging stoßweise. Wurde sie beobachtet? War da ein Lichtstrahl durch die Mühle gehuscht?

Joys Herzschlag glich sich dem schnellen, elektronischen Rhythmus an, der aus der Ferne herüberdrang.

Erst als sie den festen Boden des Innenhofs unter ihren Sohlen spürte, verlangsamte sie das Tempo. Keuchend blieb sie am Brunnen stehen, griff nach dem Kindersitz und schlüpfte damit durch die Hecke in den Garten zurück. Mit immer noch erhöhtem Puls trat sie auf die Terrasse, verstaute den Sitz unter dem Vordach, griff nach der

Weinflasche und schnappte sich das Glas. Dann flüchtete sie durch die geöffnete Balkontür zurück ins Wohnzimmer.

Alles ist gut.

Pirat lag in seinem Körbchen, sein kleiner Leib zitterte. Doch erst als sie die Balkontür zuschob und der Hebel nach unten einrastete, atmete sie wirklich durch. Erschöpft stellte sie das Babyfon zurück in die Ladestation.

„Wir sind schon zwei Helden", sagte sie und ging neben Pirat in die Hocke. „Weißt du, kleine Hunde sollten sich nur so weit in den Wald hineinwagen, wie ihr Mut reicht." Schmunzelnd fügte sie hinzu: „Und große Mädchen auch."

Durch die geschlossene Terrassentür war die Musik kaum mehr zu hören.

„Wir müssen uns beide noch an das Landleben gewöhnen, was, mein Asphalttiger?" Sie kraulte Pirats Bauch. Sein kleines Herz pochte schneller als sonst, sie konnte es unter dem Fell spüren. „Du brauchst keine Angst zu haben", sprach sie beruhigend auf das verängstigte Tier ein. „Hier gibt es keine Monster, höchstens Eulen und so. Weißt du, was nachtaktive Tiere sind? Das sind Tiere, die nachts wach sind und tagsüber schlafen. Also genau anders herum als bei uns."

Pirat wedelte mit dem Schwanz. Das Klopfen, das er damit verursachte, wurde von Schlag zu Schlag kräftiger. „So ist es fein", sagte Joy liebevoll. Bald würde sein Hundehirn alles vergessen haben und wieder nur ans Fressen denken. Sie streichelte gedankenverloren über das weiche Fell und blickte dabei zum Fenster hinaus.

Was war da draußen gewesen?

Was hatte ihm nur so Angst gemacht?

Der Garten wurde von mehreren Lichtspots erhellt, was ihr ein Gefühl von Sicherheit verlieh. Aber sollten sie nicht doch Rollläden anschaffen? An diesem Abend hatte sie zum ersten Mal den Eindruck, in ihrem Wohnzimmer wie in einem Glaskasten zu sitzen.

Als das Zittern des Hundes nachließ, stand Joy auf und schenkte sich noch ein Glas Weißwein ein. Damit ließ sie sich auf dem Sofa nieder. Die Rundung des Glases lag schwer in ihrer Hand. Sie trank. Der Wein rann wohltuend ihre Kehle hinab, das Sofa war ihr Nest, die Tür war verschlossen, sie war in Sicherheit. Der Gedanke, dass sich da draußen in der Dunkelheit etwas verbarg, das ihr auflauerte, war absurd.

Der Schatten.

Das Knacken.

Oder war es doch nur ein Tier gewesen? Oder ein paar Kids aus dem Dorf, die sie beim Rauchen gestört hatte? Als sie im Februar eingezogen waren, hatte es in der Alten Mühle nach Rauch und Alkohol gestunken, weshalb sie ein Schild aufgestellt hatten: *Privat. Zutritt für Unbefugte verboten.*

Joy stellte ihr Glas auf dem Sofatisch ab, zündete die Kerze an und sah zu, wie die Flamme wuchs. Das regelmäßige Atmen ihres Hundes beruhigte sie. Ihr Blick fiel auf den Schuhkarton mit den Fotos, die früher in ihrer Altbauwohnung in Berlin gehangen hatten. Bisher hatte sie sich noch nicht entscheiden können, welches davon einen Platz in ihrem neuen Zuhause bekommen würde. *Dabei kennst du die Antwort: kein einziges.* Unschlüssig zog sie den Karton auf ihren Schoß und stöberte durch die Bilder, bis ihre Hand wie zufällig das Porträt eines Mannes herauszog.

Henry.

Ihr Ex-Mann sah so direkt in die Kamera, als blickte er in ihre Augen. Da war kein Leuchten in seinem Blick, kein Lächeln, nichts. Seine Iriden waren gräulich und kalt – so wie der Januarmorgen, an dem Joy das Foto von ihm gemacht hatte. In den fünfzehn Jahren ihrer Ehe war er kaum gealtert, nur seine Haare waren weiß geworden.

So viele Jahre an deiner Seite, Henry. Wie habe ich das nur ausgehalten?

Eine Hand legte sich um ihr Herz und presste es zusammen.

Jahrelang hatte sie Henrys Kälte mit Ernsthaftigkeit verwechselt, mit Nachdenklichkeit und Verantwortungsbewusstsein, ja sogar mit Liebe. Doch seit sie Bela kannte, wusste sie, dass sich Liebe niemals kalt anfühlte. Liebe war immer warm.

Sie griff nach dem Glas, nahm noch einen Schluck Wein und starrte vor sich hin. War Henry wirklich von Anfang an so gewesen? Oder hatte er sich schleichend verändert? Joy wusste es nicht mehr, und je länger sie darüber nachdachte, desto weniger war sie sich sicher.

Noch ein Schluck.

Trink nicht so viel, Baby.

Als sie Henry kennengelernt hatte, war sie gerade mal fünfzehn gewesen. Joy war damals in die neunte Klasse der Rütli-Oberschule gegangen, eine Problemschule, die später in den Medien zu einer traurigen Berühmtheit geworden war. Das deutsche Schulsystem hatte versagt, insbesondere in Problembezirken wie Berlin Neukölln, wo man die Kinder des bildungsfernen Milieus in Hauptschulen zusammenpferchte, in denen sie keine Chance hatten. Für

Joy war diese Zeit einfach nur ein dunkles Loch gewesen. Wenn sie zurückdachte, fielen ihr keine Namen mehr ein, weder die von ihren Klassenkameraden noch die von ihren Lehrern. Manchmal sah sie noch verschwommen das Gesicht eines Mädchens vor sich, das bleich gewesen war, dürr, mit schwarz umrandeten Augen. Mandy? Hatte sie Mandy geheißen? Joy war sich nicht mehr sicher. Ihre gesamte Pubertätszeit war wie ausgelöscht, nur der Vormittag bei der Berliner Polizei, wo ihre Klasse zur Berufsorientierung hingeschickt worden war, der war in ihrem Gedächtnis haften geblieben.

Noch ein Schluck Wein.

Sie schüttelte ungläubig den Kopf.

Gerade mal fünfzehn war sie gewesen! Noch ein halbes Kind! Und Henry war damals schon ein erwachsener Mann gewesen! Anfang dreißig, Hauptkommissar. Rückblickend hatte er so ein leichtes Spiel mit ihr gehabt! Henry hatte ihre Klasse souverän im Präsidium herumgeführt, hatte Witze gemacht und gelacht. Ein bisschen hatte er so ausgesehen wie George Reeves, der US-amerikanische Schauspieler, der den Supermann in der Lieblingsfernsehserie ihrer Mutter gespielt hatte. „Gleich reißt er sich die Uniform vom Leib, und Supermann kommt zum Vorschein“, hatte sie einer Freundin ins Ohr geflüstert. Welcher Freundin? Mandy? Sie erinnerte sich nur noch daran, dass sie beide gekichert hatten. Und an Henrys Lächeln, nachdem er ihr Gekicher gehört hatte.

Joy fröstelte.

Der Gedanke an dieses Lächeln bescherte ihr eine Gänsehaut. Sie trank. Dabei sollte sie Henry eigentlich dankbar sein. Er war der erste Mensch in ihrem Leben gewesen, der sich wirklich um sie gekümmert hatte. Supermann hatte dafür gesorgt, dass sie aufs Gymnasium wechseln, das Abitur machen und später sogar studieren konnte. Und ja, er hatte ihr auch das Studium finanziert. Henry hatte ihrem Leben Struktur und Ordnung verliehen, etwas, das sie von zu Hause nicht kannte. Als Joy einundzwanzig gewesen war, hatte er sie geheiratet.

Sie einundzwanzig, er neununddreißig.

Letztlich hatte sie keine Chance gehabt. Joy war das Pflänzchen gewesen, das im Schatten der großen Eiche nicht hatte wachsen können. Obwohl sie Psychologie studiert und später bei der Polizei gearbeitet hatte, war sie immer die Frau an seiner Seite geblieben. Es war unmöglich gewesen, aus seinem Schatten herauszutreten, selbst wenn er es zugelassen hätte. Henry gehörte alles: die Wohnung, die Anerkennung ihrer Bekannten und die berufliche Macht. Er hatte eine beispiellose Karriere absolviert: Heute war er Staatssekretär am Berliner Senat und der engste Vertraute des Innensenators. Doch der Senat war nur eine vorübergehende Station auf dem Weg zum Polizeipräsidenten von Berlin, ein Amt, das Henry von Anfang an angestrebt hatte. Und wenn er etwas wollte, dann bekam er es auch.

Joy trank.

Sie hatte einfach keine Chance gehabt.

Das Foto in ihrer Hand begann zu zittern. Henrys Oberlippe war so schmal, dass sie nicht zu sehen war. Was hatte sie nur an diesem Mann so fasziniert? War es das Gefühl gewesen, an seiner Seite geborgen zu sein? Beschützt? Doch mit den Jahren war das Gefühl der Geborgenheit verschwunden, nur der Respekt war geblieben. Heute fragte sie sich, ob es wirklich Respekt gewesen war – oder doch nur Angst.

Joy lehnte das Foto gegen die Kerze.

Henrys Blick begann zu flackern.

Pirat bewegte sich unruhig im Schlaf. Sein Körper zuckte, als kämpfte er jetzt im Traum gegen das Monster, vor dem er eben noch geflohen war. Gegen ein Monster, das Angst hieß. Als Psychologin hatte Joy täglich Gespräche mit Menschen geführt, die vor Angst geradezu erstarrt gewesen waren. Tiere stellten sich tot, wenn sie Angst hatten. Menschen taten das Gleiche, nur dass sie über Jahre in diesem Zustand verharren konnten. Angst vor Enttäuschung. Angst, ausgelacht zu werden. Angst, nicht dazuzugehören. Angst, die anderen könnten über einen reden. Angst vor der Höhe, Angst vor der Tiefe, Angst vor Dunkelheit, Angst vor Licht. Jeder hatte seine eigene Angst.

„Hau ab", flüsterte sie wütend. Ihre Augen verengten sich zu Schlitzen. „Geh, ich will dich nie mehr sehen! Du hast hier nichts mehr zu suchen, ich brauche dich nicht mehr!"

Joy nahm den letzten Schluck Weißwein direkt aus der Flasche. Als sie Henry gesagt hatte, dass sie ihn verlassen würde, hatte er laut gelacht. Als sie aus der Wohnung ausgezogen war, hatte er gedroht, sie eines Tages zu vernichten.

„Wenn du wirklich glaubst, ohne mich zurechtzukommen, dann hast du dich geschnitten. Du bist ein Nichts."

„Warum sagst du so etwas?"

„Weil es die Wahrheit ist."

„Das ist nicht die Wahrheit. Das ist grausam."

„Primär ist es eine Drohung."

„Du bist ein Sadist."

„Und du eine verfickte Schlampe."

Joys Puls beschleunigte sich noch immer, wenn sie an das Gespräch zurückdachte. Plötzlich zuckte sie zusammen. Die Weinflasche war vom Sofa auf den Boden gekullert.

Die Küchenuhr zeigte 21:45 Uhr.

Das leise Ticken. Das Gefühl, die Schwerkraft wäre stärker geworden. Joys Hand plumpste auf das Sofa hinab, ihre Beine waren schwer wie Blei, und selbst ihr Blick war träge geworden. Sie hätte nicht so viel trinken dürfen. Wieder starrte sie auf das Foto dieses alten, weißen Mannes, der sie über fünfzehn Jahre dominiert hatte. Warum hatte sie das nur zugelassen? Warum nur?

Warum?

Hier, am anderen Ende von Deutschland, über sechshundert Kilometer von Berlin entfernt, war Henry endlich aus ihrem Leben verschwunden. Jetzt musste er nur noch aus ihrem Kopf. Joy nahm das Foto und hielt es über die Kerze. Als das Papier braun zu werden begann und sich zusammenkrümmte wie unter Schmerzen, steckte sie es in das Weinglas.

Leb wohl.

Joy sah zu, wie Henry in Flammen aufging.

Ich brauche dich nicht mehr.

Sie hatte es ohne ihn geschafft, auch wenn es nicht einfach gewesen war. Mehr als dreißig Absagen hatten sie erhalten, als sie sich hier in der Gegend um einen neuen Job beworben hatte. Niemand hatte sie einstellen wollen. Das liege daran, dass Stellen für Psychologinnen mit Schwerpunkt auf Kriminalpsychologie im ländlichen Raum selten seien, hatte Bela gesagt. Doch selbst als Schreibkraft hatte sie nur Absagen bekommen. Da war ihr klar geworden, wie sehr sie bisher von Henry abhängig gewesen war. In Berlin hatte sie die guten Jobs nur bekommen, weil sie Henrys Frau gewesen war.

Ein weißer, zäher Rauch kroch aus dem Glas hervor. Oder hatte sie die wirklich guten Jobs nicht bekommen, gerade weil sie Henrys Frau gewesen war? Wie sie es auch wendete, am Ende hatte sich alles immer nur um Henry gedreht.

Leb wohl.

Doch dann war plötzlich dieser Brief gekommen. Das Kriminalkommissariat in Sigmaringen hatte sie zu einem Bewerbungsgespräch eingeladen. Joy hatte das Anschreiben dreimal lesen müssen, um sicherzugehen, dass es nicht mit „Leider" begann. Sie hatte lange gebraucht, um das Gekrakel zu entziffern, mit dem der Brief unterzeichnet gewesen war: *Colin Westheim* – ein Kommissar mit legendärem Ruf, wie sie alsbald erfahren sollte.

Sie starrte in die Flamme.

Im Bewerbungsgespräch hatte er sie gefragt, ob eine geringfügige Beschäftigung wirklich das sei, was sie suche. Sie hatte ihm erklärt, dass eine Teilzeitstelle auf 16-Stunden-Basis genau das sei, was sie im Moment brauche, wegen des Kindes, der Rente und der Krankenversicherung. Sie hatte ihm erklärt, dass es ihr nichts ausmache, für andere die Schreibarbeit zu erledigen, obwohl sie für eine höherqualifizierte Stelle geeignet wäre. Im Gegenteil, sie hatte behauptet, die Tätigkeit ermögliche ihr, das Büro zu verlassen, sobald ihre Arbeitszeit abgelaufen sei.

„Was suchen Sie wirklich, Joy", hatte er gefragt. *„Ich darf Sie doch so nennen, oder?"*

Colin hatte sie angesehen, als könnte er in ihrem Innersten etwas lesen, das sie selbst noch nicht entziffert hatte.

„Sie sind stark, Joy", hatte er gesagt. *„Warum nutzen Sie diese Stärke nicht? Was hindert Sie daran?"*

Colins Augen waren schwarz wie zwei Stücke Kohle. Wenn sie zu glühen begannen, dann verstand Joy, warum hinter seinem Rücken gemunkelt wurde, er wandle an der Grenze zum Wahnsinn. Er sei nicht normal.

Pirat jaulte leise auf.

Normal – das bedeutete hier in der Gegend, einen Job zu haben, ein Haus, eine Frau und zwei Kinder, besser drei. Doch Colin hatte keine Frau und keine Kinder. Manchmal verbrachte er die ganze Nacht auf dem Kommissariat, rauchte und arbeitete wie ein Wahnsinniger. Vielleicht war er es ja tatsächlich. Dieser Mann habe eine richtig große Karriere in Hamburg vor sich gehabt, hieß es. Doch weil er immer wieder Ärger gemacht und sich mit Politikern angelegt habe, sei er zur Strafe in die Provinz versetzt worden. Hieß es.

Über Colin wurde viel geredet. Je gleichgültiger er seinem Umfeld begegnete, desto mehr interessierten sich die Leute für ihn. Auch wunderte man sich darüber, dass er nun schon seit zwanzig Jahren in der Gegend war und seinen Job offensichtlich liebte.

Doch, es habe eine Frau in seinem Leben gegeben, hieß es, aber das sei lange her. Eine tragische Geschichte, sie wäre an einer schlimmen Krankheit gestorben. Ihr Tod habe Colin noch kompromissloser gemacht. Seit sie tot war, habe er keine Angst mehr, vor nichts. Nicht einmal davor, zu sterben.

Die Kerze flackerte.

Was suchen Sie wirklich, Joy?

Colin hielt sich nicht lange mit Klischees und Belanglosigkeiten auf. Er konnte die Oberfläche mit einem Satz und einem Blick durchbrechen, wenn er wollte.

Doch in ihrem Fall täuschte er sich. Joy hatte gefunden, was sie all die Jahre gesucht hatte. Sie war eine ganz normale Mutter und Hausfrau geworden, die nebenher ein bisschen was für sich tat, aber das Meiste tat sie für ihr Kind und für ihren Mann. Bela war begabt und hatte als Architekt eine große Zukunft vor sich. Doch diesmal tat sie es freiwillig. Sie hatte sich bewusst dafür entschieden, weil sie Bela liebte und weil sie für ihr Kind da sein wollte, so, wie es sich für eine gute Mutter gehörte.

Joy spürte den sauren Nachgeschmack in ihrem Mund.

So, wie es sich gehörte – das war ein Lieblingssatz von Henry gewesen. Sich so kleiden, wie es sich für eine anständige Frau gehörte. So denken, wie es sich für einen guten Deutschen gehörte. Sich so gewählt ausdrücken, wie es sich für die Frau an seiner Seite gehörte. Henry hatte immer gewusst, was sich gehörte.

Joy angelte die Weinflasche vom Boden und setzte sie abermals an ihre Lippen. Der letzte Schluck schmeckte schal und kraftlos. *Was suchen Sie wirklich, Joy?* Warum hatte er das gefragt? Was bildete sich Colin überhaupt ein? Dachte er etwa, er sei ihr Therapeut oder was?

„Du arroganter Sack“, flüsterte sie. Wenn Joy betrunken oder wütend war, fiel sie in die Gossensprache ihrer Kindheit zurück. Eine Sprache, die sich laut Henry nicht gehörte.

Plötzlich zuckte sie zusammen.

Im Garten war die Beleuchtung ausgegangen. Die Lichtanlage war auf zweiundzwanzig Uhr programmiert und schaltete sich automatisch ab. Für einen Moment flutete die Stille ihren Kopf. Joy kämpfte gegen den Drang, noch eine Flasche zu öffnen. *Lass es, Baby. Es ist genug für heute.*

Schwerfällig blies sie die Kerze aus, nahm das Glas und schleppte sich in die Küche. Dort kippte sie den Inhalt des Glases in den Müll und füllte es mit Wasser. Ein Spritzer Spülmittel dazu. Das Ticken der Uhr. Die volle Spülmaschine. Wo blieb Bela?

Joy starrte vor sich hin.

Auf dem Weg ins Bad durchquerte sie das Wohnzimmer und stolperte über die leere Weinflasche. Pirat schreckte aus dem Schlaf hoch und sah sich alarmiert um. „Keine Angst", sagte Joy beruhigend, hob die Flasche auf und streichelte über das schwarz-weiß gefleckte Köpfchen des Hundes.

„Gute Nacht, mein Lieber", flüsterte sie. „Alles ist gut."

Doch plötzlich hielt sie inne. Etwas stimmte nicht. Auf der Terrasse hatte sich etwas bewegt, ein Schatten. Oder nicht? Erstarrt stand sie mit dem Rücken zum Fenster, doch sie spürte, dass da draußen jemand war. Jemand, der sie beobachtete? Joys Puls schoss nach oben. *Dreh dich um, Baby.* Langsam drehte sie den Kopf, dann den Rumpf. Das Fenster war zu einem dunklen Spiegel geworden. *Oh mein Gott!* Einen Moment hatte sie geglaubt, ihre Mutter zu sehen. *Mama?* Doch die Frau mit der Weinflasche in der Hand, war sie selbst.

COLIN

ICH BIN MEIN HIMMEL UND MEINE HÖLLE.

Hauptkommissar Colin Westheim parkte sein Auto am Straßenrand. Draußen war es noch stockfinster. Das Licht der Scheinwerfer schnitt ein Stück Landstraße aus der Dunkelheit, daneben einen Streifen Gras, dann Acker. Der Kommissar griff nach seinem Handy, sah beiläufig auf das Display und legte es wieder zurück. Es war 04:42 Uhr. Bis in diese gottverlassene Gegend heraus brauchte man normalerweise eine gute halbe Stunde, doch an diesem Morgen hatte er die Strecke in zwanzig Minuten geschafft.

Es war Donnerstagmorgen, der 30. Mai, Vatertag.

„Auf dem Acker beim Maisfeld zwischen Schwandorf und Friedberg liegt ein Mann“, hatte der anonyme Anrufer gesagt. Er hatte einen Stimmverzerrer benutzt und nach einer Pause, in der er mehrmals schwer geatmet hatte, hinzugefügt: „Sieht nicht gut aus. Wenn Sie sich beeilen, schafft er es vielleicht.“ Dann hatte er aufgelegt.

Colin blickte sich um.

Auf dem Acker beim Maisfeld? In einer Gegend, die fast nur aus gottverdammten Äckern und Feldern bestand, war das eine denkbar schlechte Beschreibung. Doch der diensthabende Polizist vor Ort, ein Mann namens Anton Maier, hatte behauptet, dass es zwischen Schwandorf und Friedberg nur ein einziges Maisfeld gebe, alles andere sei Weizen oder Raps. Er, Anton Maier, wisse das, weil er selbst aus der Gegend bei Schwandorf stamme und bereits sein Vater Arthur Maier Polizist gewesen sei, auch wenn der dann doch die Landwirtschaft der Großeltern übernommen habe, was aber schwierig sei, weil heutzutage ja die großen Industriebetriebe die kleinen Familienbetreibe plattmachten und …

„Haben Sie nicht gehört?“, hatte Colin geknurrt. „Der Mann stirbt. Also wo ist das Scheißmaisfeld?“

Colin ließ den Motor laufen, während er sich umblickte. In der Dunkelheit erkannte er weder Mais noch Raps, doch vor ihm am Straßenrand parkten zwei Krankenwagen, ein Notarzt, ein Streifenwagen – und ein knallorangefarbener Sportwagen.

Colin stöhnte auf.

Lansky, die Ratte, war auch schon da.

Die Innenbeleuchtung des Krankenwagens war ausgeschaltet. Auch Sanitäter konnte er nirgends entdecken. Das war kein gutes Zeichen, denn es bedeutete mit hoher Wahrscheinlichkeit, dass der Mann schon tot war. In der Nacht zum 30. Mai Dienst zu haben, war eine undankbare Aufgabe. So viele Ausnüchterungszellen besaßen sie im ganzen Landkreis nicht wie in dieser Nacht besoffene Schwachmaten unterwegs waren, die grölend die Grenze austesteten, an der man am Alkohol starb.

Eine Alkoholleiche wahrscheinlich.

Colin blinzelte. Seine Augen tränten. Der knallige Lack des Sportwagens reflektierte schmerzhaft im Scheinwerferlicht. Wie konnte man sich nur einen Lamborghini in Knallorange kaufen?

Der Sportwagen gehörte Hagen Lansky, einem seiner engsten Mitarbeiter, der es offensichtlich geschafft hatte, noch vor ihm am Tatort zu sein. Nachdenklich griff er nach seinem Handy und rief Lansky an.

„Hagen“, sagte er. „Ich sehe, dein Auto ist schon da. Aber wo bist du?“

„Chef“, hörte er Lansky. „Mach mal das Licht aus.“

Colin schaltete die Scheinwerfer aus.

„Wir stehen dreißig Meter weiter hinten im Acker, an der Grenze zum Maisfeld. Siehst du uns? Warte mal, ich gebe Lichtzeichen.“

Colin ließ seinen Blick schweifen. Tatsächlich erkannte er ein Licht auf dem Acker, das hin und her schwenkte, außerdem zeichneten sich vage die Konturen einiger Männer ab.

„Tot?“, fragte Colin.

„Ja.

„Und?“

„Kein schöner Anblick.“

„Gut. Ich komme.“

Dann legte er auf. Normalerweise verlor Lansky kein Wort über die Grausamkeit einer Tat, denn Lansky war ein Mann, der selbst grausam war. Er war wie eine Ratte, intelligent, resistent, hilfreich. Letztlich widerte das Tier einen aber an, so sehr man den klugen Instinkt auch schätzte und so sehr man sich das Gegenteil einredete. Lansky hatte im gehobenen Polizeidienst noch eine große Karriere vor sich – wenn Colin das nicht verhinderte. Schon heute, mit Ende dreißig, zeigte Lansky kaum mehr menschliche Reaktionen wie Schock oder Überraschung. „Kein schöner Anblick" entsprach bereits der Definition eines Massakers.

Colin stieg aus und stiefelte durch den Acker auf das Licht zu. Die Erde war weich und gab unter seinen Tritten nach. *Kein schöner Anblick?* Was sollte das heißen? War der Mann etwa zerstückelt worden?

Drei Männer kamen ihm aus der Dunkelheit entgegen. Die Bahre, die sie trugen, war leer, und ebenso klangen ihre Stimmen, als sie im Chor sagten: „Guten Morgen, Kommissar Westheim."

„Morgen", murmelte er. Colin hatte sich daran gewöhnt, dass man ihn kannte, auch wenn er mit den Gesichtern nichts verband. Im Vorübergehen fragte er: „War nichts mehr zu machen?"

„Nichts", antwortete einer der Sanitäter. Alle andern senkten den Kopf.

Colin stapfte weiter auf das Licht zu. Die Erde schien weicher zu werden, je länger er ging. Oder waren es seine Schritte, die härter wurden?

Obwohl er Lansky nicht leiden konnte, schätzte er den Mann, denn er war ihm ähnlich, wenn auch nur nach außen hin. Beide verfolgten sie ihre Ziele mit großer Durchsetzungskraft, und beide gehörten sie zu den wenigen Menschen auf diesem Planeten, die einen Plan im Leben kannten. Doch Lansky ging es einzig und allein um Macht und Kontrolle. Dieser Mann hatte keine Inhalte. Für Colin hingegen blieben Macht und Kontrolle leere Hülsen, wenn sie nicht einem höheren Ziel dienten.

Gerechtigkeit. Gleichheit. Freiheit.

Was für eine Ansammlung von lächerlichen Worten! Kein denkender Mensch konnte diese Begriffe heutzutage doch noch ernstnehmen. Zu oft waren sie missbraucht worden im Namen von Gewalt und Hass. Und dennoch umschrieben sie genau das, was Colin seit Jahren antrieb: Gerechtigkeit. Gleichheit. Freiheit.

Der Boden schien ihn schlucken zu wollen, trotzdem hatte Colin es gleich geschafft. Lansky winkte ihm bereits mit der Lampe entgegen. Außer ihm standen noch drei weitere Männer um die Leiche herum.

Fuck! Was ist das?

Colin sog zischend die Luft ein. Lansky hatte den Strahl direkt auf eine große, klaffende Wunde gerichtet, so dass Colins nichts anderes wahrnehmen konnte als dieses Loch.

Er starrte darauf.

Der Mann lag rücklings auf dem Acker, die Wunde klaffte zwischen seinen Beinen. An den Rändern war das Blut bereits geronnen, in der Mitte glänzte es noch dunkel und feucht. Ein Stück Knochen ragte heraus, darüber hing etwas Weiches, Rundes, Glibbriges. War das die Blase? Prostata?

„Scheiße", fluchte Colin und reichte den beiden Polizisten die Hand.

„Anton Maier", sagte der erste. Fast schlug er die Hacken zusammen, als er hinzufügte: „Freut mich, Kommissar Westheim. Wir haben telefoniert."

Colin nickte. Den Namen des anderen Polizisten mit der großen Brille vergaß er sofort wieder.

„Ist es das, wonach es aussieht?", fragte Colin den Arzt und reichte ihm ebenfalls die Hand.

„Doktor Erwin Frommer“, stellte der sich vor. Mit einem Blick auf seine Notizen erklärte er: „Wenn Sie damit meinen, Herr Westheim, dass dem Mann die Genitalien abgeschnitten wurden, dann ja.“ Er rückte seine goldene Brille zurecht. „Hoden, Hodensack und Penis fehlen. Außerdem gibt es dumpfe Schlagverletzungen im Gesicht und im Bereich des Brustkorbs. Nach meinem Dafürhalten sind die Schlagverletzungen aber nicht tödlich gewesen. Todesursache scheint das Verbluten aufgrund der abgetrennten Genitalien zu sein. Allerdings bin ich kein Rechtsmediziner. Das muss der dann klären. Doktor Kalkreuter ist bereits verständigt. Ich kann erst mal nichts mehr tun.“

Der Arzt klappte sein Notizbuch zusammen und blickte Colin aus müden Augen an. Seine Lider hingen schwer herab.

„Todeszeitpunkt?“, fragte Colin.

„So vor drei Stunden“, antwortete Doktor Frommer. „Aber nageln Sie mich bitte nicht fest. Ich bin kein Rechtsmediziner. Es können auch vier Stunden sein, vielleicht bloß zwei.“

Der Arzt sah aus, als wartete er nur auf Colins Erlaubnis, sich entfernen zu dürfen. Wahrscheinlich hatte er eine lange Nacht hinter sich.

„Sie können gehen“, sagte Colin und nickte ihm zu. „Protokoll wie üblich. Sie wissen sicher Bescheid.“

Der Mann nickte und ging mit hängenden Schultern davon, bis die Dunkelheit ihn schluckte.

Zu dem namenlosen Polizisten sagte Colin: „Sorgen Sie dafür, dass die Straße abgesperrt wird, sonst haben wir bald den nächsten Toten. Und damit eins klar ist: Außer unseren eigenen Männern niemanden durchlassen! Keine Presse! Keine Schaulustigen!“

„Ich kümmere mich darum.“ Die Züge unter der Brille hellten sich auf, der Mann schien dankbar zu sein, eine Aufgabe zu haben.

Zurück blieben Anton Maier und Hagen Lansky, die ihn aufmerksam ansahen.

„Taschenlampe“, sagte Colin.

Lansky legte die Lampe in die geöffnete Hand seines Chefs.

Colin ließ den Strahl über den Oberkörper des Toten wandern. Der Mann war groß, überdurchschnittlich groß. Die Muskulatur war kräftig, er hatte eine breite Brust, auf der seine rechte Hand lag, sodass die Tätowierung auf dem Handrücken gut zu sehen war, ein schwarzer Stern. Colin ließ die Taschenlampe höher wandern. Der Hals war stark und sehnig, das Gesicht war … das Gesicht war …

Himmel Herrgott! Das Gesicht war …

Colin starrte auf das energisch nach vorne tretende Kinn. Ungläubig ging er um den leblosen Körper herum und kniete sich neben den Kopf. Er leuchtet mit der Taschenlampe direkt in das Gesicht des Toten, doch die Augen, nach deren Blick es ihn verlangte, blieben geschlossen.

Kann das sein? Nach all den Jahren? Er erkannte die Adlernase wieder, die hohe Stirn, die fleischigen Lippen. Kein Zweifel. Es war dasselbe Gesicht – nur älter. *Du verdammter Arsch! Elender Tyrann! Nach all den Jahren liegst du hier?*

Colins Atem ging schneller als sonst. Er schwankte, als er sich erhob. Der Acker bot keinen festen Halt.

„Chef? Ist was?“ Das war Lansky.

Als Colin sich umdrehte, hatte er sich bereits wieder unter Kontrolle. Lansky durfte nichts merken. Ein Blick in die Augen seines Mitarbeiters sagte ihm allerdings, dass es vielleicht schon zu spät war. Ahnte Lansky bereits, dass er den Toten kannte? Möglich. Aber Lansky hatte keine Ahnung, wie kurz davor Colin gerade gewesen war, alles zu ruinieren. Denn am liebsten hätte er beim Anblick dieses Mannes herausgeschrien, was er empfand.

Du Monster! Verdammter Arsch!

Konnte das Zufall sein? Zufall? Nein, das war kein Zufall, dass diese Kreatur ausgerechnet in dieser Nacht in seinem Revier lag. Das war Schicksal. Colin durfte jetzt keinen Fehler machen, sonst entzogen sie ihm den Fall. Für einen Moment starrte er in die Dämmerung. Dampf stieg vom Acker auf.

„Hatte der Mann einen Ausweis bei sich? Papiere?", fragte Colin wie beiläufig in Richtung Lansky.

„Wir haben die Kleidung noch nicht gefunden", entgegnete Lansky. Seine kleinen, flinken Rattenaugen musterten Colin aufmerksam.

Viel zu aufmerksam.

„Warum nicht, verdammt?", schnauzte Colin. Anton Maier zuckte zusammen. „Statt hier herumzustehen und Däumchen zu drehen, hättet ihr schon mal die Gegend absuchen können. Dann müssten wir jetzt nicht Rätselraten!"

„Tut mir leid, Chef", sagte Lansky devot. „Sie haben recht."

„Ich weiß, dass ich recht habe", knurrte er. „Aber ich hätte lieber einen fähigen Mitarbeiter!"

Lansky starrte in die Dampfschwaden.

Die Morgendämmerung schritt voran. Das Grau differenzierte sich zu einer Landschaft aus, wie sie typisch für diese Gegend war: ein Acker, daneben ein Feld, dahinter ein Wald, dazwischen eine Landstraße. Ein Dorf. All das war eingebettet zwischen sanfte Hügel und einen Himmel, der sich weich wie eine Sommerdecke darüberlegte.

Ein Vogel flog auf.

Colin blickte über das Maisfeld, in dem sich immer deutlicher die Schneise der Verwüstung abzeichnete: abgeknickte Halme, zertrampelte Erde, zerquetschte Maiskolben, Blut.

Jemand räusperte sich.

„In der Nacht fand hier ganz in der Nähe ein Konzert statt", sagte Anton Maier, ohne Colin in die Augen zu blicken. „Die Wiese, auf der das stattfand, liegt etwa fünfhundert Meter Luftlinie von hier entfernt." Maier deutete über das Feld in Richtung Wald.

„Ein wichtiger Hinweis", lobt er den Mann.

Das Gesicht von Anton Maier hellte sich auf.

„Wir haben die Kleider zwar noch nicht, aber etwas anderes", sagte Lansky sofort. „Hier, wenn du dir das mal anschauen magst, Chef."

Lansky hielt ihm ein Smartphone hin, das notdürftig mit einer Folie ummantelt worden war.

„Das hatte der Tote in der Hand", erklärte Lansky. „Vermutlich ist das Opfer mit dem Telefon durch das Feld geflüchtet in Richtung Straße, um Hilfe zu holen. Dabei muss es seine Kraft überschätzt haben und ist dann hier zusammengebrochen."

„Identifikation über das Handy?"

„Negativ. Der Zugang ist mit einem Passwort gesichert", entgegnete Lansky. Als wollte er einem erneuten Wutausbruch seines Chefs zuvorkommen, fuhr er hastig fort: „Aber das Display zeigt eine Nachricht an, die er noch nicht abgerufen hatte." Kunstpause. „Hier, lies mal."

Lansky drückte auf einen Knopf und das Display leuchtete auf. Colin starrte auf das grün unterlegte Textfeld:

Grüße von Kronos.
Wenn der erste Schnee fällt,
kehre ich zurück.

Das Krächzen eines Vogels riss Colin in die Gegenwart zurück. Nachdenklich griff er in seine Jackentasche, zog eine Schachtel Zigaretten heraus und klopfte eine hervor. Offiziell war es verboten, am Tatort zu rauchen, doch Lansky und Maier wagten nicht, ihn daran zu hindern, sich eine anzustecken. Gierig inhalierte der Kommissar den Rauch.

„Kronos scheint mir kein echter Name zu sein", hörte er Lansky neben sich. „Wahrscheinlich eine Art Codename zwischen Täter und Opfer. Spräche für eine Beziehungstat."

„Was meinen Sie, Maier?", fragte Colin und stieß den Rauch seiner Zigarette in die Morgendämmerung.

„Ich weiß nicht." Wieder wagte der Polizist nicht, ihm in die Augen zu blicken. „Also für mich klingt das komisch. Wenn dieser Kronos schreibt, er kommt zurück, wenn der erste Schnee fällt, dann will er ihn doch wiedertreffen, oder? Das schreibt man doch nicht, wenn man jemanden umbringt. Wie soll man sich mit einem Toten treffen?"

„Vielleicht ist die Nachricht gar nicht für das Opfer bestimmt", spann Lansky den Gedanken fort. „Sondern für die Öffentlichkeit? Für uns?"

Colin inhalierte den Rauch.

„Oder es ist eine Warnung", überlegte Lansky weiter. „Dass noch ein zweites Opfer folgen wird – wenn der erste Schnee fällt."

Alle starrten ins Maisfeld.

„Ich habe den Namen übrigens noch nie gehört hier in der Gegend", sagte Anton Maier schließlich. „Kronos, hm. Also wenn, dann kommt der Mörder von woanders her, klingt nach Ausland irgendwie."

„Kronos ist eine Figur aus der griechischen Mythologie", sagte Colin, äscherte auf den Acker und entschied: „Ich rufe Josefine Miller an. Sie soll dazukommen."

„Joy?", fragte Lansky perplex. „Warum das denn?"

„Sie ist Expertin für so was", entgegnete er. „Noch nie von ihrem Buch gehört? Über Mythologie und Verbrechen?"

Lanskys Kiefermuskulatur arbeitete stumm. Jeder wusste, dass er Joy nicht leiden konnte – und das, obwohl sie verdammt gut aussah. Sie hätte auch als Model arbeiten können. Normalerweise schwänzelte Lansky um jede gutaussehende Frau herum, doch Joy sah nicht nur klasse aus, sondern war auch noch verdammt klug. Lansky musste ihre Überlegenheit von Anfang an gespürt haben. Ratten witterten die Gefahr sofort. Dabei gab sich Joy mit einer 30-Prozent-Stelle und Aufgaben zufrieden, die sie unterforderten. Colin verstand nicht, wie ein Mensch, der mit solchen Flügeln geboren worden war, diese nicht nutzte. Er vermutete, dass der Grund hierfür in ihrer Kindheit lag, die sie im Sozialbau in Berlin Neukölln verbracht hatte – oder in der Ehe mit diesem Henry Kissinger, der weit über die Grenzen von Berlin hinaus als knallharter Durchsetzer nationaler Interessen bekannt war. Im Klartext bedeutete das: Der Typ war ein dominantes Arschloch. Wer den überlebte, war entweder gebrochen oder übermäßig stark. Joy war beides.

„Doch, gute Idee mit der Miller", sagte Lansky süffisant. „Ich befürchte nur, die kann nicht weg, weil sie ihrem Baby noch das Fläschchen geben muss." Mit einem Grinsen fügte er hinzu: „Oder die Brust."

Colin sah seinen Mitarbeiter an. Lansky war ein Idiot, aber ein berechenbarer Idiot. Colin gähnte demonstrativ, um ihm zu signalisieren, dass ihn sein Machogehabe langweilte. Trotzdem hatte Lansky recht. Er konnte Joy noch etwas Schlaf gönnen.

JOY

DIE GEFÄHRLICHSTEN TRÄUME ENDEN NICHT, SONDERN BEGINNEN MIT DEM AUFWACHEN.

Joy schreckte auf. Ein Geräusch hatte sie aus dem Schlaf gerissen, etwas, das wie eine Flöte geklungen hatte, beinahe wie eine Melodie. Sofort schoss ihr das Adrenalin durch die Adern. Etwas stimmte hier nicht. Im morgendlichen Halbdunkel des Schlafzimmers blickte sie sich um. Durch den Spalt des Vorhangs fiel das erste Tageslicht und ließ die Konturen der Möbel hervortreten, den Kleiderschrank, die Rundung der Stehlampe, die Wickelkommode.

Es war eine unheilvolle Melodie gewesen, dunkel, fremd – und doch zugleich seltsam vertraut. Langsam löste sich ein Schweißtropfen aus ihrem Haaransatz und glitt die Schläfe hinab.

Du hast geträumt.

Doch sie erinnerte sich an keine Bilder. Oder gab es Träume, die nur aus Tönen bestanden? Instinktiv tastete sie nach ihrem Sohn, der in seinem Bettchen neben ihr schlief. Liebevoll streichelte sie über das weiche Haar, streifte die dicken Pausbäckchen und ließ ihre Hand auf dem kleinen Brustkorb liegen, der sich hob und senkte. Eine Weile lauschte sie auf den Atem ihres Kindes.

Du hast geträumt. Alles ist gut.

Nur ihr Kopf schmerzte. Wie immer, wenn sie zu viel getrunken hatte am Vorabend, bereute sie es am nächsten Tag bitterlich.

Auf der anderen Seite des Bettes wälzte sich Bela hin und her, sein rechtes Bein zuckte im Schlaf, und sein Arm war in ihre Richtung ausgestreckt. Er war erst spät nach Hause gekommen. Gegen zwei Uhr morgens war Joy von den Geräuschen im Bad wach geworden und sofort wieder eingeschlafen.

Bela roch nach Zigaretten und Alkohol.

Joy tastete nach ihrem Handy auf dem Nachttisch. Das Display zeigte 05:58 Uhr. Doch es zeigte noch etwas anderes: Jemand hatte versucht, sie zu erreichen. Ein paar Minuten zuvor war ein Anruf eingegangen – und der Anrufer war Colin Westheim gewesen.

Mit einem Schlag war Joy hellwach. Colin Westheim? Um Gotteswillen! Um diese Uhrzeit?

Sie setzte sich auf. Jetzt war klar, woher die Melodie gekommen war: Für Anrufe von Colins Diensthandy hatte sie denselben Klingelton einprogrammiert, den sie all die Jahre in Berlin für dienstliche Notfälle verwendet hatte. Wenn diese Melodie erklungen war, hatte eine Leiche im Landwehrkanal gelegen oder in einem U-Bahn-Schacht gesteckt. Aber hier auf dem Land? Sie war nur eine 30-Prozent-Teilzeitkraft mit festen Arbeitszeiten, in deren Leben keine Notfälle vorgesehen waren. Warum rief Colin sie um sechs Uhr früh an?

Joy zog ihren Morgenmantel über.

Hatte ihr Chef etwa die Nacht durchgearbeitet und suchte jetzt ein Protokoll oder ein Formular? Rücksichtlos, wie er sein konnte, traute sie es ihm zu, dass er sie deshalb aus dem Schlaf riss.

Möglichst leise, um Bela und Milan nicht zu wecken, schlich sie in die Küche hinab. Als sie die Tür öffnete, hob Pirat sofort das Köpfen. „Guten Morgen", flüsterte sie zärtlich.

Der Beagle antwortete mit einem Schwanzklopfen.

Joy schaltete die Kaffeemaschine ein, nahm sich ein Aspirin aus dem Schrank und spülte die Tablette mit Wasser hinunter. Dann blickte sie nach draußen. Vor ihr lag das Mühlental in der Morgendämmerung versunken da. Die Konturen der Birken waren nur zu erahnen. Der graue Himmel war von rötlichen Streifen durchzogen, die den Aufgang der Sonne ankündigten.

Warum hast du mich angerufen, Colin?

In Gedanken duzte sie ihren Chef, auch wenn sie sich bei der Arbeit immer noch siezten. Joy löste sich vom Anblick des noch träumenden Tals, füllte neues Wasser in die Kaffeemaschine und legte eine Kaffeekapsel ein.

Pirat kam aus seinem Hundekörbchen herübergetapst und schmiegte sich an ihre nackten Waden. „Ist ja gut", sagte Joy. „Du kriegst gleich was. Ich muss erst noch kurz telefonieren. Es ist dringend."

Ihr Hund blickte sie aus zwei glänzenden Augen an.

Joy trank den letzten Schluck Wasser, bevor sie ihr Handy zückte und Colin zurückrief.

„Guten Morgen“, sagte sie und hoffte, er bemerkte das leichte Zittern ihrer Stimme nicht. „Hier ist Josefine Miller. Haben Sie gerade vorhin versucht, mich zu erreichen?“

„Ah, Joy. Gut, dass Sie zurückrufen“, sagte Colin. „Passen Sie auf. Es gab einen Leichenfund auf der B12, wenn Sie von Schwandorf in Richtung Friedberg fahren ist es gleich zwei Kilometer nach dem Ortsschild auf der linken Seite. Wir sind schon vor Ort. Ich möchte, dass Sie so schnell wie möglich dazukommen.“

„Ich soll …?“

„Genau.“

„Aber ich …“

„Jetzt“, sagte er. „Am besten gleich jetzt.“

„Okay“, stammelte sie. „In fünfzehn Minuten kann ich da sein.“

Während sie noch ein unbeholfenes „Auf Wiederhören“ murmelte, hatte er bereits aufgelegt.

„Alles klar?“

Joy zuckte zusammen, als sie Belas Hand auf ihrem Arm spürte. Sie hatte ihren Mann nicht die Treppe herunterkommen hören. Seine Augen waren geschwollen, die Haare vom Schlaf verwuschelt.

„Colin hat mich gerade angerufen“, sagte sie perplex. „Es gibt einen Notfall. Sie haben eine Leiche oben an der B12 gefunden. Ich soll kommen.“

Bela fuhr sich durch die Haare. Er ging zur Kaffeemaschine, nahm sich eine Tasse und ließ den Kaffee heraus, den sie eingelegt hatte.

„Und da ruft er dich an?“ Bela schüttete Milch in seinen Kaffee. „Ich dachte, du wolltest das nicht mehr? Du bist doch nicht mehr im Einsatz.“

„Das dachte ich auch“, entgegnete sie. Die Küchenuhr rückte vor auf 06:05 Uhr. „Aber ich muss mich beeilen.“

„Und was ist mit Milan?“

„Das wird nicht lange dauern“, beschwichtigte Joy. „Ich richte das Fläschchen gleich noch her, du musst dann nur noch das Wasser aufgießen. Pass auf, dass es nicht zu heiß ist. Sechzig Grad, ja? Und gib Pirat was zum Fressen.“

Pirat, der seinen Namen gehört hatte, wedelte erwartungsvoll mit dem Schwanz.

„Okay.“ Bela trank den Kaffee. „Ach, Baby?“

Joy drehte sich noch einmal zu ihm um, bevor sie im Bad verschwand.

„Was ist?“, fragte sie.

„Pass auf dich auf. Ich will nicht, dass dir was passiert.“

„Was soll mir denn passieren?“

„Ach nichts.“ Er nahm ihren Kopf in seine Hände und sagte: „Sorry. Hab mich einfach auf einen freien Tag mit dir gefreut.“

„Es wird nicht lange dauern“, versprach Joy und küsste ihn auf die geschlossenen Lippen.

COLIN

DAS GESETZ HAT ZUM SCHNECKENGANG VERDORBEN, WAS ADLERFLUG GEWORDEN WÄRE.

„Was gibt's? Du wolltest mich sprechen?"

Westheim öffnete die Tür des Minivans, der am Straßenrand parkte, und sah Rikki fragend an. Rikki Schneider war sein IT-Experte, ein dicklicher Endvierziger mit flinken Händen und trägen Beinen. Von außen war der Minivan so unauffällig wie jede Familienkutsche in der Gegend, ein Volkswagen, dunkelblau, keine besonderen Merkmale. Nur dass Innen nicht zwei oder drei Kids saßen, die darauf warteten, zum Tennis gefahren zu werden. Der Computerfreak hatte sich den Van zu einer mobilen Einsatz- und Überwachungszentrale umgebaut, die an das Cockpit eines Ufos erinnerte.

„Komm schon rein", murmelte Rikki und deutete mit einer Kopfbewegung auf den Sitz ihm schräg gegenüber.

Colin entfernte eine alte McDonalds-Tüte von der Sitzfläche und prüfte, bevor er sich setzte, ob der Pappbecher mit der Cola ausgelaufen war. Dann blickte er sich um.

Rundum leuchteten Bildschirme, dazwischen waren Lautsprecher montiert, eine Kamera übertrug Bilder von draußen, und die Satellitenschüssel war sicher nicht zum Fernsehen gedacht. Die Geräte blinkten in unterschiedlichen Farben und Frequenzen. Mittendrin saß Rikki, das teigige Gesicht in das wechselnde Licht der Bildschirme getaucht. Der IT-Freak legte keinen Wert auf eine schöne Umgebung. Dem Geruch nach zu urteilen, hatte Rikki sogar die Nacht hier drinnen verbracht.

Colin ließ die Schiebetür einen Spalt offen.

„Kaffee?", fragte Rikki, ohne den Blick von dem Bildschirm zu nehmen.

Colin schüttelte den Kopf. Draußen leuchtete der Himmel rötlich. Es war 06:10 Uhr. Joy musste jeden Moment aufkreuzen.

„Na sag schon", knurrte Colin. „Ich habe nicht viel Zeit."

„Dreh bloß nicht durch", entgegnete Rikki. „Einen kleinen Moment noch."

Während Rikkis Finger klackernd über die Tastatur fuhren, dachte Colin daran, wie er diesen Mann einmal stockbetrunken von der Straße aufgelesen hatte. Acht Jahre war das jetzt her, vielleicht auch neun. Rikki hatte zuvor die Kasse auf einem Blumenfeld geklaut und war mit dem Kasten über die Landstraße getorkelt. Anstatt ihn sofort festzunehmen, hatte er sich mit dieser mitleiderregenden Kreatur unterhalten. Scheidung, Alkohol, Kündigung – das übliche Schicksal von Männern, die keine Kraft hatten, sich selbst zu organisieren.

Das Klackern der Tastatur hielt an.

Colin hatte ihm eine Chance gegeben, weil er damals geglaubt hatte, in dem schwimmenden Blick dieses Mannes einen guten Kern erkannt zu haben. Und er hatte sich nicht getäuscht. Rikki hatte einfach nur jemanden gebraucht, der ihm sagte, was er tun musste.

Innerhalb von wenigen Jahren hatte sich Rikki zum Experten für alles Digitale entwickelt, Überwachung und Kontrolle war sein Spezialgebiet. Im Unterschied zu den normalen Uniabsolventen war Rikki erstaunlich kreativ und scheute auch nicht davor zurück, mal unkonventionelle Wege auszuprobieren, um an Daten heranzukommen. Obwohl Rikki nach außen stets eine ruppige Art Colin gegenüber zur Schau stellte, war er ihm in seinem Innern zutiefst ergeben.

„Moment, ich hab's gleich." Rikkis Finger legten einen Endspurt hin.

Von Jahr zu Jahr war Rikki tiefer in die digitale Welt abgetaucht, die sein eigentliches Zuhause geworden war. Alles Physische war ihm lästig, minderwertig, weshalb er seinen Körper wie eine Bürde mit sich herumschleppte. Sein blauer Kapuzenpullover mit der Aufschrift *Get off* stank nach Schweiß.

„Willst du?" Rikki hielt ihm eine geöffnete Tüte Chips hin.

„Oh Mann", stöhnte Colin. „Die Sonne ist noch nicht aufgegangen und du stopfst schon so einen Fraß in dich rein."

„Bedien dich." Im Widerschein des Bildschirms erkannte Colin die Andeutung eines Lächelns auf seinen Lippen. Dann öffneten sie sich und Rikki sagte: „Hör dir mal das an, Chef."

Rikki stöpselte ein Kabel um, drückte geräuschvoll die Enter-Taste und die Stimme des anonymen Anrufers erfüllte das Innere des Minivans: „Auf dem Acker beim Maisfeld …. zwischen Schwandorf und Friedberg ... liegt ein Mann.“

Rikki hielt das Band an.

„Und?“, fragte Colin.

Rikki ließ das Band wieder laufen: „… zwischen Schwandorf und …“

Wieder Stopp.

„Was?“, knurrte Colin.

Rikki drückte wieder auf Play: „… zwischen Schwandorf …“

Und wieder Stopp.

Colin atmete tief ein. „Ist ja gut, Rikki. Du sagst mir jetzt, was darauf zu hören ist.“

Rikki hob die Hand, um Colin zu signalisieren, er solle Geduld haben, obwohl er doch wusste, dass Geduld nicht zu seinen Stärken gehörte. Dann drückte er wieder auf einen Knopf, worauf eine zweite Stimme den Innenraum des Autos erfüllte.

„Wir warnen euch“, sagte diese Stimme, die ebenfalls mit einem künstlichen Stimmmodulator verzerrt worden war: „Zwischen Schwarz und Weiß gibt es kein Grau.“

„Was soll das?“ Doch noch bevor Colin die Frage ganz ausgesprochen hatte, erinnerte er sich.

„Hab ich im Archiv gefunden“, bestätigte Rikki. „Das war ein anonymer Anruf vom Februar 2016. Der Anrufer gibt sich da explizit als Moor-Anhänger zu erkennen.“

Colin blickte durch die getönten Scheiben nach draußen. Auf dem Acker gingen die Leute von der Spurensicherung umher. Die weißen Overalls leuchteten durch die Morgendämmerung.

„Ein Moor-Anhänger, okay", sagte Colin. „Und die Stimmen sind beide verzerrt. Wolltest du mir das sagen?"

„Hör zu", forderte Rikki ihn auf. Dann ließ er die beiden Bänder mehrmals hintereinander ablaufen: „… zwischen Schwarz und Weiß …", sagte die eine Stimme. Und die andere antwortete: „… zwischen Schwandorf und Friedberg …"

Colin verschränkte die Arme vor der Brust.

„Hörst du das nicht?" Rikki verdrehte die Augen. „Beide Anrufer haben denselben Sprachfehler. Beide lispeln an genau derselben Stelle, nämlich nach dem Zwischen und vor dem Sch-Laut."

„Zwischen Schwa… zwischen Schwa… zwischen Schwa…", lallte das Band.

„Das reicht." Colin hatte verstanden, worauf Rikki hinauswollte.

„Über die Stimmanalyse lässt sich damit nachweisen, dass es sich um ein und denselben Anrufer handelt", fasste Rikki seinen Fund in Worte. Dann warf er seinem Chef einen kurzen, aber triumphierenden Blick zu, als erwartete er ein Lob.

„Ja und?", sagte dieser.

„Das heißt, der Informant, der den Leichenfund von heute Morgen gemeldet hat, stammt aus dem Moor-Kreis."

„Okay", knurrte Colin. „Das hat mit der Sache aber nicht viel zu tun. Wir wissen doch längst, dass die Moor-Anhänger auch hier in der Gegend aktiv sind. Da hat jemand also was gesehen, was mit dem Mord zusammenhängt, traut sich aber nicht, das selbst anzuzeigen. Das schlechte Gewissen lässt ihm keine Ruhe, also gibt er die Information an irgendjemand weiter, der irgendjemand vom Moor-Kreis kennt. So läuft das mit dem anonymen Hinweisgebersystem. Aber was ist damit schon gewonnen? Außer der Erkenntnis, dass der Mensch ein feiges Schwein ist?"

„Schlecht geschlafen, was?" Rikkis Blick war wieder auf den Bildschirm gerichtet. Er schien nicht einmal zu bemerken, dass Colin den Wagen verließ.

Es war 06:15 Uhr. Das Läuten der Kirchturmuhr von Schwandorf klang aus der Ferne herüber. Wo steckte Joy? Sie hätte längst da sein müssen. Colin zündete sich eine Zigarette an.

Bei den Moor-Anhängern handelte es sich um eine Gruppierung von selbsternannten Rebellen, die vor allem übers Internet als Whistleblower aktiv waren. Ihr Ziel war es, für die Allgemeinheit wichtige Informationen über Missstände in Politik und Wirtschaft an die Öffentlichkeit zu bringen. Tatsächlich hatten in den vergangenen drei Jahren mehrere Fälle von Korruption und Datenmissbrauch aufgrund von Hinweisen aus dem Moor-Kreis aufgedeckt werden können, außerdem war ein größerer Wirtschaftsskandal ins Rollen gekommen, bei dem es um Milliardenbetrug ging. Die Gruppe war seit gut vier Jahren aktiv und hatte sich, obwohl sie primär über das Internet arbeitete, regional auf den südlichen Teil von Baden-Württemberg spezialisiert.

Colin inhalierte den Rauch noch tiefer, damit sich das Brennen in seiner Lunge verstärkte.

Die einen bewunderten den Moor-Kreis, die anderen hassten ihn. Das Argument, es handelte sich um eine Gruppe von Verbrechern, war nicht von der Hand zu weisen. Denn der Kreis bekannte sich öffentlich zu einer Serie von Hackerangriffen auf die Online-Konten von Banken und Firmen. Größere Summen waren bereits verschwunden – und an anderer Stelle wieder aufgetaucht. Die Moor-Anhänger stahlen nach eigenen Angaben nicht einfach Geld, sondern sie verteilten das Geld der Reichen an die Armen. Das war der Grund, weshalb wieder andere meinten, es handle sich weder um Helden noch um Verbrecher, sondern einfach nur um Idioten.

Colin blickte dem Rauch nach, der seinen Mund verließ.

Idioten! Gottverdammte Idioten.

Der Anführer des Moor-Kreises nannte sich nach einem zwielichtigen Helden des Dichters Friedrich Schiller: Karl Moor war ein Adliger gewesen, der aus idealistischen Motiven zum Verbrecher geworden war. Inzwischen hatte er so etwas wie Kultstatus im Netz erlangt. Nur Wenige kannten sein wahres Gesicht. Doch die Wenigen genügten, um zu bezeugen, dass er wirklich existierte.

Colin blies noch mehr Rauch in die Morgenluft. Eine weiße Wolke schwebte vor seinem Gesicht.

Jedes Schulkind in der Gegend kannte Schillers Drama *Die Räuber*, in dem Karl Moor zum Räuberhauptmann wurde. Karl Moor war ein charismatischer Held, den die Frauen und Unterdrückten liebten, außerdem war er der Liebling seines Vaters. Doch bereits Schiller zeichnete seinen Helden als eine zutiefst zerrissene Figur, die Verbrechen beging, die durch nichts zu rechtfertigen waren.

Außer durch seinen Hass auf die machthungrigen Intriganten dieser Welt.

Colin rauchte. Er kannte das Schiller-Zitat nur zu gut, der seit den Aktivitäten des Moor-Kreises durch das Internet geisterte: „Das Gesetz hat zum Schneckengang verdorben, was Adlerflug geworden wäre. Das Gesetz hat noch keinen großen Mann gebildet, aber die Freiheit brütet Kolosse und Extremitäten aus." Das war die Meinung von Karl Moor.

Und Colin teilte sie.

Er warf die Kippe auf den Asphalt. Ungeduldig trat er sie aus. Wo blieb Joy, verdammt noch mal? Colin schaute sich um. Zwischen den parkenden Autos bemerkte er einen jungen Mann, der zum Tatort starrte.

„Was machen Sie hier?"

Der Mann drehte sich um und wich erschrocken zurück. „Herr Westheim, ich …"

„Ja?" Colin erinnerte sich an das Gesicht. Es war ein gutes Gesicht mit aufrichtigen Zügen, die nicht zu der verdruckten Art passten, mit der sich der Mann hier herumtrieb. „Du bist doch … "

„Johannes Decker", half ihm der junge Mann auf die Sprünge. „Autowerkstatt Decker. Ich soll den Wagen abschleppen. Anton Maier hat mich angerufen, dass ich … "

Colin nickte. Auf der Wiese hinter dem Konzert waren drei Autos übriggeblieben. Zwei davon stammten aus der Region und waren auf Frauen zugelassen. Der verwaiste Porsche hatte ein Frankfurter Kennzeichen.

„Du kommst also wegen dem Auto?"

Johannes Decker nickte. „Anton Maier hat mich angerufen", wiederholte er.

„Und du bist sicher, dass du von dem hier", Colin deutete zum Tatort hinüber, „nichts weißt?"

Johannes Decker öffnete den Mund, doch dann entschied er sich fürs Schweigen. Seine Netzhaut war gerötet. Der junge Mann schien nicht viel geschlafen zu haben.

„Ah, Johannes", rief Anton Maier, der plötzlich aus dem unteren Teil des Maisfelds aufgetaucht war. Nachdem er dem jungen Mann die Hand geschüttelt hatte, sagte er: „Danke, dass du so schnell gekommen bist. Und tut mir leid, dass ich dich so früh rausgeklingelt habe, aber ausgerechnet heute fällt unser Abschlepper aus. Das Zielfahrzeug steht da hinten auf der Wiese. Ein Porsche. Muss zur Spusi nach Konstanz."

Johannes Decker sagte: „Nach Konstanz?"

„Ja Mann, tut mir leid. Weiß ja, dass du 'ne lange Nacht hattest."

An Colin gewandt fügte Polizeimeister Anton Maier hinzu: „Jonny spielt in der Band, die gestern aufgetreten ist. Das hat er Ihnen aber wahrscheinlich schon erzählt. Dorfcombo. Tolle Mucke, ehrlich."

Johannes blickte auf die Straße.

„Wenn er auf dem Konzert war", sagte Colin und klopfte die nächste Zigarette aus seiner Schachtel, „dann befragen Sie ihn doch bitte noch als Zeugen, Herr Maier. Wir brauchen jeden Anhaltspunkt. War das spätere Mordopfer auf dem Konzert? Allein oder in Begleitung? Kam es zu Zwischenfällen?"

„Natürlich", entgegnete Anton Maier und klopfte dem jungen Mann auf die Schulter; eine Aufforderung, ihm zu folgen.

„Ich bin nur der Gitarrist!" Johannes drehte sich noch einmal nach ihm um und sagte: „Wirklich. Ich habe den ganzen Abend Musik gemacht! Ich weiß wirklich von nichts!"

Colin sah dem jungen Mann zum Abschied noch einmal in die Augen. Wenn er sich nicht täuschte, war es Wut, die er zu verbergen versuchte. Oder doch eher Angst?

Colin zündete sich die nächste Zigarette an.

JOY

Was die Nacht verbirgt,
tritt offen in deinem Blick zutage.

Joy drehte den Zündschlüssel herum und hoffte, dass der alte Land Rover an diesem Morgen beim ersten Versuch ansprang. *Komm schon, Baby.* Der Motor stotterte hoffnungsvoll, doch dann soff er wieder ab. Joy versuchte es ein zweites Mal. Das erlösende Brummen folgte und die Anzeige im Armaturenbrett leuchtete auf. Es war 06:20 Uhr.

Kein Grund zu rasen.

Ruhig lenkte sie den Wagen über die schmale, einspurige Straße, die von der Mühle ins Dorf führte, und ließ den Blick über die Landschaft gleiten. Schwer hing der Nebel über den Wiesen, die Birken schienen morgens dichter beisammenzustehen. Dort, wo der Bach über die großen Steine floss, glitzerte die Wasseroberfläche.

Joy durchquerte das Waldstück. Durch die schwarzen Stämme fiel das erste Sonnenlicht, golden und greifbar. Für sie, die ihre Kindheit in Berlin Neukölln verbracht hatte, war dieser Anblick vollkommen irreal, zauberhaft.

„Mama!"

Milan war aufgewacht, kurz bevor sie das Haus verlassen hatte. Sie hatten ihn aus dem Schlafzimmer schreien gehört. Es war schwer für sie gewesen, trotzdem loszufahren.

„Mama!"

Sie schaltete das Radio ein, um den plötzlichen Anflug von Traurigkeit zu verscheuchen. Milan. Seit seiner Geburt war sie jeden Morgen mit ihrem Baby aufgewacht. Sobald ihr Sohn seine Augen aufgeschlagen und die ersten Geräusche von sich gegeben hatte, war auch sie wach gewesen und hatte ihn in den Arm genommen. „Mama ist ja da", hatte sie dann geflüstert und ihn geküsst. Doch heute war Milan zum ersten Mal alleine aufgewacht.

So ein Quatsch.

Hör auf, so zu denken!

Energisch setzte sie den Blinker, sie hatte die Bundesstraße erreicht.

Milan war nicht allein! Bela war bei ihm. Bela, der so ganz anders war als die Generation der Väter vor ihm, Bela, der ein *Vater* sein wollte, kein Patriarch. Sie hoffte nur, dass Bela das richtige Milchpulver nahm und die Temperatur vorher auf seinem Handgelenk testete, bevor er dem Kleinen die erwärmte Milch zu trinken gab.

„Joy", ermahnte sie sich selbst kopfschüttelnd. „Lass los."

Ich kann nicht. Es ist so verdammt schwer.

Sie drosselte das Tempo, als sie den Ortseingang erreichte, und fuhr mit exakt 50 Stundenkilometern an der monströsen Blitzersäule vorbei. Schwandorf war eine kleine Gemeinde von etwa sechshundert Einwohnern.

Entlang der Hauptstraße wechselten sich große, zum Teil verfallene Bauernhäuser mit neueren, gepflegten Einfamilienhäusern ab. Der einzige Laden im Dorf war ein modernes Bäckergeschäft, in dem es auch Lebensmittel und Tabak gab.

06:22 Uhr.

Joy fuhr an einem Hof vorbei, in dem ein geschmückter Leiterwagen stand, der mit Bierkästen gefüllt war. An der Kirche bog sie in Richtung Friedberg ab, fuhr steil bergauf an der Kapelle vorbei und verließ die Ortschaft wieder.

Friedberg 3 Kilometer, stand auf einem Schild, doch nach der ersten Kurve verhinderte bereits eine Absperrung die Weiterfahrt. Der Streifenpolizist gab ihr ein Zeichen, dass sie umdrehen sollte. Zögernd brachte sie den Land Rover zum Stehen und ließ das Fenster herunter.

„Hier ist gesperrt", sagte der Polizist. „Fahren Sie über Eichen."

„Josefine Miller", entgegnete sie freundlich. „Ich bin von der Polizei. Hauptkommissar Westheim erwartet mich am Tatort."

Der Mann blickte sie prüfend durch seine große Brille an. „Kann ich bitte Ihren Dienstausweis sehen?"

Joy kramte in ihrem Geldbeutel nach dem Ausweis. Der Mann studierte ihn genau, rückte die Brille zurecht, musterte sie abermals und fragte: „Neu hier in der Gegend?"

Sie nickte.

Endlich gab er ihr den Ausweis zurück und mit einem Kopfnicken zu verstehen, dass sie weiterfahren konnte. Im Rückspiegel sah sie, wie er ihr hinterherblickte.

Rechts und links der Straße parkten die Autos. Joy fuhr an mehreren Streifenwagen vorbei, an dem Kleinbus der

Spurensicherung, am Minivan des Technikers und an Lanskys knallorangefarbenem Prachtstück, hinter dem Colins alter Volvo parkte. Joy stellte ihren Land Rover am Ende der Autoschlange ab und stieg aus.

06:30 Uhr. In der Ferne schlug eine Kirchturmuhr die halbe Stunde.

Auf dem Acker herrschte Hochbetrieb. Die Leute von der Spurensicherung taten ihre Arbeit. Polizisten in Uniform diskutierten mit Männern in Zivil. Trotzdem musste Joy nicht lange suchen, um Colin zu entdecken. Er war das Zentrum, das alles zusammenhielt. Wie in einer Choreographie richteten sich die Männer an ihm aus, ihre Blicke und Zeichen wanderten immer wieder zu ihm.

Colin winkte ihr zu.

Jemand von der Spurensicherung wies sie an, auf dem gekennzeichneten Pfad zu bleiben. Nachdem sie die Männer erreicht hatte, sagte sie: „Guten Morgen."

„Joy", sagte Colin. „Na endlich."

„Guten Morgen ist gut", sagte Lansky grinsend. „Wir sind schon seit vier Uhr wach."

„Hi Joy." Siggi strahlte sie an, als hätte er die Morgensonne verschluckt.

„Der Leichenwagen müsste jeden Moment hier sein", sagte Colin und bewegte den Kopf in Richtung des menschlichen Körpers, der mit einer Plane abgedeckt auf dem Acker lag. „Nach der ersten Einschätzung von Kalkreuter handelt es sich bei der Leiche um einen Mann um die sechzig, höchstens siebzig. Todeszeitpunkt zwischen ein und zwei Uhr nachts. Todesursache ist ein hypovolämischer Schock."

„Auf gut Deutsch: Er ist verblutet", fügte Lansky hinzu.

„Danke für den Hinweis", erwiderte Joy.

Joy wusste, was ein hypovolämischer Schock war: Durch starken Blutverlust entstand eine Verminderung der zirkulierenden Blutmenge, die schließlich, blieb das Opfer unversorgt, zum Tod führte.

„Sehen Sie sich das an." Colin hob die Plane in der Mitte an.

Joy warf einen Blick darunter.

„Oh Gott", sagte sie. Zwischen den Beinen des Mannes klaffte eine riesige Wunde, aus der seltsame Dinge heraushingen. Joy erkannte alles Mögliche, doch einen Penis sah sie nicht.

Sie spürte die Blicke von Lansky und Siggi im Nacken.

Fragend sah sie Colin in die Augen.

„Richtig", sagte er nur. „Das Opfer wurde entmannt."

„Entmannt", wiederholte Joy perplex.

„Kastriert", sagte Lansky.

„Kalkreuter tippt auf eine sichelförmige Waffe", erklärte Colin. „Vielleicht ein Kabelmantelmesser für Rundschnitte, aber es ist noch zu früh, um darüber zu spekulieren." Mit Blick auf das Feld fuhr er fort: „Der eigentliche Tatort befindet sich allerdings mitten im Maisfeld. Dort haben wir die Kleidung gefunden. Wie es aussieht, fand dort auch ein Kampf statt. Danach muss das Opfer versucht haben, in Richtung Straße zu flüchten."

„Okay", sagte Joy. *Aber warum bin ich hier?*

Als hätte er ihre Gedanken gelesen, antwortete Colin: „Das Opfer hatte zuvor eine Nachricht auf dem Handy erhalten. Sie lautete: *Grüße von Kronos. Wenn der erste Schnee fällt, komme ich zurück.*"

„Kronos?", fragte Joy.

„Kronos." Colin nickte. „Das Handy des Opfers ist gesichert wie ein Hochsicherheitstrakt. Rikki ist dran. Könnte aber wetten, dass der Absender nicht zurückverfolgt werden kann."

„Die Nachricht muss nicht unbedingt was mit der Tat zu tun haben", sagte Lansky und verschränkte die Arme vor der Brust.

„Sagen Sie es ihm", meinte Colin zu Joy. Wieder trafen sich ihre Blicke, und wieder zogen sie sich gegenseitig in die Tiefe.

„Kronos war der Sohn der Gaia und des Uranos", sagte Joy. „Gaia steht für die Erde, Uranos für den Himmel. Der Charakter von Kronos entstand also aus der extremen Anziehung und Abstoßung dieser beiden gegensätzlichen Elemente."

„Das ist ja alles schön und nett", sagte Lansky und tat, als müsste er ein Gähnen unterdrücken. „Aber …"

„Kronos hat seinen Vater mit einer Sichel entmannt", sagte Joy.

„Wow." Siggi fuhr sich mit beiden Händen durch die blonden Locken.

„Innerhalb der symbolischen Sprache des Tatorts ist das also eindeutig eine Botschaft", fuhr Joy nachdenklich fort. „*Grüße von Kronos* ist eine Botschaft an das Opfer, aber zugleich auch an die Öffentlichkeit. Der Täter will, dass die Welt etwas über ihn und das Opfer erfährt. Bei solchen inszenierten Verbrechen geht es meist um Rache."

„Wenn der erste Schnee fällt", sagte Hagen, ohne auf Joys Beitrag einzugehen. „Sehr unpräzise, diese Zeitangabe, wenn ihr mich fragt. Aber die Formulierung, dass er dann zurückkommt, beinhaltet eindeutig eine Drohung. Meiner Meinung nach."

„Das sehe ich auch so", erwiderte Joy.

„Doch was meint er damit?", fragte Siggi. „Dass er nach Schwandorf zurückkehrt? Zu wem?"

Die Antwort blieb aus, da sich zwei Männer mit einem Schalensarg näherten. Auf Colins Okay hin begannen sie mit dem Abtransport. Sie hoben die Leiche in den Sarg, klappten den Deckel zu und stöhnten, als sie ihn anhoben. Dann wankten sie über den Acker davon.

„Noch eine Frage", sagte Joy. „Wo ist denn, also ich meine, wo ist denn der abgetrennte, äh, Penis?"

Die Männer blickten sie an. Joy sah auf ihre Schuhe hinab, an denen Erde klebte. Manchmal, so wie jetzt, spürte sie noch immer die Angst, die Henry ihr implementiert hatte. Sie steckte tief in ihrer Körpersprache, die unsicher wurde, sobald jemand sie beobachtete. Sie steckte in ihrer Stimme, die immer dann versagte, wenn sie zurechtgewiesen wurde.

„Den haben wir noch nicht", erlöste Colin sie aus ihrer Erstarrung. „Auch die Tatwaffe fehlt", fügte er hinzu. „Die Spurensicherung wird den ganzen Tag das Feld durchkämmen. Gegen zwölf kommt Verstärkung. Wenn wir Glück haben, sind wir morgen ein Stück weiter."

Joy starrte noch immer auf den Boden. Auch ihre Jeans war dreckig.

„Die Sonderkommission *Kronos* trifft sich morgen früh um acht zur ersten Besprechung", hörte sie Colin wieder. „Ich rechne mit Ihnen, Joy. Wir brauchen ein Täterprofil – und zwar ein gutes."

Langsam sah Joy auf. Sie begegnete Colins Blick und schluckte, bevor sie zögerlich lächelte. Doch die Angst steckte auch in ihrem Lächeln, das sich künstlich anfühlte, sobald jemand sie derart herausfordernd ansah wie Colin es in diesem Moment tat. Sie sollte das Täterprofil schreiben?

COLIN

EIN NETZ IST NICHT IMMER DAZU DA,
UM DICH AUFZUFANGEN.

Colin klingelte an dem alten, ehemals herrschaftlichen Gebäude, das auf einem schönen Hanggrundstück am Kapellenberg von Schwandorf stand. Der Putz bröckelte, ein Riss zog sich durch die Fassade. *Dr. Erwin Schädler, Hausarzt*, war mit schwarzen Buchstaben in ein Messingschild graviert, das neben der Tür hing. Das Schild war rostig, eine der vier Eckschrauben fehlte.

Es war 08:40 Uhr.

Colin klingelte noch einmal. Neben ihm trat Lansky von einem Fuß auf den anderen und inspizierte die Umgebung, wobei er das Kinn in die Luft reckte, als nähme er Witterung auf. Sein Lamborghini in Knallorange wirkte in der Hofeinfahrt so deplatziert wie eine fette Blume in der Wüste. Neben dem Eingang stand ein mit Sand gefüllter Betonkübel, der mit Kippen gespickt war. Sofort bekam Colin Lust, eine zu rauchen.

Er klingelte ein drittes Mal.

Aus dem Innern näherten sich Schritte, dann war das Geräusch eines Schlüssels zu hören, der im Schloss herumgedreht wurde. Ein junger Mann um die dreißig öffnete die Tür. Nur mit einem schwarzen T-Shirt und einer Boxershorts bekleidet stand er im Flur. Seine Haare waren ungekämmt, das Gesicht zerknautscht, er war barfuß. Sie schienen ihn aus dem Bett geklingelt zu haben.

„Niko Schädler?", fragte Colin.

Der junge Mann starrte ihn an, die Pupillen weiteten sich von Sekunde zu Sekunde mehr, bis er irritiert den Mund zu einer Frage öffnete.

„Kriminalpolizei", kam Colin ihm zuvor. „Dürfen wir reinkommen? Es geht um eine Zeugenbefragung."

„Ich verstehe nicht ..." Niko machte einen Schritt zur Seite, damit sie eintreten konnten.

Colin sah ihm direkt in die Augen und nickte ihm unmerklich zu. *Bleib ruhig, Junge.*

„Das ist mein Kollege Hagen Lansky", stellte Colin seinen Mitarbeiter vor.

Niko Schädler nickte, ohne Lansky anzusehen, und führte den ungebetenen Besuch ins Wohnzimmer, von wo aus man einen weiten Blick über das Dorf hatte. Niko setzte sich in einen alten Ledersessel und wartete. Er bot ihnen keinen Platz an. Colin setzte sich schließlich auf das Sofa, Lansky tat es ihm gleich.

„Heute Nacht wurde ein Mann ermordet", sagte Colin. „Ganz in der Nähe von eurem Konzert. Deshalb sind wir hier. Wir brauchen Ihre Hilfe, Herr Schädler. Sie wurden uns als Veranstalter genannt. Ist das richtig?"

„Ja." Niko fuhr sich durch die schulterlangen Haare. „Das heißt, nein. Also ja. Wir sind insgesamt drei Veranstalter. Martin, Jonny und ich."

„Noch mal fürs Protokoll", meldete sich Lansky zu Wort, der ein Diktiergerät und einen Kugelschreiber in der Hand hielt. „Die vollständigen Namen, bitte."

„Martin Fürst." Niko klang niedergeschlagen. „Und Johannes Decker. Wir spielen zu dritt in einer Band."

„Johannes Decker von der Autowerkstatt Decker?", fragte Colin.

Niko nickte. „Genau."

„Wie heißt die Band?", wollte Lansky wissen.

„Dorfcombo", antwortete Niko.

„Wie treffend", kommentierte Lansky grinsend.

Niko reagierte nicht.

„Ihr habt das Konzert selbst veranstaltet?", fragte Colin. „Steckt da kein Organisator dahinter? Kein Eventmanager?"

Niko sah ihn aus leeren Augen an. „Nein, so groß sind wir nicht. Früher, so vor zehn Jahren, da haben wir das mal intensiver betrieben. Aber heute, da treten wir nur noch selten auf. Einmal im Jahr veranstalten wir eben dieses Wohltätigkeitskonzert zugunsten von Kindern aus sozial schwachen Familien."

Niko blickte ihn an.

Schweigen.

„Entschuldigung", sagte Niko schließlich. „Darf ich erfahren, ich meine, können Sie mir sagen, wer ermordet wurde?"

Die Frage kam spät. Colin gab Lansky zu verstehen, dass er Niko das Foto zeigen sollte. Rikki hatte das Gesicht der

Leiche so retuschiert, dass es einigermaßen ansehnlich wirkte.

„Kennen Sie den Mann?“, fragte Colin.

Niko starrte auf das Foto.

„Kennen Sie diesen Mann?“, wiederholte er.

Niko schüttelte langsam den Kopf.

„War dieser Mann auf dem Konzert?“, fragte Colin.

Niko starrte immer noch auf das Foto.

„Haben Sie einen Streit beobachtet oder sonst etwas Auffälliges?“ Colin wurde ungeduldig. „War eine Frau bei ihm?“

Niko reagierte nicht.

„Bist du ein Fisch oder was? Oder noch besoffen?“ Beinahe hätte Colin geschrien.

„Tut mir leid“, stotterte Niko, als wäre er aus einem Traum erwacht. „Ich habe den Mann noch nie gesehen. Aber wir haben ja auch den ganzen Abend gespielt. Ich glaube nicht, dass der Typ auf dem Konzert war, aber hundert Prozent sicher bin ich mir nicht.“

„Gibt es Gästelisten? Überwachungskameras?“

„Überwachungskameras?“ Niko schüttelte den Kopf, als suchte er nach Worten. „Darf man das überhaupt? Ich meine, ist das nicht gegen das … Datenschutzgesetz?“

Colin stand auf. Unruhig tigerte er im Raum umher, dann blieb er vor der Fotogalerie stehen, die über dem alten Kamin hing.

„Eine Gästeliste gab es nicht“, hörte er Nikos Stimme. „Die Karten werden nicht online vorbestellt oder so. Die Leute kommen und gehen, wie sie wollen. Sie bekommen einen Stempel auf die Hand, das ist alles.“

„Was für ein Stempel?“

„Einen Stern.“

Colin nickte. Er war also tatsächlich auf dem Konzert gewesen.

„Ist das Ihr Vater?“, fragte Colin und deutete auf ein typisches Hochzeitsfoto an der Wand.

Niko starrte auf seine nackten Zehen. „War“, sagte er. „Das war mein Vater. Er ist vor vier Jahren gestorben. Oder fünf? Keine Ahnung. Ging ganz plötzlich. Herzinfarkt.“

„Ihr Vater war Arzt, richtig?“ Colin blickte auf das Hochzeitsfoto, auf dem ein hagerer Mann mit strenger Miene seinen Arm um eine dickliche Frau gelegt hatte.

„Ja.“ Niko sprach zu seinen Zehen: „Mein Vater hatte seine Praxis hier im Haus. Nachdem er starb, hat sich kein Nachfolger mehr gefunden.“

Niko blickte zum Fenster hinaus.

„Und wer ist das?“ Colin nahm ein anderes Foto von der Wand. Es zeigte drei Männer, die alle selbstbewusst in die Kamera grinsten. Ein helles Rechteck blieb auf der Tapete zurück. „Wer ist der Mann in der Mitte?“, fragte Colin und ging zu Niko hinüber.

Ganz rechts auf dem Bild stand der hagere Arzt Doktor Erwin Schädler, links ein kleiner, stämmiger Typ mit roten Haaren, unverkennbar der Wirt Baldur Fürst. In der Mitte stach ein großer, stattlicher Mann hervor, der eindeutig der Chef in der Runde zu sein schien. *Wie ich diese Fresse hasse!*

„Der Mann in der Mitte“, wiederholte Colin und reichte Niko das Foto. „Wer ist das?“

„Rechts das ist mein Vater“, sagte Niko leise.

„Der Mann in der Mitte!“, wiederholte Colin seine Frage abermals.

Niko starrte auf das Bild und schien nicht zu bemerken, dass sich die Tür öffnete. Eine Dame um die sechzig betrat den Raum, sie trug ein dunkelgrünes Kostüm und war aufwendig frisiert. Ihre Haare waren schwarz gefärbt, die Haut sehr weiß. Mit nach oben gezogenen Augenbrauen sah sie die Männer streng an.

„Ich bin Frau Doktor Schädler", sagte sie. „Und wen haben wir da zu Besuch?"

„Kommissar Westheim", stellte Colin sich vor und deutete eine Verbeugung an. „Das ist mein Kollege Hagen Lansky. Wir sind hier für eine Zeugenbefragung."

„Hast du schon wieder was ausgefressen, Niko." Ihre Stimme klang brüchig, als hätte sie diesen Satz früher oft gesagt, doch heute war er nur noch ein kraftloses Zitat der Vergangenheit.

Niko drehte den Kopf. Er sah seine Mutter an, als er sagte: „Es gab einen Mord, Mutter."

„Um Gottes willen." Die Frau bekreuzigte sich. „Einen Mord? Hier bei uns?" Sie schüttelte den Kopf. „Das ist sicher ein Missverständnis." Die Witwe trippelte zu dem Zweisitzer, der im rechten Winkel zum Sofa stand, und setzte sich auf die vorderste Kante. Schließlich fragte sie: „Stimmt das, Herr Kommissar? Ein Mord?"

Colin nickte wie beiläufig. Dann wendete er sich wieder Niko zu und sagte: „Herr Schädler. Ich frage jetzt zum letzten Mal: Wer ist dieser Mann in der Mitte?"

„Fragen Sie doch meine Mutter", entgegnete Niko. „Ich war damals noch ein Kind."

Colin trug das Bild zu der Frau hinüber, die sofort danach schnappte. Mehrere Ringe schmückten ihre weiße, knochige Hand.

„Frau Doktor", sagte Colin. „Können Sie mir sagen, wer das auf dem Foto ist?"

„Das ist mein Mann", antwortete sie. „Erwin war ein guter Arzt. Und so heimatverbunden. Seit Erwin tot ist, gibt es in der Gemeinde niemanden mehr, dem sie vertrauen können. Diese Krankenhäuser sind ja so schrecklich anonym. Da fehlt doch die Menschlichkeit."

Colins Augen verengten sich zu Schlitzen. War diese Frau eine so gute Schauspielerin? Oder glaubte sie wirklich, was sie sagte? Er stellte sich vor, wie der Fingerknochen ihrer rechten Hand knackte.

„Der andere", sagte er kalt und deutete wieder auf den großen Mann in der Mitte.

„Moment", entgegnete sie und seufzte theatralisch. „Da brauche ich erst meine Brille. Wir werden ja alle nicht jünger. Das Alter fordert seinen Tribut."

Colin fixierte sie. *Hör auf, so dumm daher zu quatschen.*

Frau Schädler erhob sich, ging zu einer Schublade und kramte darin herum. Als sie die Brille endlich fand und wieder Platz genommen hatte, betrachtete sie das Foto abermals.

„Ach, Sie meinen Alexander?", fragte sie dann. „Alexander Wagner? Er wohnt schon lange nicht mehr in Schwandorf. Er wohnt jetzt in der Stadt."

„In welche Stadt?"

„Frankfurt", sagte sie. „Oder war es München?"

Colin zwang sich zur Ruhe. „Kinder?", fragte er dann.

„Vier Söhne", antwortete sie. Dann stutzte sie. „Ach nein, Moment, zwei waren es."

„Zwei Söhne“, wiederholte Colin. Für einen Moment starrte er in den Himmel über Schwandorf. Dann fragte er: „Wie heißen sie? Wo wohnen sie?“

„Ach, mein Gott, Namen.“ Sie befühlte ihre aufgetürmten Haare und sagte: „Niko. Erinnerst du dich nicht mehr an die Wagner-Buben? Der eine ging doch bei dir in die Klasse. Du weißt schon, dieser arme, seltsame Junge mit dem …“

„Manuel“, sagte Niko. „Er heißt Manuel. Er ist aber nicht seltsam, Mutter. Er hat Trisomie 21.“ Der resignierte Blick, den Niko seiner Mutter zuwarf, machte klar, dass er schon lange aufgegeben hatte, ihr Weltbild korrigieren zu wollen. „Der Bruder heißt Julius. Er war der Star. Immer und überall. In der Schule kam niemand an ihn ran.“

Die Mutter rümpfte die Nase. „Alexander hat sich“, sie warf Colin einen langen Blick zu, „er hat sich scheiden lassen!“ Sie schüttelte den Kopf, als verurteilte sie die Tat zutiefst. „Heute ist er wohl in Frankfurt neu vermählt. Oder war es in München? Seine erste Frau, Elena hieß sie, also über sie sagte man im Dorf nicht nur Gutes, also sie kam ja aus Italien und hat auch nach der Scheidung …“

Colin war froh, als der laute Klingelton seines Handys den unappetitlichen Redeschwall dieser Frau unterbrach.

„Ja?“, sagte er. Und dann, nach nur wenigen Sekunden: „Okay.“ Er legte wieder auf.

Drei Paar fragende Augen waren auf ihn gerichtet.

„Sie haben die Tatwaffe“, sagte Colin. „Sie liegt auf dem Friedhof.“

JOY

DIE STÄRKSTE WAFFE EINER MUTTER
IST DIE LIEBE IHRER KINDER.

Es war kurz nach acht, als Joy die Haustür aufschloss. Sofort kam ihr Pirat entgegen und sprang an ihr hoch.

„Bela? Milan?“, rief sie im Flur, während sie den Hund mit Streicheleinheiten bedachte. Sie fand ihre Männer am Küchentisch, wo Bela gerade dabei war, den Kleinen mit Brei zu füttern. „Und noch ein Löffelchen für Mama“, sagte Bela, als sie eintrat.

„Mama!“, rief der Kleine. „Mama wieder da! Mama da!“ Milan streckte seine Ärmchen aus und versuchte, sich aus dem Kinderstuhl zu befreien.

„Mein kleiner Liebling!“ Joy hob ihren Sohn vorsichtig heraus und drückte ihn an sich. „Mama ist ja wieder da“, sagte sie. Dann hob sie den Kleinen hoch in die Luft. Milan gluckste vor Glück. Nachdem sie einmal mit ihm im Wohnzimmer herumgeflogen war, ließ er sich wieder zurück in den Hochstuhl bugsieren.

Pirat hatte sich wieder in sein Körbchen gelegt und beobachtete alles aufmerksam.

„Kann ich jetzt weitermachen?" Bela klopfte mit dem Plastiklöffel gegen das Breigläschen. „Man könnte ja meinen, ihr hättet euch eine Ewigkeit nicht gesehen."

„Es war eine Ewigkeit." Joy tippte ihrem Sohn mit dem Zeigefinger gegen die Nasenspitze. Dann fuhr sie ihrem Mann zärtlich durch die Haare. „Hi, mein Großer", flüsterte sie, beugte sich herab und gab ihm einen Kuss. Warm berührten sich ihre Lippen, doch der Kuss schmeckte noch immer nach Alkohol, Kaffee und Schweiß. Bela hatte es noch nicht geschafft, sich zu duschen.

„Na komm, noch ein Löffelchen", sagte Bela, doch Milan hielt den Mund geschlossen.

Joy öffnete den Kühlschrank und entschied sich für ein Glas Orangensaft. „Wie war eigentlich euer Essen?", fragte sie. „Du bist ja reichlich spät nach Hause gekommen."

„War schon okay." Wieder versuchte er, den Brei in Milans Mund zu schieben, doch der drehte den Kopf zur Seite. „Aber erzähl du doch erst mal. Was ist passiert?"

Während Bela mit dem blauen Plastiklöffel kreisförmig auf Milans Mund zusteuerte und dabei Flugzeuggeräusche imitierte, sagte Joy: „Männliche Leiche, circa sechzig bis siebzig Jahre, mit einer Sichel entmannt."

„Entma…?" Der Löffel erstarrte im Flug. Bela sah sie entgeistert an, Milan protestierte.

„Der Mörder identifiziert sich offensichtlich mit Kronos", sagte Joy, nahm einen Schluck Saft und fügte hinzu: „Also mit einer Figur aus der griechischen Mythologie." Noch ein Schluck. „Zumindest fand sich auf dem

Smartphone des Opfers eine Nachricht. Sie lautet: *Grüße von Kronos.*"

Die Küchenuhr tickte leise.

„Wow", sagte Bela schließlich. „Und ich dachte, hier wäre nichts los." Dann schob er den Löffel in Milans Mund, der den Brei jetzt widerstandslos schluckte.

„Westheim will mich in die Ermittlungen einbeziehen", sagte sie schließlich. Dabei fixierte sie den riesigen Breifleck auf dem T-Shirt ihres Mannes.

„Dich?"

„Ja. Wegen des Bezugs zur Mythologie."

„Aber du arbeitest doch nur 16 Stunden die Woche? Wie willst du da in einer Sonderkommission mitwirken? Geht das überhaupt? Müssen die nicht rund um die Uhr präsent sein? Tag und Nacht?"

„Über das Organisatorische haben wir noch nicht gesprochen." Joy stellte das Glas in die Spüle. „Aber Westheim will mich vor allem für den symbolischen Background. Das heißt, meine Zuarbeit wird eher theoretisch sein, vom Schreibtisch aus, nehme ich an."

Bela kratzte den Rest Brei aus dem Gläschen zusammen. „Okay", sagte er. „Verstehe. Alles andere wäre auch absurd."

„Ich muss bis morgen noch ein Täterprofil erstellen. Keine Ahnung, wie lange ich dafür brauche. Zwei bis drei Stunden, schätze ich." Sie blickte auf die Uhr. „Wenn ich gleich loslege, bin ich bis zum Mittagessen vielleicht fertig."

Bela ließ das Gläschen sinken. „Ich dachte, wir wollen mit dem Tapezieren beginnen?"

„Heute Mittag", entgegnete sie.

Für einen Moment glaubte sie, Enttäuschung in seinen braunen Augen schimmern zu sehen, doch dann sagte er: „Okay. Ich muss aber noch schnell duschen." An Milan gewandt fuhr er fort: „Danach geht der große, braune Hase mit dem kleinen Hasen auf Entdeckungstour. Wir können den Enten Brot bringen, was meinst du, Milan?"

„Enten!", rief Milan begeistert.

„Quak, Quak, Quak", rief Bela und klatschte in die Hände.

In diesem Augenblick wurden Joy zwei Dinge klar: Wie kindlich Bela doch noch war – und wie sehr sie ihren Mann liebte. Während Bela duschte, las Joy ihrem Sohn sein Lieblingsbuch vor. Doch ihre Gedanken waren nicht bei dem kleinen Traktor, der so stark sein wollte wie der große Traktor. Nein, ihre Gedanken waren bei Kronos.

Kronos, der Himmelsstürmer.

Kronos, der Titan.

Kronos, der Mörder?

Der Zeiger der Küchenuhr bewegte sich nur langsam voran.

09:15 Uhr. Endlich waren die beiden draußen. Mit einer Tasse Kaffee in der Hand betrat Joy das Zimmer, in dem ihr Schreibtisch stand. Sie blickte sich um. Die Regale waren noch leer, an der Wand stapelten sich die Umzugskartons. Obwohl sie über die Hälfte ihrer Bücher aussortiert hatte, waren es immer noch sechzehn Kisten, die ihren Weg von Berlin ins Mühlental gefunden hatten. Joy hatte die Kisten feinsäuberlich beschriftet.

Griechische Mythologie, stand auf der zweiten von rechts.

Joy stellte den Kaffee auf den Schreibtisch, zog die Kiste heraus und öffnete sie. Der vertraute Geruch von alten

Büchern kam ihr entgegen. Für den Bruchteil einer Sekunde dachte sie, wieder in Berlin in ihrem Arbeitszimmer zu sein, sie schloss die Augen und sah die schweren Perserteppiche vor sich, die dunklen Samtvorhänge und das deckenhohe Bücherregal aus dunkelbraunem Holz. Während sie mit den Fingerkuppen über die Buchrücken glitt, sog sie den Duft abermals ein. Bücher! Gab es ein größeres Geschenk als Bücher? Es roch nach Papier, nach Staub und nach jener Tiefe, die sich zwischen Worten auftun konnte.

Ein Abgrund, wenn man hineinfiel.

Der Himmel, wenn man nach oben katapultiert wurde.

In den letzten Monaten hatte Joy ihre Bücher nicht vermisst, der Umzug und das Kind hatten ihre volle Aufmerksamkeit gefordert, doch jetzt kam es zurück, jenes Prickeln, das belebend, nahezu erregend war. Ihr Geist begann wieder zu arbeiten. Sie zog das Lexikon der antiken Mythologie hervor, fuhr mit dem Daumen über die Seitenkante und blätterte die Einträge unter *K* durch.

Kalliope, Kassandra … Kronos.

Joy hielt das Buch in beiden Händen und las den ersten Absatz noch im Stehen, wobei ihr Oberkörper sanft vor und zurückwippte:

Kronos, Sohn des Uranos und der Gaia, war ein Titan. Seine Mutter veranlasste ihn dazu, den Vater mit einer sichelähnlichen Waffe zu entmannen. Dafür entwarf sie folgenden Plan: Sobald der Vater Uranos (Himmelgottheit) sich der Mutter Gaia (Erdgottheit) näherte, um mit ihr den Geschlechtsakt zu vollziehen, sollte Kronos zur Tat schreiten. Der Sohn verbarg sich dafür in der Mutter Erde und schnitt dem Vater den Penis ab, sobald er ihn in die Erde steckte. Der Plan funktionierte.

Joy hielt inne. Sie lauschte. Alles war ruhig. Konzentriert setzte sie sich an den Schreibtisch und fuhr ihren Computer hoch.

Uranos und Gaia hatten drei Arten von Kindern, las sie weiter. Die Titanen, die Kyklopen und die Hekatoncheiren. Doch nur die Titanen fanden Gefallen in den Augen des Vaters. Schön von Gestalt und mit Talenten begabt, galt ihnen sein Stolz. Die Kyklopen und Hekatoncheiren hingegen hasste er vom ersten Augenblick an. In ihnen erkannte er sich selbst, den Himmel, nicht wieder. Deshalb sperrte er sie in ein finsteres Gefängnis tief unter der Erde, wo die Sonne niemals hinkam, damit er sie nicht sehen musste. Die Entmannung war Gaias Rache dafür, dass Uranos nicht alle gemeinsamen Kinder gleichermaßen annehmen konnte.

Der Drehstuhl quietschte leise. Joy blätterte in dem Lexikon zurück.

Hekatoncheiren, las sie. *Der Begriff leitet sich von Griechisch „hekaton" ab, was „hundert" bedeutet, „cheir" steht für „Hand". In den griechischen Quellen werden sie als unförmige Riesen mit hundert Armen und fünfzig Köpfen beschrieben. Aufgrund ihrer vielen Hände galten sie als fähige Handwerker, in ihren geistigen Fähigkeiten jedoch als beschränkt.*

Joy machte sich Notizen. Ihre Finger glitten über die Tastatur. Sie trank einen Schluck Kaffee, bevor sie sich den nächsten Abschnitt vornahm:

Kyklopen, auch Zyklopen genannt. Wie die Hekatoncheiren werden sie als ungeformt, hässlich und abstoßend geschildert. Kyklopen haben nur ein einziges, „kreisrundes" Auge, das sich mitten auf der Stirn befindet. Auch sie werden in den griechischen Quellen als fähige Arbeiter beschrieben, die in der Schmiede des Hephaistos Waffen für den Kampf der Götter herstellten. Von den mythischen Kyklopen ist der Begriff der Zyklopie abgeleitet, der in der Medizin eine Fehlbildung bezeichnet.

Joy öffnete das Internet und gab in die Suchmaschine den Begriff der Zyklopie ein. Beim Anblick der Fotos zuckte sie zusammen. Oh Gott! Wie schrecklich. Das Gesicht eines Fötus' sah aus wie ein unförmiger Klumpen Lehm, der in der Mitte auf der Stirn einen Spalt hatte.

Zyklopie ist eine Gesichtsschädel-Fehlbildung, las sie, *bei der die Augen in einer einzigen Höhle in der Mitte des Gesichts verschmelzen. Diese Fehlbildung kann beim Menschen und beim Tier vorkommen. Sie ist sehr selten. Ursache kann eine Chromosomenaberration sein, meist eine Trisomie 13.*

Joy blickte in den Hof hinaus. Beim Wort „Trisomie" zog es ihr den Magen zusammen. In ihrer Schwangerschaft mit Milan hatten die Ärzte ständig von dem Risiko einer Fehlbildung gesprochen, das bei ihr anscheinend besonders hoch lag. Spätgebärende – wie sehr sie dieses Wort gehasst hatte, mit dem Akademikerinnen zum Risikofaktor für die Fortpflanzung erklärt wurden. Trotzdem hatte sich Joy gegen eine medizinische Untersuchung entschieden, vor deren Ergebnis sie sich gefürchtet hatte. Sie hatte Glück gehabt. Milan war gesund.

Joy blätterte weiter bis zum Buchstaben *T*.

Als Titanen bezeichnet man die heldenhaften Söhne und Töchter des Uranos und der Gaia, darunter so berühmte Gestalten wie Hyperion, Kronos, Themis, Mnemosyne oder Rheia. Titanen sind schön und mutig, aber nicht „gut" im eindimensionalen Sinn, denn sie verfügen über eine ursprüngliche, rebellische Kraft. Als der mutigste unter ihnen gilt Kronos, weil er sogar den Himmel herausfordert – und der Himmel, das ist sein Vater. Der Zusammenhalt unter den Geschwistern wird als sehr eng beschrieben. Die Titanen-Geschwister teilen Kronos' Empörung gegen den Vater und billigen seine schreckliche Tat.

Joy machte sich Notizen.

Nach der Entmachtung des Vaters wird Kronos zum Herrscher der Welt. Doch über ihm liegt der Fluch der Wiederholung: Kronos' eigene Eltern – Uranos und Gaia – prophezeiten ihm, dass auch er später von seinem Sohn entmachtet werden würde, ganz so, wie Kronos einst seinen Vater entmachtete. Um das zu verhindern, verschlingt Kronos alle seine Kinder gleich nach der Geburt. Deshalb ist er heute auch als ein grausames Monster bekannt. Wie sein eigener Vater steckt auch er seine ungeliebten Kinder in ein Gefängnis tief in der Erde. Und wieder ist es die Mutter, die das grausame Verhalten des Vaters nicht billigt: Mit einer List – sie gibt dem Mann einen Stein zum Fressen – rettet sie ihren jüngsten Sohn Zeus und versteckt ihn in einer Höhle auf Kreta.

Wieder blickte Joy auf den Hof hinaus. Was hatte Kronos mit den Genitalien des Vaters getan? Sie blätterte in dem Lexikon, nahm ein zweites zu Hilfe und stieß über mehrere Querverweise schließlich auf Aphrodite.

Aphrodite, Göttin der Liebe und Schönheit. Nach Hesiod wird Aphrodite die „Schaumgeborene" genannt, weil sie aus dem Schaum hervorging, der sich rings um die von Kronos mit einer Sichel abgeschnittenen und ins Meer geworfenen Genitalien seines Vaters Uranos bildete.

Nachdenklich nippte Joy an ihrem Kaffee. Dann begann sie zu schreiben. Das Bild des Mannes, der sich als Mörder Kronos nannte, setzte sich immer deutlicher vor ihrem inneren Auge zusammen.

Sie schrieb und schrieb.

Erst das Klingeln ihres Handys riss sie zurück in die Realität ihres Zimmers, in dem sich die Umzugskartons stapelten. Es war Colin, der anrief. Sie erkannte es bereits an der Melodie, die bei Tageslicht ihren Schrecken verloren hatte.

„Ja?"

„Wir haben die Tatwaffe." Kurze Pause. „Und den Rest auch."

„Wo?"

„Auf dem Dorffriedhof."

Okay, dachte Joy. Kein Meer, kein See, nicht mal ein Tümpel.

„Ich möchte, dass Sie herkommen und sich das anschauen", fuhr Colin fort.

„Jetzt?", fragte Joy. Im Flur konnte sie ihren Mann und ihren Sohn hören, die vom Ententeich zurückkehrten. Die tapsenden Pfoten von Pirat näherten sich bereits ihrem Büro.

„Natürlich jetzt", erwiderte Colin. Seine Stimme war ruhig, doch der gespannte Unterton entging Joy nicht. „Wann denn sonst?", setzte er nach. „Morgen oder was?"

COLIN

Begrabe deine Toten
tief in dein Herz hinein.

Colin raste die schmale Straße zum Friedhof hinauf. Eine ältere Dame wich entsetzt ins Feld zurück. Er blickte in den Rückspiegel. Erleichtert stellte er fest, dass sie noch aufrecht stand.

Hatte Niko gelogen oder nicht? Hätte er den Toten nicht wiedererkennen müssen? Selbst nach siebzehn Jahren? Der Alte hatte sich schließlich kaum verändert, es war dasselbe herrische Gesicht, das man nicht so leicht vergaß.

Die Straße endete in einem Friedhofsparkplatz.

So wie alles hier oben endet, das Leben, der Schmerz, die Hoffnung.

Nur der Hass, der bleibt.

Colin parkte seinen Volvo quer über zwei Flächen, stieg aus und checkte die Umgebung: Der Friedhof war klein, etwa hundert Tote fanden hier ihre letzte Ruhestätte. Eine Mauer führte um den Friedhof herum, ein Hauptweg teilte diesen in zwei Hälften, es gab nur einen Eingang und einen

Ausgang. Am hinteren Ende erhob sich ein großer Baum. Bei genauerem Hinsehen erkannte Westheim, dass es sich strenggenommen um zwei Bäume handelte, deren Kronen zu einer einzigen zusammengewachsen waren.

„Grüß Gott", sagte Colin zu dem uniformierten Polizisten, der am Eingang auf ihn wartete. Dann fragte er: „Wo?"

Doch eine Ansammlung von Frauen, die weiter hinten um ein Grab herum stand, war Antwort genug. Colin schritt auf sie zu, die Hände in seiner Lederjacke vergraben, den Kragen nach oben gestellt.

Es waren vier Frauen, zwei jüngere und zwei ältere.

„Kommissar Westheim", sagte die Hübscheste von ihnen, als er herantrat. Sie hatte wache Augen. Die braunen, langen Haare waren zu einem Pferdeschwanz am Oberkopf gebunden, die Lippen leuchteten auffallend rot, auch wenn sie sonst keine Schminke trug.

Er nickte den Damen zu, die sofort Platz machten, damit er einen ungehinderten Blick auf das Grab werfen konnte.

Diana Fürst stand auf dem Grabstein, der schmerzhaft hell in der Sonne reflektierte. Colin blinzelte.

„Meinen Sie, er hat es absichtlich auf dieses Grab gelegt?", fragte die Göre mit den roten Lippen.

Colin antwortete nicht. Er starrte auf den weißen Marmor, in den goldene Buchstaben und Zahlen eingraviert waren. Diana Fürst wurde am *04.03.1981* geboren und starb am *24.12.2002.* Das ovale Bild zeigte ein Foto der Verstorbenen.

Die Erinnerung traf ihn ebenso hell und schmerzhaft wie das Sonnenlicht. Sie war viel zu jung gewesen, um zu sterben. Und verdammt schön. *Fuck!* Musste das sein? Ausgerechnet hier auf dem Grab hat er das Zeug abgelegt?

Colin tastete über sein Jackett, dort, wo die Schachtel Zigaretten stecken müsste. Es war ein beruhigendes Gefühl, das weiche Rechteck zu spüren. Für einen Moment kämpfte er gegen den Drang an, sich jetzt und hier eine anzustecken. Die Sehnsucht nach dem Brennen in seiner Lunge war übermächtig, doch dann spürte er die Blicke der umstehenden Frauen und fluchte innerlich. Er hasste Friedhöfe und er hasste den Tod, der eine Kriegserklärung an Gott war. So wie jedes verdammte Grab hier eine verschissene Kriegserklärung an Gott war.

Der Wind fuhr durch die Blätter des Zwillingsbaums.

Das Grab war gepflegt. Die Kerze in dem roten Plastikgehäuse brannte. Blaue und weiße Blumen waren in diagonalen Linien in die Erde gepflanzt worden. Die Blumen blühten. Darunter lag das Messer, es hatte eine sichelförmige Klinge. Bei genauerem Hinsehen erkannte Westheim zwei rote Gewebeklumpen, die wie verschrumpelte Aprikosen aussahen.

„Meine Mutter hat die, ähm, Sachen entdeckt", meldete sich die Göre wieder zu Wort.

Colin drehte sich um. „Wie heißen Sie?", fragte er.

„Karina Decker", kam es wie aus der Pistole geschossen. Sie deutete auf die ältere Frau neben sich und fügte hinzu: „Und das ist meine Mutter."

Die Mutter war kreidebleich im Gesicht und sagte kein Wort.

„Das Grab meines Vaters ist nebenan", fuhr die Tochter fort. „Meine Mutter wollte nur Blumen gießen." Sie deutete auf das Nachbargrab. Es war ein dunkler, glatter

Grabstein, auf dem in weißen Buchstaben *Thomas Decker* stand, *05.06.1949 – 08.02.2007*. Daneben waren bereits der Name und das Geburtsdatum seiner Frau *Melanie Decker, geb. Schwarz*, eingraviert; nur das Sterbedatum fehlte noch.

„Autohaus Decker?“, fragte Colin.

„Genau!“ Sie strahlte.

„Dann ist Johannes Decker Ihr Bruder? Jonny? Der Gitarrist?“

„Sie kennen ihn?“

Colin starrte vor sich hin.

„Wir haben sofort die Polizei gerufen“, hörte er Karina wieder. „Mir war gleich klar, dass das etwas mit dem Mord zu tun hat.“ Sie blickte ihn herausfordernd an. „Hat es doch, oder?“

Colin sah sie an. In diesem Moment schlug die Kirchturmuhr im Ort zehn Uhr. Nur wenige Stunden nach dem Leichenfund wusste also das ganze Dorf Bescheid.

„Wir haben natürlich nichts angerührt“, fuhr die Decker-Tochter fort. Ihre Mutter sah verloren in die Ferne. „Selbst wenn ich müsste, würde ich das Zeug nicht freiwillig anrühren, also man sagt ja, das da wäre der, also ich meine, das da wäre der …“

Colin zog eine Augenbraue nach oben.

„Oh Gott“, flüsterte sie. „Aber sagen Sie, ist das wirklich der …“

Ja, verdammt. Der Schwanz von Alexander Wagner!

„Ich hoffe, Sie haben kein Foto gemacht“, sagte Colin stattdessen. „Wenn davon irgendwas auf Facebook oder Instagram landet, dann sind Sie geliefert! Da kommen Sie nicht unter zwei Jahren Haft davon.“

Karina nickte erschrocken.

„Und dasselbe gilt für Sie!“, schnauzte Colin die andere junge Dame an, die ebenfalls ein Smartphone in der Hand hielt. „Haben wir uns verstanden?“, fragte er drohend.

Beide Frauen nickten ängstlich. Dann blickten sie über die Friedhofsmauer zum Parkplatz hinaus, wo zwei Kleinbusse ankamen, aus denen jeweils etwa zehn Männer purzelten. Die Spurensicherung war da.

„Meine Damen“, sagte Colin. „Sie werden jetzt gleich meinen Kollegen zu Protokoll geben, was Sie mir gerade erzählt haben.“ Er blinzelte. „Aber einen Moment noch.“ Er sah Karina an, als er fragte: „Wer war Diana Fürst? Warum starb sie mit nur einundzwanzig Jahren? Was sagt man im Dorf darüber?“

Karina hatte sich bei ihrer Mutter untergehakt und erwiderte selbstbewusst seinen Blick, obwohl er sie gerade noch derart angeschnauzt hatte.

„Schlimme Geschichte“, sagte sie. „Diana war ein paar Jahre älter als ich. Sie war das schönste Mädchen, das man sich vorstellen kann.“ Karina blickte auf den Grabstein. „Genau so hat sie ausgesehen, wie Schneewittchen. Einfach wunderschön. Und null arrogant. Eher schüchtern, so habe ich sie in Erinnerung.“ Auch sie richtete ihren Blick in die Ferne, als sie hinzufügte: „Ein Autounfall. Ausgerechnet an Weihnachten. Es ist lange her, aber daran erinnere ich mich noch genau.“

„Das war vor siebzehn Jahren“, sagte ihre Mutter.

Colin sah die Mutter überrascht an. Die Frau hatte also doch eine Stimme.

„Es war am Heiligabend vor siebzehn Jahren“, bekräftigte sie sogleich. „Jeder erinnert sich daran. Es war ein

Schock für die ganze Gemeinde. Vor allem für uns Mütter. Wir haben alle mit Gerlinde gelitten. Die Arme kam nie über den Verlust ihrer Tochter hinweg. Sie war ihr Ein und Alles gewesen."

„Es sind aber noch nicht ganz siebzehn Jahre, Mama", korrigierte die Tochter ihre Mutter. „Wir haben ja erst Mai. Erst im Dezember sind es siebzehn Jahre."

Die Mutter schien sie nicht zu hören. „Am Abend haben sie in der Christmette dann alle Kerzen gelöscht", sagte sie mit weit aufgerissenen Augen.

„Ein Unfall?", fragte Colin.

„Der Wagen kam von der Straße ab und prallte gegen einen Baum", antwortete die Mutter abwesend.

„Moment", erwiderte die Tochter lebhaft. „Ich erinnere mich, da saß doch dieser Junge am Steuer, oder? Der Behinderte, der noch keine achtzehn war?"

Die Mutter tauschte mit der anderen älteren Dame einen schnellen Blick.

Colin zog die Schachtel Zigaretten hervor.

Der Zwillingsbaum rauschte.

„Dann war also der Junge schuld?", fragte Colin. „Ist es das, was man sich im Dorf erzählt?"

Schweigen.

„Ja denken Sie denn, das hat etwas zu bedeuten, Herr Kommissar?", fragte Karina, der das Schweigen unangenehm zu sein schien. „Also dass der Mörder die, äh, Sachen ausgerechnet auf Dianas Grab gelegt hat?"

„Alles hat etwas zu bedeuten", erwiderte Colin und schenkte der jungen Dame ein Lächeln. Obwohl sie derart vorlaut war, empfand er Sympathie für sie; oder vielleicht gerade deswegen. „Überlegen Sie", sagte er und klopfte eine Zigarette hervor. „Muss es zwingend der Mörder gewesen sein, der die Sachen hier abgelegt hat?“ Er zündete die Zigarette an und inhalierte gierig den Rauch. Das Brennen war genau das, was er jetzt brauchte.

„Nein“, erwiderte sie. „Jemand könnte die Sachen gefunden und hier abgelegt haben.“

Colin nickte. Nachdem er den Rauch ausgeatmet hatte, sagte er: „Deshalb streuen wir von der Kripo nie Gerüchte, bevor sich etwas bestätigt hat. Und ich bitte Sie, tun Sie das auch nicht. Niemals. Überlassen Sie das Ermitteln der Polizei. Und ziehen Sie keine voreiligen Schlüsse. Gerade hier auf dem Land ist das gefährlich, wo jeder jeden kennt und jeder einen Grund hat, über den anderen etwas zu sagen, das nicht immer der Wahrheit entspricht. Da kann vorschnell geschossen werden.“

„Geschossen?“

„Verbal“, sagte er.

Die Kleine nickte, ihr Blick war aufrecht und tief, sie gefiel ihm.

„Was machen Sie?“, fragte er.

Sie sah ihn überrascht an.

„Beruflich“, fügte er hinzu.

„Ach so.“ Sie lachte verlegen und senkte den Kopf, als sie sagte: „Ich bin Tagesmutter.“

„Hier in Schwandorf?“

„Ja“, entgegnete sie und zog eine Visitenkarte hervor, auf der ein Regenbogen war und zwei Hände, die ihn hielten. Darunter stand eine Handynummer, außerdem: *Karina Decker, Tagesmutter, Schwandorf. Ihre Kinder sind bei mir in besten Händen.*

„Gut zu wissen.“ Colin steckte die Karte ein.

Dann schickte er die Frauen weg. Folgsam entfernten sie sich vom Grab. Er blickte ihnen hinterher, vor allem der Tagesmutter, und nahm einen letzten Zug von seiner Zigarette, bevor er sie über die Mauer warf. Doch Voß, der Leiter der Spurensicherung, der in diesem Moment auf ihn zusteuerte, hatte es schon gesehen.

„Ich will nicht schon wieder deine DNA an der Kippe auswerten", sagte Voß grimmig.

Die Männer begrüßten sich und lachten.

Voß war ein unauffälliger Mann, Halbglatze, Brille, nettes Lachen. Flüsternd besprachen sie das weitere Vorgehen, so als wollten sie den Schlaf der Toten nicht stören. Auch die anderen Männer bewegten sich erstaunlich leise zwischen den Gräbern. Deshalb fiel die Stimme sofort auf, die vom Hintereingang her über den Friedhof donnerte.

Colin blickte auf.

„Wer ist hier der Einsatzleiter?", brüllte der Mann schon von weitem. „Sind Sie das, hä?"

„Und wer sind Sie?" Colin betrachtete den Mann, der schwer atmend vor ihm stehen blieb. Die wenigen Haare, die er noch auf dem Kopf hatte, waren weißrötlich. Das Gesicht war aufgequollen und stark gerötet. Der Mann stank nach Alkohol und Pisse. *Ein Trinker.* Colin schätzte ihn auf Mitte sechzig. Sein unterster Hemdknopf stand offen und entblößte eine gewaltige Wampe, die wackelte, wenn er sich bewegte.

„Das ist das Grab meiner Tochter!", brüllte er. „Alle sofort verschwinden! Weg hier! Auf der Stelle! Das ist Totenschädigung!"

„Meinen Sie Totenschändung?", fragte Colin.

„Sie Wichser“, lallte der Mann. Er sah aus, als hätte er die Nacht im Freien verbracht.

„Wir führen Ermittlungen in einem Mordfall durch“, erwiderte Colin ruhig. „Ich muss Sie bitten, den Friedhof zu verlassen, wenn Sie sich nicht benehmen.“

„Ich? Den Friedhof verlassen? Davor hauen Sie ja wohl ab.“ Der Mann schwankte und griff nach Colins Arm.

„Unterstehen Sie sich, hier irgendetwas anzurühren“, zischte Colin und schüttelte angeekelt die Hand ab. „Wenn diese Information von Ihrem Gehirn nicht verarbeitet und richtig umgesetzt werden kann, dann lasse ich Sie auf der Stelle verhaften.“

Sein schneidender Ton zeigte Wirkung. Der Mann stand plötzlich geduckt da. Am liebsten hätte Colin auf den Boden gespuckt. Männer, die nur stark waren, weil ihr Umfeld schwach war, verdienten seinen Abscheu.

„Wer sind Sie?“, fragte Colin scharf.

„Fürst“, presste der hervor.

„Wie bitte?“ Colin deutete auf sein Ohr.

„Baldur Fürst“, antwortete er lauter. Halb spöttisch, halb respektvoll fügte er hinzu: „Herr Kommissar.“

Colin betrachtete ihn. Tatsächlich. Was für ein Abstieg! Früher hatte Baldur Fürst das beste Restaurant in der Gegend geleitet. Der *Goldene Löwe* hatte es geheißen – und Goldener Löwe hatte man auch zu dem rothaarigen Wirt gesagt, der sich jeden Abend charmant zwischen seinen Gästen bewegt hatte. Immer einen Spruch auf den Lippen. Immer eine Runde Schnaps aufs Haus.

Der Zwillingsbaum rauschte.

Der alte Fürst kratzte sich am Sack, die Wampe hing über den Hosenbund, der Gestank von Alkohol und Pisse nahm von Minute zu Minute zu. Colin trat einen Schritt zurück. An welchem Punkt seines Lebens hatte der Mann aufgehört, ein Löwe zu sein? War der Tod seiner Tochter der Wendepunkt gewesen, an dem alles zerbrach?

Das weiße Marmorgrab glänzte in der Sonne.

„Dann sind Sie Baldur Fürst, der Wirt?“, fragte Colin dennoch. „Der goldene Löwe?“

„Genau der.“ Der alte Fürst grinste verächtlich. „Und wer sind Sie?“

Colins Blick drang tiefer in die kleinen, schwimmenden Augen seines Gegenübers ein. Vielleicht war der Alkohol gar keine Strafe für diesen Mann, sondern immer schon seine Sehnsucht gewesen. Die Sehnsucht, sich zu betäuben. Vielleicht war die Zerstörung von Geburt an seine Antwort auf das Leben gewesen – und der Tod seiner Tochter nur ein Grund, ihr nachzugeben.

„Herr Fürst“, sagte Colin mit einer Stimme, die ein klein wenig weicher klang. „Nicht wir sind die Totenschänder. Schauen Sie doch einfach mal in einen Spiegel. Dann erkennen Sie die Zumutung.“

Der alte Fürst kratzte sich demonstrativ am Sack.

„Diese Männer hier“, Colin deutete auf die Leute von der Spurensicherung, „tun nur ihre Arbeit. Sie versuchen herauszufinden, was das Grab Ihrer Tochter verschweigt.“ Er blickte den Mann direkt an, senkte die Stimme und fügte hinzu: „Ob da mehr hinter ihrem Unfall steckt. Etwas, das erklären würde, warum die Mordwaffe auf ihrem Grab liegt.“

„Mehr?“ Der alte Fürst kicherte und blickte dabei wild um sich. Das Kichern war nur schwer zu ertragen.

„Hören Sie auf!“, befahl Colin.

Der alte Fürst verstummte. „Ist das wirklich die Tatwaffe?“, fragte er schließlich in einem Anflug von Vernunft. „Also ist das die Waffe, mit dem sie dem Wagner Alex den Schwanz abgeschnitten haben?“

„Wagner Alex?“, fragte Colin. Sein Puls stolperte.

„Alexander Wagner“, antwortete der alte Fürst. „Er ist es doch, den sie umgebracht haben?“

Fuck. Wie konnte sich das nur so schnell herumgesprochen haben?

„Das wissen wir noch nicht sicher“, entgegnete Colin dennoch kooperativ. „Das Mordopfer hatte keine Papiere bei sich. Eine Identifizierung hat noch nicht stattgefunden, und die Zeugenbefragungen laufen erst an.“

„Haben Sie kein Foto?“, fragte der alte Fürst. Beinahe flehte er. „Ich meine von der Leiche? Kann ich es sehen?“ Die wässrigen Augen des ehemaligen Wirts erinnerten Colin in diesem Moment an einen Hund.

Colin zog sein Smartphone aus der Tasche, öffnete ein Foto und hielt es dem alten Fürst hin. Dabei versuchte er, ihn nicht zu berühren.

„Ja“, keuchte der alte Fürst. „Das ist er. Alexander Wagner.“ Er schüttelte ungläubig den Kopf. „Krass.“

„Woher kennen Sie Alexander Wagner?“

„Von früher halt.“

„Geht das genauer?“

Schweigen.

„Soll ich Sie vorladen?“, setzte Colin nach. *Das wird sich ohnehin nicht vermeiden lassen.*

„Wir sind beide hier aufgewachsen im Dorf. Waren mal gute Freunde, bevor er in die Stadt zog.“

„In welche Stadt?“

„Frankfurt", keuchte der alte Fürst. Sein Atem ging schnell. Er fasste sich ans Herz. „Alex wohnt schon lange in Frankfurt. Er hat es geschafft. Kommt nur noch selten vorbei." Plötzlich taumelte er, schwankte und fluchte: „Ach du Scheiße. Der Wagner Alex ist tot. Wirklich tot."

JOY

Nichts unter der Sonne ist Zufall,
am wenigsten das, was ein Liebender tut.

Der Friedhof von Schwandorf befand sich auf einer Anhöhe am nördlichen Dorfausgang. Die schmale Straße endete in einem Parkplatz, auf dem es vor Polizeifahrzeugen nur so wimmelte. Im Schritttempo fuhr Joy über den Platz.

Warum wurde die Tatwaffe auf einem Grab abgelegt?

Joy blickte sich um. Würde hier oben nicht der Ausnahmezustand herrschen, hätte sie diesen Ort als romantisch empfunden. Träumend lag der Friedhof da, ringsum von einer Mauer geschützt, am Ausgang erhob sich ein kräftiger Baum, der zwei Stämme und eine Krone hatte.

Sie fuhr weiter, alle Parkplätze waren belegt.

Die Leute von der Spurensicherung gingen in weißen Overalls zwischen den Gräbern umher wie Gespenster. Vor dem Eingang sprach ein Kollege vom Kriminalpsychologischen Dienst mit vier Frauen. Joy fuhr in ihrem Land Rover mit geöffnetem Fenster an ihnen vorbei. Eine von ihnen hatte einen langen, braunen Pferdschwanz, auffallend rote Lippen und wache Augen, aus denen sie Joy einen kurzen, aber intensiven Blick zuwarf.

Joy antwortete mit einem ebensolchen Blick.

Tatsächlich war kein einziger Platz mehr frei. Colins Volvo stand quer über zwei Parkflächen. *So typisch.* Joy fuhr in die angrenzende Wiese hinein, parkte und stieg aus.

Der Wind strich ihr sanft durch die Haare.

Ihr Blick glitt in die Ferne über das Dorf hinweg. Auf den roten und schwarzen Satteldächern spiegelten die Solarplatten den Himmel wider. Inmitten des Häusermeers ragte die Kirchturmspitze empor, sie schimmerte rötlich in der Sonne. *Wie schön das aussieht. Was für ein friedlicher Ort.*

„Joy." Plötzlich hörte sie eine tiefe, raue Stimme hinter sich. Sie drehte sich um. Sein Blick war noch dunkler als am Morgen.

Colin sagte: „Ich habe Sie bereits vor einer halben Stunde angerufen."

„Das tut mir leid", entgegnete sie und bereute sogleich, sich entschuldigt zu haben. Sie wurde nicht dafür bezahlt, jederzeit zur Verfügung zu stehen! „Also mein Sohn", rechtfertigte sie sich dennoch. „Er hat mich nicht gehen lassen."

„Ihr Sohn." Colins Blick verdichtete sich abermals.

„Richtig."

„Wie alt ist er?"

„Drei."

„Drei", wiederholte er. „Und er hat Sie nicht gehen lassen?"

Um seine Mundwinkel spielte ein Lächeln. Oder war es Verständnislosigkeit? Gar Missbilligung?

Joy sprach in Gedanken zu dem Zwillingsbaum, was sie sich Colin nicht zu sagen traute: Er wusste nicht, wie das war, wenn das eigene Kind nach einem schrie. Sein Herz war frei. Welchen Sinn machte es also, es ihm zu erklären?

„Die Spurensicherung hat jetzt vorübergehend den direkten Zugang zur Fundstelle gesperrt", hörte sie Colins dunkle Stimme wieder. „Sie sind leider zu spät, Joy."

Sie starrte ihren Chef an. *Zu spät?* Dann war sie umsonst hergekommen? Beim Gedanken an Milan, der geheult hatte, als sie zum zweiten Mal an diesem Tag weggegangen war, zog es ihr den Magen zusammen. Joy biss sich auf die Lippen.

„So schlimm?" Colins Stimme wurde plötzlich weich.

„Geht schon", erwiderte sie.

Wieder hatte sie das Gefühl, dass er in ihr lesen konnte wie in einem Buch. Dieser ruppige Kerl verfügte über Empathie, auch wenn er es gut verstand, sie zu verbergen.

„Sie können aber bis zu der zweiten Weggabelung gehen", fügte Colin hinzu. „Von dort aus können Sie noch einen Blick auf das Grab werfen."

Joy bemühte sich, dem Augenkontakt standzuhalten, als sie fragte: „Um was für ein Grab handelt es sich?"

„Diana Fürst", erwiderte er. „Das Mädchen lebte hier im Dorf, starb mit nur einundzwanzig bei einem Autounfall. Muss ziemlich tragisch gewesen sein."

Joy blickte in den Himmel, der wolkenlos blau war. „Wie lange ist das jetzt her?"

„Fast siebzehn Jahre", antwortete Colin. „Diana Fürst verunglückte am Morgen des 24. Dezembers. Sie wollte nur noch schnell ein paar Weihnachtseinkäufe machen." Schweigen. Dann: „An dem Tag fiel der erste Schnee, der

Wagen kam ins Schleudern und prallte gegen einen Baum."

„Schnee?"

Colin bohrte seinen Blick abermals in ihren. Beide schienen sie an dasselbe zu denken, ohne bereits die Verbindung erkennen zu können.

Wenn der erste Schnee fällt, kehre ich zurück.

„Lebt die Familie von Diana Fürst noch im Dorf?", fragte Joy schließlich.

Colin fuhr sich durch die wilden, dunklen Haare. „Ja. Martin Fürst, ihr Bruder, ist der Sänger der Dorfcombo, die das Konzert gestern hatten. Dem Vater, Baldur Fürst, gehörte früher mal das Restaurant zum *Goldenen Löwen,* eine der besten Adressen der Region. Heute ist der alte Fürst Alkoholiker und nur noch ein Schatten seiner selbst."

„Wegen des Unfalls?", fragte Joy.

Colin öffnete den Mund, als ob er noch etwas sagen wollte, doch dann zog er sein Smartphone aus der Tasche, wischte mit dem Zeigefinger über das Display und sagte: „Das ist das Grab." Er hielt das Smartphone so, dass Joy ein Bild erkennen konnte. Es zeigte einen weißen Marmorstein, auf den in goldener Schrift der Name und die Daten der jungen Frau eingraviert waren.

Diana Fürst. 04.03.1981 – 24.12.2002.

Joy schluckte. Wieder blickte sie in den blauen Himmel, der über allem stand, und ballte die Hand zur Faust.

„Und das ist die Tatwaffe", hörte sie Colin.

Auf dem Display war ein Messer mit einem Holzgriff zu erkennen, die Klinge war an der Spitze gebogen.

„Eine Hippe“, erklärte Colin. „Das ist ein Rebmesser, wie es Winzer früher verwendet haben. Die Klinge ist acht Zentimeter, sichelförmig gebogen mit der Schneide auf der Innenseite. Der Griff ist aus Horn.“

„Die Tote“, sagte Joy. „Diese Diana Fürst.“

„Ja?“

„Sie ist wunderschön.“

Colin nickte. „Eigentlich undenkbar, bei dem Vater.“

„Eine weitere Gemeinsamkeit“, entgegnete Joy.

„Gemeinsamkeit?“ Colin sah sie aufmerksam an. Dann zog er sein Päckchen Zigaretten hervor, klopfte eine davon heraus und zündete sie an. Gemeinsam gingen sie den Feldweg entlang, der vom Friedhof wegführte. Der Kies knirschte unter ihren Sohlen, ein Vogel krähte.

„Auch Kronos warf die abgetrennten Genitalien seines Vaters fort“, sagte Joy. „Aus der Stelle erwuchs Aphrodite, die Göttin der Schönheit und der Liebe.“

„Liebe?“ Colin stieß Rauch aus.

„Uranos, der Vater, war derart dominant, dass er die Geburt der Liebe verhinderte“, fuhr Joy fort. Ein Ast knackte unter ihren Sohlen. „Erst als Uranos entmachtet war und die Mutter Erde ihm ebenbürtig wurde, konnte Liebe und Schönheit entstehen.“

„Du glaubst also, unser Toter war so ein Vater?“, fragte Colin. Sein Blick schien in der Ferne nach etwas zu suchen.

„Ich glaube nicht, dass das Zufall ist“, entgegnete Joy.

„Und wenn doch? Das Grab von Diana Fürst liegt am Hauptweg, der vom Eingangstor zum Ausgang führt. Möglich, dass sich hier jemand nur seiner Last entledigt hat, während er die Abkürzung durch den Friedhof nahm, ohne dem Bedeutung zu schenken, wohin er es warf.“

„Nichts unter der Sonne ist Zufall", sagte Joy. Unweigerlich musste sie an ihren Ex-Mann denken. „Am wenigsten das, was ein Mensch tut, in dem sich Leidenschaft und Kalkül zu einem Plan verdichten."

Colin sah noch immer in die Ferne.

Joy folgte seinem Blick. Dann entdeckte auch sie die beiden Vögel, die mit großen Schwingen den Himmel durchkreuzten.

FREITAG

31. MAI

JOY

WER ES KÖNNTE:
DIE WELT HOCHWERFEN, DASS DER WIND
HINDURCHFÄHRT.

Schatz, das muss du verstehen“, sagte Bela. „Im Büro warten alle auf mich. Wenn ich nicht komme, wissen zwanzig Leute nicht, was sie tun müssen. Dann läuft da gar nichts.“

„Nur eine Stunde, bitte“, hakte Joy nach. „Sag einfach, du kommst eine Stunde später. Sag, das Auto hat eine Panne, dein Kind ist krank, was weiß ich.“

„Joy.“ Zärtlich nahm er ihre Hände in seine. „Heute geht das wirklich nicht. An einem anderen Tag vielleicht. Aber in den nächsten Wochen hat das Projekt absolute Priorität. Wenn ich das vermassle, steht meine gesamte Karriere auf dem Spiel. Und du weißt, ich tue das …“

„… nur für uns“, komplettierte sie den Satz.

Bela nickte.

Für einen Moment berührten sich ihre Lippen zu einem Kuss, dann verließ er in Anzug und Krawatte das Haus. Leise zog er die Tür hinter sich zu.

Es war Freitagmorgen, der 31. Mai, 06:45 Uhr. Um acht hatte Joy die Besprechung der Sonderkommission *Kronos*, bis ins Kommissariat nach Sigmaringen brauchte sie dreißig Minuten.

„Mama, will raus!“ Milan saß in seinem Kinderstuhl und hämmerte mit der Schnabeltasse auf das kleine Tischchen, das vor ihm angebracht war.

„Gleich, mein Schatz, Mama ist gleich da.“ Beruhigend sprach sie auf ihren Sohn ein, während sie noch schnell das dreckige Geschirr in die Spülmaschine räumte. Joy war noch im Schlafanzug, ungekämmt und ungeduscht. Während Bela sich in Ruhe fertig gemacht hatte, hatte sie Milan gewickelt, angezogen und gefüttert.

„Will! Raus!“ Milan gab seinen Worten Nachdruck, indem er die Tasse auf den Boden schleuderte. Durch den Aufprall löste sich der Deckel und der gesamte Tee floss auf das Parkett.

„Ach Mensch, Milan!“ Joy schnappte sich die Küchenrolle und eilte zum Tisch hinüber. „Sieh mal, was du angestellt hast. Der ganze Tee ist ausgelaufen. Lass das bitte in Zukunft, ja?“

Milan heulte auf.

Joy bückte sich, fischte die Tasse und den Deckel aus der Pfütze, wischte den Tee weg und hörte im selben Moment ihr Handy auf dem Tisch vibrieren. Eine WhatsApp war eingegangen. Abrupt richtete sie sich auf, schlug mit dem Kopf gegen die Tischplatte, rieb sich mit der linken Hand die schmerzende Stelle und tastete mit der rechten nach dem Smartphone. Colin. Die Nachricht kam von Colin.

Was ist das Problem?, hatte er geschrieben.

Joy krabbelte unter dem Tisch hervor, zog sich auf einen Stuhl hinauf und versuchte, das Zittern ihrer Hand zu ignorieren. *Was das Problem ist?!*

„Mama Handy!", rief Milan und streckte seine Pummelärmchen nach dem Smartphone aus: „Will! Handy!"

Joy reichte ihm den Schlüsselbund als Ersatz. Am vorherigen Abend hatte sie Colin geschrieben, dass sie es wahrscheinlich nicht pünktlich zur Besprechung schaffen werde. Wenn überhaupt, könnte sie frühestens um 08:30 Uhr da sein.

„Handy! Mama!", protestierte Milan und warf den Schlüsselbund in ihre Richtung. Doch selbst sein Brüllen erreichte sie in diesem Moment nicht mehr. Wie gebannt starrte sie auf das Display. *Colin schreibt*, stand da.

Ich erwarte Sie Punkt acht bei mir im Büro!!!, lautete die Nachricht, die gleich darauf eintraf. Er hatte seinen Worten mit drei Ausrufungszeichen Nachdruck verliehen. Oder seiner Wut.

„Raus! Will raus!", schrie Milan.

Joy griff nach ihrem Kaffee, der zwischenzeitlich kalt geworden war. Auch das Müsli in ihrer Schüssel hatte sie noch nicht angerührt. Sie zog den Löffel heraus und ließ die Pampe abtropfen. Der Brei war aufgequollen und wirkte nicht mehr appetitlich.

Was mein Problem ist? Was mein gottverdammtes Problem ist?

Sie trank den kalten Kaffee, verzog den Mund und ignorierte das Brüllen ihres Kindes.

Problem eins: Sie hatte einen Mann, für den seine Karriere und ein 15-Millionen-Projekt absolute Priorität genossen! Verständlich irgendwie. Problem zwei: Sie hatte einen emotional gestörten Chef, der seine Mitarbeiter schikanierte und vor allem Mütter zu verachten schien! Das hingegen war nicht verständlich. Nur was sollte sie tun? Sie hatte ein Kind! Das, verdammt noch mal, war ihr größtes Problem. Gott! Colin!! Gleich drei Ausrufungszeichen!!! Dagegen war ein Psychopath, der sich für Kronos hielt, geradezu harmlos.

„Mama!", schrie Milan. „Will raus! Will Handy!"

Joy starrte ihren Sohn an. Gleich würde er sich aus dem Hochstuhl stürzen.

„Hey, mein Süßer", sagte sie sanft und nahm ihr Kind in den Arm. „Weißt du was? Heute macht ihr im Kindergarten etwas ganz Tolles!"

Milan war zwar freitags nicht in der Betreuung angemeldet, zudem öffnete diese erst um acht Uhr morgens, aber es war die einzige Möglichkeit. Oder? Das war ihre einzige Chance. Auch wenn ihr Sohn das anders sah.

„Nein! Will nicht Tindergarte!" Sofort kullerten große Tränen über seine Wangen.

„Aber Schatz", sagte sie, gab ihm einen Kuss und wischte die Tränen mit dem Ärmel ihres Schlafanzugs ab. „Das wird ganz toll, ich verspreche es dir." Es war kurz nach sieben. Die Küchenuhr tickte in ihrem Rücken, Milans Tränen kullerten über sein Gesicht. Joy musste sich beeilen.

„Willst du KiKa schauen?", fragte sie.

Milan nickte begeistert.

„Okay, aber nur zehn Minuten, solange Mama im Bad ist." Mit diesen Worten schaltete sie den Fernseher ein, damit sie wenigstens das Nötigste erledigen konnte.

Was mein Problem ist? Joy starrte wütend in den Spiegel. Statt sich die Haare zu waschen, benutzte sie

Trockenshampoo. Statt sich zu duschen, Babyfeuchttücher. Auf das Schminken verzichtete sie schon lange, nur Lippenstift, das musste sein. Statt einem verbissenen Gesicht schenkte sie ihrem Spiegelbild zum Abschluss ein strahlendes Lächeln. Nein, sie hatte kein Problem.

Wenig später hetzte Joy mit dem quengelnden Milan im Arm den Weg zum Kindergarten hinauf. Es war 07:25 Uhr. Die Kindergartenleiterin war schon in ihrem Büro, ihr Wagen stand auf dem Parkplatz, und im Flur brannte bereits Licht. Darauf hatte Joy gehofft. Warum machten die auch erst um acht Uhr auf? Andererseits konnte sie von Glück reden, dass ihr Kindergarten überhaupt an diesem Tag geöffnet hatte, denn Freitag, der 31. Mai, war ein Brückentag, an dem die meisten Einrichtungen geschlossen hatten.

Vor der Sicherheitstür setzte Joy ihren Sohn ab, ihr rechter Arm fühlte sich taub an, Milan war ganz schön schwer geworden. Sie klingelte. Nach dem dritten Klingeln kam Frau Rau den Gang entlang und öffnete mit einem fragenden Gesicht die Tür.

„Das tut mir leid“, brach es aus Joy heraus. „Aber ich habe ein Problem.“

Frau Rau war eine Frau Mitte vierzig, die ein offenes Gesicht und immer Verständnis für die Sorgen und Nöte der Mütter hatte, doch jetzt zog sie beide Augenbrauen nach oben.

„Mein Mann ist nicht da“, fuhr Joy hastig fort, „und ich muss um acht in Sigmaringen sein. Also wegen der Leiche von gestern. Sie haben vielleicht davon gehört, die mit ohne …“ Joy schluckte. Ihr Sohn hörte zu. Der Gesichtsausdruck der Kindergärtnerin wechselte von

Überraschung zu Entsetzen. „Also ich wurde in die Sonderkommission berufen", erklärte Joy mit gedämpfter Stimme, „und wir haben gleich eine wichtige Sitzung und ich weiß nicht, wie ich das mit Milan machen soll. Ich kann ihn ja schlecht mitnehmen. Könnte ich ihn ausnahmsweise heute auch bringen? Und jetzt schon?"

„Sie wollen Milan hierlassen? Um diese Uhrzeit?"

„Äh, ja." Joy versuchte ein Lächeln, das ihr gänzlich misslang.

„Wir haben offiziell noch gar nicht geöffnet", sagte die Kindergartenleiterin und blickte auf ihre Armbanduhr.

„Ich weiß. Wirklich nur ausnahmsweise."

„Das tut mir ja leid, aber ich darf das gar nicht."

„Bitte", sagte Joy.

Milan klammerte sich um ihr rechtes Bein.

„Rein wegen der Versicherung", fügte die Kindergartenleiterin mit entschuldigender Handbewegung hinzu. „Sie müssen sich da anderweitig um eine Betreuung kümmern. Weil wir dürfen so was gar nicht. Wenn da was passiert, also rein versicherungstechnisch, da kommen wir in Teufels Küche."

„Bitte." Joy schluckte den Kloß in ihrem Hals hinab. „Nur dieses eine Mal, bitte."

Ach, Mist. Und jetzt? Milan mitnehmen? Alles hinwerfen?

Die Kindergartenleiterin seufzte hörbar. Dann bückte sie sich, lächelte Milan zu und sagte: „Na komm, junger Mann. Soll ich dir mal das Schiff in meinem Büro zeigen? Das ganz große?"

Milan ließ das Bein der Mutter los und lugte interessiert zu der Kindergärtnerin hoch.

„Danke!“ Am liebsten wäre Joy der Frau um den Hals gefallen. Bevor Milan realisierte, was vor sich ging, eilte Joy zurück zum Auto, die letzten Meter rannte sie. Dennoch war sie nicht schnell genug, um vor den Rufen ihres Kindes geschützt zu sein. „Mama!“, brüllte Milan. Außerdem glaubte sie, ihn weinen zu hören.

„Mama!“

Es war 07:33 Uhr.

Joys Hände zitterten. Für einen kurzen Moment saß sie ganz still im Auto. Sie blickte hoch und erschrak, als sie ihr übermüdetes Gesicht im Rückspiegel sah. *Du siehst fertig aus, Liebes, da ändert auch der Lippenstift nichts.* Was tat sie hier überhaupt? Sollte sie nicht ihren Sohn holen und mit ihm nach Hause fahren? Gehörte ein Kind nicht zu seiner Mutter?

Mit schwerem Herzen startete sie den Motor. Als ob er ahnte, dass wenigstens er heute funktionieren musste, schnurrte er auf der Stelle los. Es war 07:34 Uhr. Wenn sie sich jetzt nicht beeilte, würde sie es nicht mehr schaffen.

COLIN

NIEMAND WILL DEINE WUNDEN SEHEN.
NICHT EINMAL DU SELBST.

Colin Westheim saß an seinem Schreibtisch. Unruhig blickte er auf sein Smartphone. Es war 07:45 Uhr. Keine Nachricht von Joy. Warum verdammt antwortete sie nicht auf seine WhatsApp? Konnte sich diese Frau denn keinen verlässlichen Babysitter besorgen? Er brauchte sie. Mit zitternden Händen führte er den Kaffee an seine Lippen. Hoffentlich hatte er sich nicht in Joy getäuscht.

Versprich mir zu kämpfen, Joy.

Nicht dass sie Mutter war, war das Problem, sondern dass sie die Liebe zu ihrem Kind und ihrem Mann zu ihrer Fessel gemacht hatte. Doch Liebe war nur groß, wenn sie sich mit Freiheit paarte. Wenn Liebe jenseits bloßer Konventionen und Angst Bestand haben wollte, dann musste sie die Fesseln ablegen.

Colin versuchte, sich zu konzentrieren. Auf dem Bildschirm seines Computers war das E-Mail-Programm geöffnet. Die Kollegen aus Frankfurt hatten über Nacht den Namen, die Anschrift, Familienstand, Beruf, Kinder und Vorstrafenregister des Opfers geschickt, eine Klärung, für die andere Abteilungen schon mal eine Woche brauchten. *Gut. Das war gut.* Die Sache nahm Fahrt auf, und er musste sie weiter beschleunigen, denn er wusste nicht, wie lange er das noch durchhalten würde.

Nicht mehr lange.

Colin blinzelte. Seine Augäpfel fühlten sich an wie mit Schmirgelpapier umwickelte Murmeln. Er griff nach dem Kaffeebecher. Seine Hand zitterte. Colin wusste, dass er in den letzten dreißig Stunden seinen Körper an eine Grenze getrieben hatte: Er hatte nicht geschlafen, kaum gegessen, zu viel geraucht und getrunken. Dieser verfluchte Schnaps! Er hasste den Kontrollverlust, den der Alkohol mit sich brachte, doch zugleich sehnte er sich nach dem Schmerz, der seine Schleimhäute verätzte, wenn das hochprozentige Gesöff seine Kehle hinabrann.

Du kannst die Kontrolle noch nicht abgeben. Reiß dich zusammen!

Tack, machte die Uhr an der Wand. Es war 07:48 Uhr. Immerhin hatte er es geschafft, sich zu duschen und sich umzuziehen. Colin schloss für einen Moment die Augen. Er kämpfte gegen den Drang, jetzt sofort etwas Hochprozentiges zu trinken, das seine Gefühle betäubte, die in ihm tobten. Kämpfte dagegen an, hier und jetzt auf den Schreibtisch zu sinken und in einen tiefen, tiefen Schlaf zu fallen, um am besten nie mehr aufzuwachen.

Tack. Die Uhr hatte einen fetten und lauten Zeiger, der ihn daran erinnerte, dass seine Zeit noch nicht gekommen war. *Du musst dich noch gedulden, alter Hund, sterben kannst du später*. Er hatte eine Aufgabe zu erfüllen! Vielleicht die einzig wichtige Aufgabe in seinem Leben. Inzwischen war er sich sicher, dass das der Grund war, weshalb er überhaupt noch hier am Schreibtisch saß. Letztlich war er nicht gemacht für diese ganze Bürokratie und den Verwaltungsapparat, der immer wieder das verhinderte, worum es eigentlich ging: etwas zu verändern.

Tack.

Fahrig ließ er seine Finger über die Tastatur gleiten und durchforstete abermals das Internet nach der *Wagner Law Group*. Die Kanzlei in New York City gehörte zu den führenden Kanzleien für Strafrecht weltweit. Allein der Internetauftritt war derart gut gemacht, dass jeder potentielle Gegner sofort in die Knie ging; eine digitale Gebärde der Einschüchterung. Bekannt war die *Wagner Law Group* durch den Johnson-Prozess im vergangenen Jahr geworden. Ein prominenter Schauspieler – Bruce Johnson – hatte seine Freundin erschossen. Alles hatte gegen den Schauspieler gesprochen, wirklich alles. Dennoch hatte die Strafverteidigung erwirkt, dass der Täter nicht verurteilt werden konnte. Dafür hatten sie sich sowohl den Hass der Klatschpresse als auch den Respekt der Fachwelt eingehandelt.

Aussichtlose Fälle waren das Spezialgebiet der Kanzlei.

Colin starrte auf die Fotos der Anwälte. Alle waren verdammt jung und verdammt gutaussehend, an erster Stelle Julius Wagner, dem die Kanzlei gehörte. Er konnte sich nicht vom Gesicht des jungen Mannes lösen, bis seine Hand derart zu zittern begann, dass er fluchte.

Tack. 07:51 Uhr.

Seine Hand zitterte und zitterte. Gleich musste er die Sitzung leiten. *Reiß dich zusammen!* Kurz entschlossen griff er in die Schublade, nahm das Tütchen mit dem Koks heraus, schüttete das weiße Pulver auf die glatte Oberfläche des Schreibtischs und schob mit seiner Kreditkarte eine Linie zusammen. Dann halbierte er ein Blatt Papier, rollte es zusammen und zog die Linie ohne Hast ein. *Erlösung.* Gleich würde es besser werden. Colin wusste, dass das keine nachhaltige Lösung war, doch er brauchte keine nachhaltige Lösung. Er musste nur noch ein paar Tage durchhalten, ein paar Wochen, länger nicht.

Er war in Fällen der Vergangenheit schon oft sehr weit gegangen, doch diesmal ging er weiter, viel weiter als sonst. Und er würde bis zum Ende gehen, koste es, was es wolle.

Wieder blickte er in seinen Laptop. Er blinzelt. Seine Augen schmerzten, doch er spürte bereits, wie das Koks den Schmerz in Energie verwandelte. Das Zeug war das Beste, was es auf dem Markt gab. Hundert Prozent rein. Für ihn theoretisch kaum erschwinglich. Doch manche Exzentriker, denen Colin aus der Patsche half, wussten sich zu revanchieren. Nur eine gewisse Lichtempfindlichkeit löste das Zeug bei ihm aus. Selbst der Bildschirm strahlte zu hell.

07:54 Uhr. Es klopfte.

„Ja?“ Colin straffte erwartungsvoll die Schultern.

Lansky streckte den Kopf herein. „Kommst du, Colin?“

„Gleich“, knurrte er. Nachdem Lansky nicht reagierte, blaffte er ihn an: „Hörst du schlecht? Ich hab gesagt gleich! Geh schon vor.“

Lansky ließ seinen Blick durch Colins Büro huschen.

„Raus“, sagte er drohend.

Lansky hob beide Hände beschwichtigend in die Luft, doch dann zog er sich zurück und schloss die Tür.

Colin atmete tief durch. *Ruhig. Bleib ruhig.* Er durfte sich keinen Fehler erlauben. Ein Fehler, und Lansky würde beginnen, ihm auf der Nase herumzutanzen. Doch er brauchte die Macht, die er sich aufgebaut hatte, jetzt mehr denn je.

Tack. 07:55 Uhr.

Was, wenn Joy wirklich nicht kam? Seit er ihr in die Augen geblickt hatte, wusste er, dass sie die richtige Frau war. Doch wie konnte er sich da so sicher sein? War es die Ähnlichkeit zu der Frau, die er geliebt hatte? Zu der einzigen Frau, die er wirklich jemals geliebt hatte? Die es vermocht hatte, Gefühle in ihm zu erzeugen, die zwanzigmal intensiver waren als die Begegnungen mit anderen Menschen es je vermocht hatten? In der Zeit, in der er mit ihr zusammen gewesen war, hatte er das Koks nicht einmal angerührt. Sie war seine Droge gewesen.

Tack. 07:56 Uhr.

Joy trug eine immense Kraft in sich, doch bisher hatte sie nur ein paar Prozent davon genutzt. Doch würde sie fähig sein, mehr aus sich zu schöpfen? Sie hatte sich zeit ihres Lebens beherrschen lassen von Männern und von ihrer Angst. Würde sie es wirklich schaffen, aus diesem Muster auszubrechen?

Kämpfe, Joy. Lange halte ich das nicht mehr durch.

Er stützte den Kopf in seine Hände. Das, was ihn am meisten schwächte, waren nicht der Schlafentzug, das Nikotin oder der Schnaps. Am meisten schwächte ihn der Selbstzweifel. Ging es ihm wirklich noch um Gerechtigkeit? Oder ließ er sich doch nur von seinen persönlichen

Gefühlen leiten? Maskierte er seine niedersten Instinkte mit der Maske des Ideals?

Tack. 07:57 Uhr.

War es wirklich ratsam, Joy da mithineinzuziehen? Sollte er sie nicht besser wieder aus der Sonderkommission werfen? Nein, er brauchte sie. Er durfte sie nur nicht zu tief hineinziehen. Vielleicht war sie doch zu schwach, dann durfte er sie nicht zerstören.

Colin starrte zum Fenster hinaus. Auf einer beeindruckenden Felsformation thronte ein Schloss, das mächtig war, würdevoll und sanft. Das Hohenzollernschloss war ein Schloss wie aus einem Märchen, und er hatte es direkt vor seiner Nase. Die Sonne strahlte viel zu hell auf diese beeindruckende Kulisse. Colin blinzelte. Kurz entschlossen ließ er die Jalousien herab.

07:58 Uhr.

Er musste dafür sorgen, dass Joy auf Distanz ging. Dann lief er keine Gefahr, dass sie sich zu stark mit dem Fall identifizierte. Ja. Sie durfte ihn nicht für einen geheimnisvollen König halten, sondern musste weiterhin den Arsch in ihm sehen, den sie von Anfang an in ihm vermutete.

Dann wäre alles gut.

Und es fiel ihm nicht schwer, diese Rolle zu spielen.

JOY

WIR VERSTEHEN DAS GANZE ERST,
WENN WIR UNS DARIN WIEDERERKENNEN.

Vier Minuten nach acht. Atemlos hetzte Joy den Gang des Kriminalkommissariats entlang und nahm jeweils zwei Stufen auf einmal, bis sie keuchend vor Colins Büro stand. *Durchatmen, Baby.* Sie hatten abgemacht, dass er im Büro auf sie warten würde. *Einatmen, ausatmen.* Doch die Sitzung hatte bereits vor vier Minuten begonnen. Wahrscheinlich war er längst im Besprechungsraum, ein Typ wie Colin wartete nicht, auf niemand.

Noch einmal atmete Joy ein und aus.

Dann klopfte sie an die Tür, erst leise, zögerlich, schließlich kräftiger. Nachdem sie glaubte, ein leises Brummen vernommen zu haben, trat sie ein.

Er hat tatsächlich auf mich gewartet.

„Guten Morgen!“, sagte sie und bemühte sich sogar um ein Lächeln.

Colin musterte sie schweigend.

„So gut ist dieser Morgen nicht“, erwiderte er schließlich. Sein Gesicht war eine dunkle, brodelnde Masse, es bewegte sich im Untergrund wie Lava, die noch nicht vollständig erstarrt war. Auch sein Büro war dunkel. Colin hatte die beste Aussicht, links blickte man zum mächtigen Hohenzollernschloss empor, rechts auf die Stadt und den Parkplatz hinab, doch nichts davon schien ihn zu interessieren. Colin hatte die Jalousien heruntergelassen und die Sonne ausgesperrt, die gefiltert in Streifen einfiel.

„An Ihrer Pünktlichkeit müssen wir noch arbeiten", sagte er. Seine Augen glühten, als er sie ansah.

„Ich bin …" Joy verstummte.

Gerade mal vier Minuten war sie zu spät! Sie hatte alles gegeben, um hier sein zu können, doch wie blöd war sie gewesen, dafür Anerkennung zu erwarten? Von Colin Westheim? Für was eigentlich?

„Der Kindergarten macht erst um acht auf, und ich musste die Leiterin dazu überreden …", setzte sie schließlich doch zu einer Erklärung an.

„Das interessiert mich nicht", knurrte Colin. „Organisieren Sie sich in Zukunft besser. Ist das denn so schwer?"

Joy schluckte. Für einen Moment war sie den Tränen nahe, dann versuchte sie, ihrem Chef etwas entgegenzusetzen, doch sie fand keine Worte. Alles an ihm war stark, selbst sein Blick war stärker als ihrer, so fokussiert wie der Strahl aus einem Brennglas. *Du verstehst das nicht!* Er hatte doch noch nie für ein Kind gesorgt! Und sie hatte keine Familie hier in der Gegend, niemanden, der sie unterstützte!

Joy schwieg und starrte auf den Schreibtisch. Die Fläche um die Tastatur herum war mit einer feinen, weißen Schicht bedeckt, als hätte Colin sie mit Puderzucker bestäubt. Neben der Tastatur lag eine Kreditkarte.

Colin?

Joy hatte über zwei Jahre in der Drogenabteilung gearbeitet und wusste, dass das kein Puderzucker war. Prüfend sah sie ihrem Chef in die Augen: Die Ränder waren gerötet und die Pupillen scharf. Sie war sich fast sicher. Er nahm Kokain – und das mitten im Dienst.

Jetzt war es Colin, der den Blick senkte.

„Ich hätte Sie gerne noch vorgewarnt", sagte er, nahm seine Unterlagen und stand auf. „Aber jetzt ist es zu spät. Wir müssen." Mit einer Kopfbewegung deutete er an, dass sie ihm folgen sollte. „Kommen Sie."

Vorgewarnt? Dass du Drogen nimmst? Joy war irritiert.

Colin verschloss sein Büro. Er drehte den Schlüssel zweimal herum und testete, indem er die Klinke herabdrückte, ob die Tür auch wirklich verschlossen war. Dabei streifte er flüchtig ihren Blick. In seinen Augen sah sie, dass ihm klar war, dass sie das mit dem Kokain wusste, doch es schien ihm egal zu sein.

„Die Identität unseres Mordopfers hat sich geklärt", sagte er, während sie die Treppen hinabeilten. „Darüber wollte ich mit Ihnen sprechen."

„Stimmt etwas nicht?", fragte sie zaghaft. „Es tut mir wirklich leid, dass ich zu spät gekommen bin, aber ..."

Abrupt blieb er stehen. Sie hatten Raum II.3 erreicht, der vorläufig als Anlaufstelle für die Sonderkommission eingerichtet worden war.

„Sie brauchen sich nicht zu entschuldigen", erwiderte er. „Ich weiß schon, mit was Sie kämpfen. Das Letzte, was ich will, ist, dass Sie zu einem ängstlichen Schatten werden, der hier durch die Gänge huscht, immer darauf bedacht, nur nichts falsch zu machen."

Joy fiel keine Erwiderung ein. Ernst blickten sie sich für einen Moment in die Augen. Wie schaffte er es nur, diese widersprüchlichen Gefühle in ihr zu erzeugen?

„Na, kommen Sie“, sagte er erstaunlich weich. „The Show must go on.“

Joy nickte. Colin drückte die Klinke, und sie traten ein.

„Morgen allerseits!“, rief er.

„Guten Morgen“, antworteten die Anwesenden im Chor.

Joy entgingen die Blicke der Kollegen nicht, als sie zusammen mit Colin eintrat. Sie nickte der Truppe zu und setzte sich in die letzte Reihe. Während Colin vorne am Pult seine Unterlagen sortierte, studierte sie das Team, das Colin für die Sonderkommission zusammengestellt hatte:

Hagen Lansky – er trug wie immer einen Anzug, der ihm die Ausstrahlung eines Bankers verlieh. Als er bemerkte, dass sie ihn ansah, sah er zurück. Sein Blick war kalt, sein Lächeln eine Fratze.

Sigfried Gruber – Siggi wirkte in seinen Jeans und in dem Kapuzenpullover wie ein großer Junge, der es nicht erwarten kann, bis die Schule endlich aus ist, damit er mit seinen Kumpels Fußballspielen kann. Seine blonden Locken fielen ihm weich auf die Schultern herab und bildeten einen angenehmen Kontrast zu dem kurzen, mit Gel nach oben gestylten Bürstenschnitt von Lansky.

Angelika Kaufmann – sie arbeitete als Mutter ebenfalls nur zu 30 Prozent und schrieb, so wie Joy, meist die Protokolle und Berichte. Im Unterschied zu Joy hatte Angelika nicht nur ein Kind zu Hause, sondern gleich drei. Joy hatte keine Ahnung, wie dieses Energiebündel das alles schaffte. Sie kam hier aus der Gegend und hatte daher ein gutes familiäres Netzwerk.

Die Rakowski – ihre Perfektion machte Joy Angst. Und nicht nur Joy. Lansky machte sie schlecht, wo er nur konnte. Emma Rakowski war erst Ende zwanzig, hatte im Präsidium in Konstanz die Karriereleiter aber schon weit nach oben beschritten. Sie war nicht oft hier in Sigmaringen, doch auch heute beeindruckte sie Joy mit einem edlen Hosenanzug, unter dem sie ein einfaches, weißes T-Shirt trug. Ihre dunkelblonden Haare hatte sie zu einem kurzen Pferdeschwanz im Nacken gebunden. Bis auf den braunen Lidschatten trug sie keine Schminke, ihre Augenbrauen schienen von Natur aus markant und alles einnehmend zu sein.

Die Rakowski nickte ihr zu. Joy erwiderte die Geste der Verbundenheit.

Selbst ihr Nicken wirkt überlegen, so klar und souverän.

Gegen solche Frauen würde sie, Joy, die als Arbeiterkind im Problemkiez Neukölln aufgewachsen war, niemals eine Chance haben. Das Bewusstsein, einer Elite anzugehören, hatte die Rakowski schon mit der Muttermilch eingesogen. Diese Frau repräsentierte eine neue Ära von Frauen, die noch nicht angebrochen war, weder hier auf dem Land noch in Berlin.

Joy checkte ihr Handy. Es war 08:15 Uhr. Milan musste jetzt schon in seiner gewohnten Kindergartengruppe sein.

Zwischen den ihr bekannten Kollegen verteilten sich weitere vier Männer, die Joy nur vom Sehen kannte. Außerdem war Doktor Kalkreuter anwesend, der Gerichtsmediziner.

„Bevor ich gleich die Berichte der Experten erwarte", sagte Colin, der sich vorne neben dem Stehpult positioniert hatte, „möchte ich Sie über die neuesten Entwicklungen bezüglich der Identität des Opfers informieren.“

Es wurde mucksmäuschenstill.

„Die Vermutung, dass es sich bei unserem Mann um Alexander Wagner aus Frankfurt am Main handelt, hat sich über Nacht bestätigt.“

Colin schaltete den Laptop ein. Vom Stehpult aus konnte er die Technik steuern. Die Jalousien glitten surrend herab, ebenfalls eine Leinwand, die in der Decke eingelassen war.

„Alexander Wagner stammt aus Schwandorf, lebte allerdings seit sechzehn Jahren in zweiter Ehe in Frankfurt am Main“, erklärte Colin hochkonzentriert. „Die Frankfurter Kollegen haben die Ehefrau – namentlich Frau Rebekka Schumann – gestern Nacht zu Hause angetroffen, Steinstraße, Villenviertel. Rebekka Schumann hat aufgrund der Fotos vom Tatort ihren Mann eindeutig erkannt. Sie wird heute um elf in der Rechtsmedizin eintreffen.“

Colin sah Doktor Kalkreuter an, der zustimmend nickte.

„Die Ehefrau scheidet als Tatverdächtige aus“, fuhr Colin fort und ließ seine Finger über die Tastatur des Laptops gleiten, bis das Foto einer gepflegten Blondine auf der Leinwand erschien. „Rebekka Schumann war von Dienstag bis Donnerstag in Dresden, sie spielt Geige und hatte am Mittwochabend einen Auftritt bei einer Gala. Frau Schumann verließ die Veranstaltung gegen halb zwölf und ging dann, nach eigenen Angaben, zurück ins Hotel. Die Angaben sind vom Hotel noch nicht bestätigt, allerdings hätte sie die Strecke von Dresden nach Schwandorf weder mit dem Zug noch mit dem PKW im relevanten Tatzeitraum zurücklegen können.“

Alle starrten nach vorne, kaum jemand notierte sich etwas. Die saturierte Blondine um die Mitte fünfzig schien niemanden zu interessieren, auch Joy langweilte ihr Anblick.

„Im Anschluss an die Gerichtsmedizin werden wir Rebekka Schumann einer informatorischen Befragung unterziehen. Warum war ihr Mann hier in der Gegend? Hatte er Feinde? Ich werde das Gespräch leiten. Hagen, ich möchte, dass du dabei bist."

Hagen hob nur den Kopf, das war Zustimmung genug.

„Noch mal zu den Fakten", fuhr Colin fort. „Alexander Wagner wurde am 14. August 1953 in Schwandorf geboren. Zum Tatzeitpunkt war er …"

„In Schwandorf?", fragte Joy. „War das eine Hausgeburt?"

Die Rakowski blickte sie ratlos an, Lansky hob eine Augenbraue, so als könnte nur eine stillende Mutter eine derart bescheuerte Frage stellen.

Doch Colin antwortete ernst: „Das habe ich nicht überprüft. Aber da Schwandorf kein Krankenhaus hat, weder heute noch damals, ist anzunehmen, dass es eine Hausgeburt war."

„Spielt das denn eine Rolle?", fragte Lansky und tat, als müsste er ein Lächeln unterdrücken.

„Alexander Wagner war zum Tatzeitpunkt also siebenundsechzig Jahre alt", fuhr Colin einfach fort. „Er war im Vorstand der *CroMag GmbH*, einer weltweit aufgestellten Immobilienfirma mit Sitz in Frankfurt am Main. Herr Wagner hat zwei Schwestern, die eine lebt in München, die andere ist verstorben. Die Schwester in München wird über den Tod ihres Bruders informiert, sobald die Witwe die Leiche identifiziert hat."

Geraschel, Räuspern, Stühle rücken.

Dann wieder Colin: „Alexander Wagner entstammt einer einflussreichen und wohlhabenden Familie in Schwandorf. Die Wagners waren Großbauern, die sich seit Generationen einen beträchtlichen Grundbesitz in und um die Gemeinde herum gesichert hatten. Über den Verkauf und die Pacht der Grundstücke haben sie schon früh ein Vermögen angehäuft. Heute arbeitet aber keines der Wagnerkinder mehr in der Landwirtschaft. Die *CroMag GmbH* handelt mit Immobilien, Grundstücken und Aktien."

Im Dämmerlicht des Besprechungsraums schloss Joy für einen Moment die Augen. Sie mochte Colins Stimme, die rau, tief und sehr männlich klang.

„Alexander Wagner war in erster Ehe mit der Italienerin Elena Montana verheiratet", fuhr Colin fort, räusperte sich, fügte hinzu: „Die Tochter einer Verlegerfamilie aus Bologna. Sie war … "

Wieder das Räuspern.

„Sie war …"

Joy öffnete die Augen wieder.

Colin trank einen Schluck von dem Wasser, das in kleinen Plastikfläschchen auf den Tischen bereitstand.

„Der Ehe entsprangen zwei Söhne." Colins Stimme war wieder fest. „1986 kam Manuel zur Welt, 1988 folgte Julius. Manuel Wagner wurde mit Trisomie 21 geboren, er lebt heute in einer Wohnstätte für Menschen mit Behinderung ganz hier in der Nähe. Der jüngere Sohn, Julius, ist als Strafverteidiger sehr erfolgreich und lebt in New York."

Colin nahm noch einen Schluck Wasser. Joy suchte seinen Blick, doch er schien ihn bewusst zu meiden – und dann wusste Joy auch, warum.

„Die Familie Wagner wohnte über zwanzig Jahre auf dem Anwesen der Alten Mühle, das sich zwei Kilometer außerhalb von Schwandorf befindet."

Auf der … Mühle? Auf meiner Mühle?

Im Raum wurde es unruhig. Lansky drehte sich zu ihr um und starrte sie ungeniert an.

„Falls es irgendjemand in diesem Raum noch nicht wissen sollte", kam Colin ihr zu Hilfe: „Josefine hat exakt dieses Anwesen vor einem halben Jahr zusammen mit ihrem Mann gekauft. Gibt es hierzu noch Fragen? Sonst würde ich diesen Punkt jetzt als erledigt abschließen. Die weiteren Ermittlungen werden davon nicht tangiert." Er ließ seinen Blick wie eine Drohung über die Mannschaft gleiten. Dann nahm er Joy ins Visier und fragte: „Oder standen Sie etwa in einer direkten Beziehung zu dem Opfer, Josefine?"

„Ich? Nein!" Joy schüttelte entrüstet den Kopf. „Wir haben die Mühle von einem Immobilienmakler gekauft", brachte sie hervor. „Der hat alle Geschäfte abgewickelt. Wagner, ja, den Namen habe ich natürlich damals mal gehört, aber viele Leute heißen Wagner. Auf jeden Fall habe ich den Vorbesitzer nie persönlich kennengelernt. Ich wusste nicht mal, wie er aussieht." Das stimmte. Der Besitzer wollte nicht persönlich in Erscheinung treten, hieß es. „Ich wusste auch nicht, dass der Vorbesitzer mit seiner zweiten Frau in Frankfurt lebte. Und dass sie einen behinderten Sohn haben, wusste ich erst recht nicht." Sie ärgerte sich, dass sie sich verteidigte. Warum eigentlich? „Wir leben auch noch nicht lange in Schwandorf", fügte sie leise hinzu. „Bisher war das nie Thema, was aus der Familie von damals geworden ist. Das Anwesen stand ja fast fünfzehn Jahre leer."

Colin nickte. Für ihn schien sich das Thema erledigt zu haben.

„Nach Angaben der Witwe Rebekka Schuman hat Alexander Wagner die Eigentumswohnung in Tuttlingen genutzt, wenn er zu Besuch in seiner alten Heimat war." Colin blendete ein Foto des Grabsteins von Diana Fürst ein. „Das Auto von Alexander Wagner, ein Porsche mit Frankfurter Kennzeichen, stand auf der Wiese, die als Parkplatz für die Konzertbesucher genutzt wurde. Ob er sich mit seinem späteren Mörder auf dem Konzert verabredet hatte, wissen wir noch nicht. Weshalb die Tatwaffe und die abgetrennten Genitalien auf dem Grab von Diana Fürst gelandet sind, das gilt es herauszufinden."

„Im Prinzip ist der Fall doch klar." Lansky erhob sich und ließ seinen Blick über die anwesenden Kollegen gleiten, so als stünde er im Gerichtssaal und müsste sie von etwas überzeugen. „Ich habe mich im Dorf mal umgehört. Am Unfalltod von Diana Fürst war ja wohl Wagners behinderter Sohn schuld, der vermutlich am Steuer saß. Hundert Prozent kann man das ja nie sagen. Zog der alte Wagner deshalb nach Frankfurt, um sich der dumpfen Aggression im Dorf gegen ihn zu entziehen? Liegt hier vielleicht schon unser Mordmotiv? Hat einer der Dörfler sich doch noch an ihm gerächt?"

Es raschelte im Raum. Die Rakowski zog beide Augenbrauen nach oben, ein paar Kollegen aus den mittleren Reihen flüsterten gut hörbar. Lanskys Art, aufzutreten und über die Leute zu reden, gefiel nicht allen. Im Grunde gefiel sie niemandem.

„Danke, Hagen“, sagte Colin mit undurchsichtiger Miene. „Danke dafür, dass du uns den Dorfklatsch vergegenwärtigt hast. Tatsächlich verließ Alexander Wagner Schwandorf im April 2003, also nur wenige Monate nach dem Unfalltod von Diana Fürst. Der damals sechzehnjährige Manuel Wagner saß mit im Fahrzeug. Es war der Weihnachtsmorgen, der erste Schneefall hatte eingesetzt, das Auto kam von der Straße ab und prallte gegen einen Baum. Viel mehr wissen wir bisher nicht über den Unfallhergang.“

Colin blickte die Rakowski an.

„Emma“, sagte er. „Könntest du dich darum kümmern? Die alten Akten checken? Nochmal überprüfen, was damals eigentlich geschah?“

„Geht klar, Colin.“ Die Rakowski nickte und notierte sich etwas.

„Okay, das war’s von meiner Seite fürs erste.“ Colin trat vom Pult weg, setzte sich auf eine Tischplatte und sagte: „Herr Doktor Kalkreuter, fangen wir mit Ihrem Bericht an. Sie müssen ja gleich weiter.“

Der Gerichtsmediziner erhob sich, schlurfte nach vorne ans Pult und steckte seinen Datenträger in den Laptop. Er war ein großer, schlaksiger Mann, dessen Körperform nicht für Anzüge von der Stange taugte, der aber dennoch einen solchen trug: Das dunkle Jackett und die Hose schlackerten um seine Glieder, was ihm das Aussehen einer Vogelscheuche verlieh.

„Hämatome an der Schulter und am Hals“, nuschelte er ins Mikrofon. Parallel dazu erschien ein Foto der

Verletzungen auf der Leinwand, das an ein surreales Gemälde erinnerte. „Blutergüsse im Gesicht, eine auffällige Platzwunde im Bereich der rechten Wangenpartie mit Ausläufern ins Auge."

Klick.

„Die Nase ist angebrochen", kommentierte Kalkreuter das nächste Foto.

Klick. Weiter.

„Blutergüsse auch im Bereich des Bauchs und am Oberschenkel."

Klick.

„Das weist eindeutig darauf hin, dass Herr Wagner zusammengeschlagen wurde, bevor ihm die tödliche Verletzung zugefügt worden ist."

Klick.

Ein Raunen ging durch den Raum. Das Foto zeigte die klaffende Wunde zwischen den Beinen des Opfers, ein geradezu grotesker Anblick.

„Der Schnitt, mit dem ihm die Genitalien abgetrennt wurden, ist glatt und sicher geführt", sagte Kalkreuter. „Keine ausgefransten Ränder, keine Rissverletzungen. Dafür braucht man Kraft und Erfahrung in der Handhabung des Messers."

Klick.

Das Schlussbild zeigte die abgetrennten Genitalien, die wie zwei vertrocknete Aprikosen auf einem Tablett lagen; eine davon musste der Hoden sein, die andere der Penis.

Schließlich blickte Kalkreuter auf. „Noch Fragen?"

„Wie sieht es mit Fremd-DNA aus? Schon was gefunden?", wollte die Rakowski wissen.

Kalkreuter nickte. „Weiblich“, sagte er und räusperte sich. „Der Mann hatte eindeutig Sex, bevor er zusammengeschlagen und entmannt wurde.“

Schweigen.

Der schlaksige Mediziner zog den USB-Stick aus dem Laptop, blickte auf die Uhr und fragte: „Kann ich gehen?
“

Colin nickte.

Während Kalkreuter den Raum verließ, setze Unruhe ein, Tuscheln, Stühle wurden gerückt und Kommentare ausgetauscht. Nachdem er draußen war, sagte Colin: „Okay, ihr habt es gerade gehört. Es gibt also eine Frau, die mit unserem Opfer noch kurz vor seinem Tod Geschlechtsverkehr hatte. Und es gibt einen oder mehrere Mittäter, die den Mann zusammengeschlagen haben. Die Suche nach diesen Personen hat absolute Priorität.“ Colins Laserblick richtete sich auf Siggi, als er fragte: „Kannst du dazu bereits etwas sagen, Siggi?“

Siggi, der für die Zeugenbefragung der Konzertbesucher zuständig war, verzog gequält das Gesicht. „Boah, also Chef, gestern ging es ja erst mal noch darum, die Identität der Leiche zu klären.“

„Und heute sind wir einen Schritt weiter“, entgegnete Colin.

Siggi blätterte durch seine Unterlagen. Dann setzte er sich auf die Tischplatte, so dass alle ihn sehen konnten, und sagte: „Wir gehen von hundert bis hundertfünfzig Konzertbesuchern aus, mehr nicht. Der größte Andrang herrschte zwischen zweiundzwanzig und ein Uhr nachts. Die meisten Besucher waren um die dreißig und kamen aus Schwandorf oder der unmittelbaren Umgebung. Mit guten zwanzig Besuchern konnten wir gestern bereits sprechen, doch der Feiertag erschwerte die Zeugenbefragung. Von diesen zweiundzwanzig Befragten sagten aber nur vier Personen aus, dass sie unser Mordopfer auf dem Konzert gesehen haben. Die anderen schüttelten beim Anblick des Fotos alle den Kopf."

„Seltsam", gab Angelika zu bedenken. „Ich meine, Alexander Wagner ist eine ziemlich imposante Erscheinung, überdurchschnittlich groß und gutaussehend. Der Anzug und die Krawatte, die wir im Maisfeld gefunden haben, sind ebenso auffällig, zumindest für ein Konzert. Noch dazu ist er in diesem Dorf aufgewachsen. Wie Colin betont hat, stammt er aus einer der einflussreichsten Familien Schwandorfs." Sie blickte kurz auf ihre Notizen, dann fuhr sie fort: „Was ich sagen will: Müssten ihn nicht viel mehr Leute erkannt haben? Zumindest in Erinnerung behalten haben? Ist das nicht seltsam, dass so viele ihn nicht gesehen haben wollen?"

„Vielleicht der Altersunterschied?", gab die Rakowski zu bedenken. „Siggi meinte ja, die Festivalbesucher wären so um die dreißig gewesen. Wenn Alexander Wagner seit siebzehn Jahren in Frankfurt lebte, dürfte die Dorfjugend ihn nur noch aus Kindheitserinnerungen kennen."

„Das wäre eine Erklärung", pflichtete Angelika bei. „Andererseits wäre nicht gerade so ein alter Knacker zwischen den Jungen aufgefallen?"

Schweigen. Auch Siggi fuhr sich ratlos durch den blonden Wuschelkopf.

Es war Colin, der die entscheidende Frage stellte: „Welche Zeugen haben angegeben, das spätere Mordopfer auf dem Konzert gesehen zu haben?"

Siggi blickte in seine Unterlagen. „Zwei junge Frauen aus Friedrichshafen, die bei einer Freundin in der Gegend übernachtet haben, erinnern sich an ihn. Außerdem ein Ehepaar aus Karlsruhe, das mit seinem Wohnmobil zufällig in der Gegend war." Er blätterte weiter. „Dieses Ehepaar erwähnte außerdem einen lautstarken Streit, der zwischen dem Mordopfer und einer Gruppe von jungen Männern stattgefunden habe. Das Ehepaar hat versucht, den Streit zu schlichten, doch als sie gemerkt haben, dass zu viel Alkohol im Spiel war, hätten sie sich verzogen."

„Gab es keine Kamera?", fragte Lansky. „Es muss doch eine Überwachungskamera gegeben haben!"

„Die Veranstalter verneinen das", entgegnete Colin. „Bei den Veranstaltern handelt es sich übrigens um die drei Männer der Rockband Dorfcombo, die gespielt hat. Niko Schädler, Martin Fürst und Johannes Decker. Die drei wollen Alexander Wagner ebenfalls nicht bemerkt haben. Sie haben ausgesagt, dass es insgesamt ein ruhiges Fest ohne Zwischenfälle gewesen sei. Auch der Mann vom Roten Kreuz erinnerte sich an keine Missstimmung, geschweige denn an eine Schlägerei."

„Was soll die Scheiße?" Lansky schoss hoch. Er konnte schnell jähzornig werden. „Entweder das Ehepaar hat einen Joint zu viel geraucht oder die Veranstalter lügen. Und mit ihnen das halbe Dorf."

Stille.

„Aber warum sollten die Leute lügen?", gab Angelika zu bedenken.

„Dafür gibt es mehrere Gründe", antworte die Rakowski nüchtern. „Entweder in diesem Dorf herrscht ein stillschweigendes Einverständnis, prinzipiell nichts nach außen preiszugeben, egal was es ist. Dann hätten wir es mit einem Beispiel aus der Psychologie, nämlich der Hordenbildung zu tun."

Lansky verzog gequält das Gesicht.

„Möglichkeit zwei: Jemand setzt die Leute unter Druck", fuhr die Rakowski unbeeindruckt von Lanskys Faxen fort. „Möglichkeit drei: Die Konzertbesucher und Dorfbewohner decken jemanden, den sie für den Mörder halten, weil sie seine Tat insgeheim befürworten."

Jemand hustete. Stühle wurden gerückt.

„Rikki Schneider hat noch was herausgefunden", wechselte Colin vorerst das Thema. Der IT-Experte war nicht anwesend, aber das war er fast nie. „Die Nummer, von der die Kronos-Nachricht geschickt wurde, ist angemeldet auf einen gewissen Frederick Kimmkorn. Dieser Kimmkorn ist allerdings seit drei Jahren tot. Mehr wissen wir noch nicht. Wir sind gerade dabei, seine Eltern ausfindig zu machen, davon versprechen wir uns Auskunft darüber, wer das Handy nach dem Tod ihres Sohnes in Besitz genommen haben könnte."

Wieder Rascheln. Langsam wurde die Meute unruhig.

Colin nickte ihr zu.

Joy erhob sich, ging zum Pult und steckte ihren USB-Stick in den Laptop. Sie öffnete die Datei, ihre Finger zitterten. Viel zu lange hatte sie nicht mehr vor Leuten gesprochen.

Hinter ihr erschien ein Gemälde auf der Leinwand, das die Verstümmelung des Uranos durch Kronos zeigte. Es stammte von den beiden italienischen Malern Giorgio Vasari und Christofano Gherardi. Auf dem Gemälde war eindeutig zu sehen, wie ein junger Mann einen älteren, der am

Boden lag, mit einer Sichel entmannte, wobei der Stiel der Sichel von einer Frau geführt wurde. Von seiner Mutter.

„Alle Hinweise, die uns der Täter bewusst oder unbewusst gegeben hat, weisen eindeutig auf einen der Tat zugrundeliegenden Vater-Sohn-Konflikt hin", begann Joy ihren Vortrag. „Die Tat wurde am Vatertag verübt, was bereits als Hinweis auf das Motiv aufgefasst werden muss. Die Kronos-Nachricht macht es dann eindeutig: Kronos ist der berühmteste Sohn der Weltgeschichte, der seinen Vater mit einer Sichel entmannte. Unser Täter hat seine Tat demnach als eine Reinszenierung dieser griechischen Ursprungsgeschichte verstanden."

„Reinszenierung? Ist das nicht eher was fürs Theater?" Lansky versuchte offensichtlich, sie mit seinem amüsierten Zwischenruf zu irritieren.

„Reinszenierung meint", erklärte Joy, „dass der Täter die Geschichte in der Realität umsetzt und seiner Tat dadurch eine Bedeutung verleiht, die über den reinen Gewaltakt hinausweisen soll."

Lansky grinste, doch er schwieg.

Joy klickte die nächsten Bilder durch. Es waren Fotos von Gemälden, Zeichnungen oder Schmuckstücken, auf denen Gaia, Uranos, die Kyklopen und Hekatoncheiren zu sehen waren. Parallel dazu erläuterte sie die mythischen Figuren und ihre Stellung in der Familie.

„Kronos hatte viele Geschwister", sagte sie, „doch er war der Mächtigste, der Klügste und der Mutigste von allen. Ihm war es bestimmt, die Geschichte voranzutreiben. Kronos war auch der Liebling der Mutter, er stand ihr näher als seine Geschwister. Er war ihr Berater. Das, was sie wirklich bewegte, besprach sie mit ihrem Sohn – und nicht mit ihrem Mann.

Kronos war seinem Wesen nach kein Mörder, sondern ein Himmelsstürmer, der sich die Macht nahm. Seiner Mutter war Unrecht widerfahren, und wer, wenn nicht er, hätte sie rächen können gegen den Vater? Seinen Geschwistern war Unrecht widerfahren, und wer, wenn nicht er, hätte sie rächen können?“

Joy blicke zur Decke empor.

„Doch Kronos war nicht besser als der Vater“, fügte sie hinzu. „das zeigte sich im Fortgang der Geschichte deutlich. Als Strafe für seine Tat lebte Kronos fortwährend in der Angst, dass auch er eines Tages von einem seiner Söhne entmachtet werden könnte. Die Angst war berechtigt. Denn dieser Sohn war Zeus, der spätere Gottvater.“

Zum Abschluss blendete sie das berühmte Gemälde von Goya ein. Goya hatte Kronos nicht als Sohn gemalt, sondern als der spätere Vater, der nun selbst zum Monster mutiert war und seine eigenen Kinder verschlang. Joys Stimme wurde immer sicherer, ihre Angst immer kleiner. Nur die fragenden Blicke der Kollegen schienen immer größer zu werden. Überforderte sie ihre Kollegen etwa mit ihren Ausführungen?

„Wenn wir all das zusammennehmen“, sagte sie schließlich, „erhalten wir ein erstaunlich klares Täterprofil.“

Stille.

„Der Täter ist ein Sohn des Opfers“, sagte sie. „Und es geht um Rache für ein Verbrechen, das der Vater früher verübt hat.“

„Ist das nicht zu einfach?“, fragte die Rakowski.

„Denkbar wäre natürlich auch“, gab Joy zu, „dass es sich bei unserem Täter um einen Mann handelt, in dessen Selbstverständnis es eine immense Rolle spielt, Sohn zu sein. Es müsste also nicht unbedingt eine biologische Vaterschaft vorliegen. Allerdings glaube ich, das ist schon zu kompliziert gedacht. Wenn der Täter uns etwas sagen möchte, und das möchte er mit dem Kronos-Hinweis, dann muss er die Dinge beim Namen nennen.“

„Meinst du den behinderten Sohn?“, fragte Lansky.

„Was ist mit dem anderen?“ Joy wandte sich mit ihrer Frage direkt an Colin. „Mit Julius Wagner?“

Colin schien auf diese Frage vorbereitet zu sein. Er kam zu ihr ans Pult, übernahm den Laptop und gab die Internetadresse einer Anwaltskanzlei in New York ein. Dort klickte er sich durch die Seiten, bis das Foto eines jungen Mannes auf der Leinwand erschien.

„Doktor Julius Wagner“, erläuterte Colin, „ist promovierter Jurist, gerade mal dreißig Jahre, Fachanwalt für Strafrecht, gründete mit sechsundzwanzig seine eigene Kanzlei in New York, die heute über zwölf Mitarbeiter hat. Julius Wagner ist Träger verschiedener Stipendien und Preise, war auf einem Eliteinternat in England. Im vergangenen Jahr wurde er als Strafverteidiger im Johnson-Prozess einer breiten Öffentlichkeit bekannt.“

Lansky stieß einen Pfiff aus. Dann gefror seine Miene beim Anblick dieses Mannes, der ihm in allen Belangen überlegen war, zu Eis.

Joy konnte nicht aufhören, Julius Wagner anzustarren. *Wie kann man nur so unverschämt gut aussehen?* Der Mann hätte ebenso als Model von Armani Karriere machen können. Klassischer Gesichtsschnitt, dunkelblonde Haare, die blauen Augen voller Selbstbewusstsein und dunklem Geheimnis.

Dieser Mann war ein Titan, ein moderner Held. Ein Himmelsstürmer wie Kronos.

„Den Hinweisen nach müsste das unser Mann sein", sagte Joy und starrte weiterhin auf den Anwalt, der alle in diesem Raum in seinen Bann schlug.

„Theoretisch", entgegnete Colin. „Praktisch leider nicht. Julius Wagner befand sich zum Tatzeitpunkt in New York. Er wurde bereits vom Tod seines Vaters unterrichtet und versucht, noch im Laufe des heutigen Tages einen Flug nach Deutschland zu bekommen."

„Na Bingo, Josefine." Lansky hatte zu seinem Grinsen zurückgefunden. „Doktor Julius Wagner ist Strafverteidiger. Wenn man der Lobhudelei auf dieser Seite glauben darf, auch noch einer der besten der Welt. Johnson-Prozess! Leck mich fett. Dieser Typ hat Johnson aus der Scheiße geholt, obwohl alle Beweise gegen ihn sprachen."

Joy biss sich auf die Lippen.

Lansky stieß in ihre Unsicherheit nach. Laut sagte er: „Josefine, dieser Typ zerpflückt uns in der Luft, wenn wir dem mit irgendwelchen Märchen kommen!"

COLIN

YOU CAN'T STOP THE GIRL.

„Joy?"

Colin war ihr auf den Parkplatz gefolgt.

„Herr Westheim?" Sie drehte sich um.

„Lass uns den offiziellen Teil beenden", sagte er. „Ich bin Colin."

Er streckte ihr die Hand entgegen, die sie nur zögerlich ergriff.

„Ab jetzt also per Du." Er hielt ihre schmale Hand fest, die trotz der Hitze kühl war.

„Daran muss ich mich erst gewöhnen", erwiderte sie mit einem schiefen Lächeln.

Sie standen auf dem Parkplatz hinter dem Polizeigebäude, der Himmel war wolkenlos blau, und ein paar Tauben scharrten im Dreck.

Die Kirchenglocken läuteten.

Es war kurz vor zwölf. Aus dem geöffneten Fenster zur Küche drang das Radio heraus, eine Frauenstimme sang: *Oh, they tryna shoot down angels.* Joy musste los, um ihren

Sohn vom Kindergarten abzuholen, das hatte sie ihm bereits mehrfach erklärt.

„Ich möchte, dass du mitkommst zu Manuel Wagner“, sagte er dennoch. „Wir werden um sechzehn Uhr erwartet.“

„Wir?“, fragte sie. „In der Wohnstätte für Behinderte?“

„Ja.“

„Wir?“

„Richtig.“

„Aber ich …“

Joy hielt ihren Schlüsselbund in der Hand. Sie schüttelte den Kopf und trat auf der Stelle hin und her, weil sie sich nicht entscheiden konnte, einzusteigen.

„Aber ich habe keinen Dienst heute Mittag“, vervollständigte sie den Satz.

„Du kennst dich mit der Kronos-Sache aus“, versuchte Colin, sie zu überzeugen. „Und wenn unser Täter von der Geschichte besessen ist, hilft das, die richtigen Fragen zu stellen. Also keine Widerrede.“

„Der Täter?“ Joy schüttelte den Kopf. „Aber Sie, also ich meine, *du* musst Manuel Wagner erst mal über den Tod seines Vaters informieren. Und ihn nicht gleich als Täter abstempeln.“

„Ich stemple niemanden ab“, knurrte er.

„Ach ja?“ Sie sah ihn aufmüpfig an. „Behinderte? Mütter?“

Diese Frau strapazierte seine Geduld enorm. Am liebsten hätte er sie am Arm gepackt und geschüttelt, damit sie sich ihre Worte beim nächsten Mal besser überlegte.

They tryna pull their wings off, sang eine Frauenstimme aus dem Radio, *so they can't fly.*

„Ich hole dich um vier in der Mühle ab“, sagte er in einem Tonfall, der keine Widerrede duldete.

Doch sie schüttelte den Kopf. „Ich habe ein Kind“, sagte sie trotzig. „Wo soll ich das hinstecken? In meine Hosentasche oder was?“

Colin betrachtete sie. Joy wurde wütend. Bisher hatte er Joy nur wütend erlebt, wenn es um ihr Kind ging.

„Du weißt“, fuhr sie aufbrausend fort, „dass ich nicht flexibel bin, deshalb habe ich ja diese Schmalspurstelle! Diese Mutti-Stelle! Darüber haben wir doch schon im Einstellungsgespräch gesprochen!“

Die Tauben gurrten.

„Du sollst dein Kind doch nicht verraten, verdammt noch mal“, schnauzte er. „Du sollst doch nur eine Betreuung organisieren! Babysitter, Krippe, Ganztagskindergarten, Leihoma, Nachbarskinder, was weiß ich. Das kann doch heutzutage nicht so schwierig sein, Himmelherrgottsakrament!“

Joys Pupillen weiteten sich für einen Moment, doch dann drehte sie ihm den Rücken zu. Sie steckte den Schlüssel ins Auto. Ihre Schultern bebten. *Reiß dich zusammen, Colin!* Bei Joy erreichte er mit Härte nur das Gegenteil von dem, was er wollte.

Oder doch nicht?

„Joy!“ Er packte sie am Arm. Blitzschnell drehte sie sich um, streifte seine Hand ab und funkelte ihn an.

„Joy, warte! Ich brauche dich! Wenn ich mit Hagen in einem Behindertenwohnheim aufkreuze, werden wir nichts erfahren.“

„Das stimmt allerdings“, erwiderte sie schnippisch.

„Also um vier“, wiederholte er und hob entschuldigend beide Hände in die Luft.

„Ich. Habe. Ein. Kleines. Kind“, entgegnete sie mit festem Blick.

„Das weiß ich doch.“ Er bemühte sich um einen sanfteren Tonfall, um Verständnis, alles andere brachte nichts. Vielleicht hatte sie ja auch recht. Er hatte noch nie für ein Kind gesorgt. Er wusste tatsächlich nicht, was das im Alltag bedeutete. Aber er wusste leider nur zu gut, wie schwer es die Gesellschaft noch zu Beginn des 21. Jahrhunderts den Frauen machte, Mutter zu sein und eine berufliche Machtposition innezuhaben.

Joy sah ihn an. Sie schien zu spüren, was er dachte. Ihr Trotz schmolz und die Härte um ihren Mund wurde weicher. Ihr Blick war nicht mehr wütend, sondern nur präsent, als sie hinzufügte: „Wir sind neu in der Gegend, ich habe keine Familie, keine Tante oder Mutter, zu der ich Milan mal eben bringen könnte. Und ja, ich müsste mich anders organisieren. Aber bisher ging ich von einer 30-Prozent-Stelle aus und nicht von einem 24-Stunden-Job.“

Dann stieg sie in den alten Land Rover. Ein Wunder, dass die Schrottkarre überhaupt noch fuhr.

„Moment“, sagte er und hielt die Tür fest, damit sie sie nicht zuschlagen konnte. „Ich glaube, ich weiß eine Lösung!“

Joy zog eine Augenbraue nach oben.

Colin zog die Visitenkarte von Karina Decker aus seiner Hosentasche und sagte: „Das ist die beste Tagesmutter weit und breit. Ich frage sie, ob wir Milan um kurz vor vier vorbeibringen können.“

Ungläubig starrte Joy auf die Karte. „Aber ich kenne die Frau doch gar nicht“, wisperte sie. „Ich kann doch nicht einfach mein Kind einer wildfremden Frau anvertrauen! Außerdem haben Tagesmütter doch einen ewigen Vorlauf, die wird doch nicht mal so holterdiepolter Milan nehmen können …“

„Nichts aber“, knurrte er. Warum mussten Mütter immer so kompliziert sein? Hatte er vorgeschlagen, das Kind in einen Löwenkäfig zu stecken? Ja, die Gesellschaft machte es den Frauen nicht leicht, aber sie selbst machten es sich zusätzlich schwer. Wer zu lange in einem Käfig gesessen hatte, hatte Angst, ihn zu verlassen, selbst wenn die Tür offenstand. Er sagte: „Dein Kind wird es dir später danken, wenn du dein Leben nicht auf Schmalspurlevel geführt hast und ihm die Schuld daran gibst.“

„Lass die Tür los!“, zischte sie.

Er sah, wie die Wut in ihren Augen explodierte. Vorsichtshalber trat er einen Schritt zurück. Wie erwartet schlug sie ihm die Tür vor der Nase zu, doch nur, um sogleich das Fenster herunterzukurbeln.

„Sie erlauben sich da Urteile über Menschen, von denen Sie keine Ahnung haben“, sagte sie wütend. „Wenn Sie jetzt nicht mein Chef wären, würde ich Sie einen Idioten nennen. Ihre Überheblichkeit kotzt mich an.“

„Du“, sagte Colin. „Wir waren beim Du.“

„Okay“, erwiderte Joy. Er sah, wie sie all ihren Mut zusammennahm, als sie hinzufügte: „Okay. Du kotzt mich an.“

Dann drehte sie den Zündschlüssel herum, der Wagen stotterte, dann ging der Motor wieder aus. Wütend drehte sie den Zündschlüssel abermals herum, diesmal sprang der

Motor an. Colin musste einen großen Schritt zur Seite machen, damit sie ihm nicht über den Fuß fuhr.

„Also dann bis um vier“, rief er ihr durch das geöffnete Fenster nach.

Sie fuhr davon. Er sah ihr hinterher. Im Rückspiegel glaubte er, ein Lächeln auf ihren Lippen erkannt zu haben.

JOY

Ein Menschenleben, so wie es sich gehört,
hat keine eigene Stimme.

Dieser arrogante Kerl! Was bildete sich Westheim nur ein! Oder Colin, wie auch immer! Am liebsten hätte sie ihn angebrüllt, hätte so gerne den ganzen verfluchten Parkplatz zusammengeschrien, doch diesen Gefallen, die überforderte Mutter zu mimen, würde sie ihm nicht tun. Der Zorn entlockte ihr einen zischenden Laut. Joy war wütend auf Colin, wegen seiner überheblichen Art, aber auch wegen seines Fingers, den er in ihre Wunde gelegt hatte.

„Agathe, können wir reden?“

Die Alte, die ein lebenslanges Wohnrecht auf der Mühle hatte, blickte fragend zu ihr auf. Agathe kniete auf einer Decke über dem Blumenbeet im Innenhof, ihre Hände waren voller Erde.

„Sie haben doch sicher von dem Mord gehört “, sagte Joy. „Also von dem toten Mann, der oben auf dem Acker beim Maisfeld gefunden wurde, der mit ohne …“

Schwanz, wollte sie sagen. Doch das verruchte Wort kam ihr nicht über die Lippen. Selbst ein Penis erschien ihr in Anwesenheit einer Achtzigjährigen fehl am Platz zu sein.

Doch die Alte verstand sie auch so.

„Der Wagner Alexander", sagte sie. „Gott hab ihn selig." Dann bekreuzigte sie sich.

Es war Freitagnachmittag, 14 Uhr. Milan schlief im Kinderwagen, doch lange würde der Frieden nicht anhalten. Spätestens in einer halben Stunde würde er aufwachen.

„Haben Sie kurz Zeit für mich?", fragte Joy. „Wir könnten uns auf die Bank dort setzen."

Die Alte nickte. Mühsam erhob sie sich vom Boden, Joy hätte ihr geholfen, wenn sie nicht das Gefühl gehabt hätte, Agathe wolle das nicht. Gemeinsam gingen sie zur Bank hinüber. Joy stellte den Kinderwagen in den Schatten einer großen Birke, in deren Blättern das Licht spielte. Goldene Punkte wanderten über Milans schlafendes Gesicht.

„Möchten Sie ein Wasser?", fragte Joy, nachdem sie sich gesetzt hatten. Im Fach unter dem Kinderwagen hatte sie immer etwas dabei.

Doch Agathe schüttelte den Kopf. Ihr Blick huschte über den Innenhof, bevor er für den Bruchteil einer Sekunde Joys Augen streifte – und dann das Weite suchte.

„Die Familie Wagner", begann Joy das Gespräch. Sie wusste nicht so recht, wie anfangen. „Ich habe erst heute Morgen erfahren, dass die Familie hier auf der Mühle gelebt hat."

Agathe schwieg. In ihr Gesicht hatten sich unzählige Runzeln eingegraben, dennoch war es ein würdevolles, ein schönes Gesicht.

„Was war Alexander für ein Mann?", frage Joy.

„Herr Wagner war noch ein richtiger Mann“, antwortete sie. „So wie Männer früher halt waren.“

„Was ist denn ein richtiger Mann?“, fragte Joy.

Die Alte blickte weg.

Ein richtiger Mann? Was wollte Agathe damit sagen? Dass Männer wie Bela, denen eine gleichberechtigte Partnerschaft am Herzen lag, falsche Männer waren? Dass es so etwas früher nicht gegeben hätte?

„Herr Wagner war stark“, antwortet die Alte schließlich. „Und er war der Chef. Und seine Familie war noch eine richtige Familie“, sprach die Alte zur Birke. „So wie es sich gehört.“

Joy folgte dem Blick der alten Frau. In den weißlichen Stamm des Baumes war ein Herz eingeritzt, der Schnitt ging tief, die Ränder waren vernarbt.

„Aber Agathe“, erwiderte Joy. „Nur die Konvention bestimmt doch, was sich gehört. Das wechselt von Jahrhundert zu Jahrhundert, manchmal von Jahrzehnt zu Jahrzehnt. Das ist nichts, was von innen kommt.“

Die Alte blickte stur auf den Baum.

Das hat doch keinen Wert, Baby. Lass es sein, andere Leute aufklären zu wollen. Doch Joy konnte es nicht lassen. „Was wäre denn eine richtige Familie?“, fragte sie. „Und was eine falsche? Die Ehe der Wagners wurde geschieden, ist das richtig oder falsch?“

„Das begann erst nach dem Unfall.“

„Sie meinen den tödlichen Verkehrsunfall von Diana Fürst?“

Agathe nickte. „Nach dem schrecklichen Unfall musste Manuel in ein Heim“, sagte sie und wischte sich die Hände an der Schürze ab. „Julius kam in ein Internat. Alexander ging in die Stadt. Und Elena …“ Sie starrte vor sich hin.

„Und Elena?“

„Wurde krank. Schwer krank. Brustkrebs. Sie kam in eine Klinik. Ein paar Jahre später starb sie.“

„Als sie starb, war Manuel dann neunzehn? Und Julius siebzehn? Stimmt das?“

„Kann sein.“

„Haben Sie noch Kontakt zu den Jungs?“

„Nein.“ Die Antwort kam schnell und klang hart. „Bei Manuel sagen sie, es ist besser für ihn, wenn er nicht herkommt. Das würde den Jungen nur durcheinanderbringen.“ Sie starrte zur Birke hinüber. „Julius war noch zwei oder dreimal zu Besuch, aber irgendwann hörten die Besuche auf. Er lebt ja heute in Amerika. Er muss viel arbeiten. Er hat keine Zeit mehr für so was.“

„Verstehe“, sagte Joy. „Und wie war das Verhältnis zwischen Alexander und seinen Söhnen?“

„Die Buben hatten Respekt vor ihrem Vater.“ Agathe nickte und fügte hinzu: „So wie es sich gehört.“

Die Sonne knallte auf den Innenhof. Das Tapsen von Pfoten auf Stein ließ Joy aufblicken. Pirat hatte sich zwischen der Hecke hindurchgeschoben und kam herüber. Als er sie erreicht hatte, blickte er Joy an, als wollte er sich vergewissern, dass alles in Ordnung war.

„Guter Hund“, sagte Joy.

Agathe schwieg. Ein harter Zug lag auf ihren Lippen. In diesem Augenblick wurde Joy klar, dass sie von der Alten nichts erfahren würde, was sich nicht gehörte.

„Und wie war das Verhältnis zwischen Elena und ihren Kindern?“, fragte Joy dennoch.

„Eng“, sagte Agathe. „Sehr eng. Elena liebte ihre Söhne. So wie es sich für eine Mutter …“

„… gehört“, sagte Joy und nickte.

Die Alte schien ihre Ironie nicht zu verstehen.

Joy blickte in den Kinderwagen. Milan drehte sich auf die andere Seite, doch seine Augen waren noch geschlossen. *Schlaf bitte weiter, mein Schatz.*

„Elena war eine gute Mutter“, sagte Agathe. „Gott hat ihr eine schwere Prüfung auferlegt mit den behinderten Kindern. Doch sie hat ihren Manuel geliebt wie den Julius auch.“

„Behinderte Kinder?“, fragte Joy. „Julius ist doch nicht behindert, oder?“

Die Alte rieb ihre Hände ineinander, als würde sie diese in der warmen Sommerluft waschen. „Elena war eine tüchtige Frau“, sagte Agathe schließlich. „Sie hat den ganzen Tag auf der Mühle gearbeitet. Obwohl sie eine höhere Tochter gewesen ist, hat sie arbeiten können.“

„Wie meinen Sie das, höhere Tochter?“, fragte Joy, doch im selben Augenblick fiel ihr wieder ein, dass Elena Montana aus einer Verlegerfamilie aus Bologna stammte. Meinte sie das?

„Wenn Elena nicht arbeitete“, sagte Agathe, „war sie über den Büchern. Sie saß oft unten im Tal und las. Dabei weiß man ja, dass das nicht gut ist für eine Frau. Das viele Lesen. Später, als Alexander nach Frankfurt ging, da hatte sie auch einen anderen Mann.“

„Einen anderen Mann?“

„Sie erwartete zu viel vom Leben“, sagte Agathe, und ihre Fingerknöchel traten weiß hervor. „Sie hat dem Herrn

Wagner nie verziehen. Dabei sollte eine Frau ihrem Mann verzeihen."

„Was nicht verziehen?"

Agathe blickte zur Alten Mühle hinauf. „Gott ist vollendet. Aber der Mensch ist unvollkommen", sagte sie versonnen. „Wer von euch ohne Sünde ist, der werfe den ersten Stein."

„Was genau wollen Sie damit sagen?" Joy wurde ungeduldig. Milan drehte sich hin und her. Nicht mehr lange, und er würde erwachen. Doch die Alte starrte schweigend zur Mühle hinauf. Die Luft über dem Weg flimmerte in der Mittagshitze.

Ein paar Grillen zirpten.

„Agathe, bitte!" Joy wurde zunehmend verzweifelt. „Was ist geschehen? Ist ein Verbrechen passiert? Wenn ja, welches? Bitte sprechen Sie doch Klartext, all die Andeutungen machen es doch nur schlimmer."

Agathe hielt die Hände in ihrem Schoß gefaltet, die Augen geschlossen. Sie schien zu dösen. Nur das Licht, das durch die Blätter der Birke fiel, bewegte sich noch.

COLIN

DU FRAGST DICH,
WAS DIE LEUTE SAGEN WERDEN.

Was für Geschäfte?“

„Wissen Sie, meinem Mann gehörte ja das halbe Dorf.“

„Was für Geschäfte!“, wiederholte Colin genervt. Der Anblick dieser selbstgefälligen Witwe machte ihn krank. Am liebsten hätte er sie unter dem Doppelkinn gepackt und gewürgt, doch das ging leider nicht. Die Kamera im Verhörraum blinkte grün.

„Es ging um die Pachtgrundstücke“, rückte Rebekka Schumann endlich mit der Sprache heraus. Die Witwe von Alexander Wagner war geschminkt als käme sie aus dem Salon. Ihre Haare waren offensichtlich blond gefärbt. Allein das viele Geld, das sie in die Pflege ihres Äußeren steckte, hob sie etwas von der ganz billigen Sorte ab. Aber nur etwas.

„Frau Schumann“, sagte Colin und ließ die Finger knacken. „Ich frage Sie jetzt noch einmal. Weshalb war Ihr

Mann in Schwandorf? Und ich bitte Sie, lassen Sie sich nicht jedes Wort aus der Nase ziehen. Ich habe den größten Respekt vor der Trauer, die Sie empfinden." Colin würgte die Worte hervor. „Aber wir müssen unsere Arbeit tun können. Wir wollen den Mörder Ihres Mannes finden und gerade jetzt, am Anfang, zählt jede Minute."

Die Schumann trug ein schwarzes Kostüm, aus dem zwei weiche, weiße Arme ragten. Ob sie immer so aufgequollen war im Gesicht? Oder hatte sie tatsächlich um ihren Mann geweint?

„Mein Mann hat seinen behinderten Sohn besucht." Ihre Lippen wurden spitz, als sie das sagte. Sie konnte es nicht verbergen, dass sie weder Manuel noch die Besuche ihres Mannes in Schwandorf leiden konnte. „Bei der Gelegenheit wollte er auch ein paar geschäftliche Dinge erledigen. Das sagte ich ja schon."

Colin erhob sich drohend. Er baute sich in seiner ganzen Größe vor ihr auf, als er wiederholte: „Was. Für. Geschäfte!"

Eingeschüchtert wich sie zurück. „Die Grundstücke rund um das Dorf gehören seit Jahrzehnten Alexanders Familie. Die Wagners sind urkundlich schon im vierzehnten Jahrhundert als Feudalherrscher der Region genannt."

Feudalherrscher! Er sah auf die Frau hinab wie ein Adler auf ein Küken. Auf ein kleines, plüschiges Küken.

„Weiter!", befahl Colin.

„Alexanders Vater Georg hatte in den sechziger und siebziger Jahren mehrere Grundstücke in Schwandorf verpachtet", wisperte sie. „Keine Ahnung, was ihn dazu trieb, wohl irgendein sozialer Impuls." Sie reckte das Kinn etwas höher. „Heute sind die Grundstücke sehr lukrativ, die

Preise sind höher denn je. Ich muss Ihnen ja nichts von der enormen Wertsteigerung erzählen, die Grundstücke und Immobilien in den letzten Jahrzehnten erfahren haben. Aber die Leute, diese Dorfbewohner, also die wohnen da immer noch zur Pacht, und das für'n Appel und n' Ei! Das ist natürlich ärgerlich."

Ärgerlich! Colin stellte sich vor, wie er diese Frau auspeitschte.

„Alexander wollte das ändern." Sie lächelte ihn an. „Jahrelang hat er einen Weg gesucht, aus den alten Verträgen herauszukommen. Vor ein paar Wochen hat er dann tatsächlich einen Anwalt kennengelernt, der ihm gezeigt hat, wie das funktioniert. Entweder kaufen die Dorfbewohner ihre Grundstücke zu dem vollen Marktpreis, oder sie ziehen weg. So einfach ist das."

„So einfach", wiederholte Colin freundlich. „Und das Haus, das sie darauf gebaut haben?"

Die Schumann schnäuzte sich in ein Taschentuch, als wollte sie sagen, dass die Welt zu ihr auch nicht immer fair sei.

„Kannten Sie eigentlich die erste Frau Ihres Mannes?" Colin setzte sich wieder. In dem Raum gab es nichts außer einem Tisch, ein paar Stühle und diese Kamera, die ihm ein Dorn im Auge war.

Lansky, der in der Ecke saß, zählte nicht. Er hielt sich, wie abgemacht, vorbildlich zurück.

„Sie meinen Elena?", fragte die Schumann wieder mit spitzen Lippen.

„Elena Montana", bestätigte er. Dann presste er seine Hände auf die Tischplatte, damit sie ruhig blieben.

„Was heißt schon kennen“, sagte die Schumann. „Ich habe sie zwei oder drei Mal gesehen, mehr nicht. Alexander hat keinen Wert darauf gelegt, im Grunde hat er diese Frau nie geliebt.“ Ihre Finger zerknüllten das Taschentuch. „Die beiden haben einfach nicht zusammengepasst, das sah man sofort. Alexander war groß und blond, sie war klein und dunkel, mehr wie eine Zigeunerin.“ Die Schumann riss kleine Fetzen von dem Papiertaschentuch.

Colin presste seine Hände auf die Tischplatte.

„Außerdem hatte sie eine schlechte genetische Veranlagung“, fuhr die Schumann selbstgefällig fort. „Ich meine Manuel, da hat doch etwas nicht gestimmt, und dann noch der Krebs. Aber Alexander hat sich deshalb nicht erpressen lassen. Es war die beste Lösung, dass Manuel in ein Heim kam. Für alle.“ Sie knüllte das Taschentuch zusammen. „Elena hat ihm deswegen natürlich dauernd Vorwürfe gemacht“, fuhr sie bitter fort. „Dabei hat Alexander doch das alles bezahlt! Wissen Sie überhaupt, wie teuer so ein Heim ist? Monat für Monat? Aber klar. Alexander zahlt ja! Da nimmt man nur das teuerste Heim. Die haben den doch ausgenommen wie eine Weihnachtsgans! Überhaupt war Elena ja nur an seinem Geld interessiert.“

Colins Hände zuckten verdächtig. Sein Blick wanderte zur Kamera. Diese Frau, die offensichtlich die Chance verpasst hatte, sowohl ihr Herz als auch ihren Verstand zu bilden, war ein Armutszeugnis für die Menschheit. Irgendjemand hätte die Dummheit aus ihr herausprügeln müssen, doch das war auch keine Lösung. „Warum waren Sie nicht auf der Beerdigung von Elena Montana?“, fragte Colin stattdessen.

Sie sah ihn überrascht an. „Ah, ich vergaß, Sie sind ja Kommissar, Sie wissen alles“, flötete sie mit einem Lächeln, das ihm Übelkeit verursachte. Nachdem er nicht reagierte, antwortete sie: „Alexander wollte das nicht.“

„Können Sie sich vorstellen, dass Julius seinen Vater umgebracht hat?“, fragte Colin.

Die Schumann riss ihre kleinen Augen auf. „Ja“, stieß sie hervor. Ihr Busen hob und senkte sich. „Das kann ich. Warum, haben Sie Beweise in diese Richtung? Hat Julius etwa … hat er … Alexander umgebracht?“

„Ich habe rein hypothetisch gefragt“, entgegnete Colin kühl. „Warum können Sie sich das vorstellen?“

„Weil aus Julius der Hass seiner Mutter spricht.“ Die Schumann atmete schneller, unter der Schminke bildeten sich rote Flecken.

„Hass?“, fragte er. „Warum hätte Elena ihren Mann hassen sollen?“

„Keine Ahnung“, antwortete sie dümmlich. „Vielleicht weil sie ihm unbewusst die Schuld daran gab, dass Manuel nicht gesund war? Dabei war ja klar, an wem das lag. Man muss Manuel ja nur mal anschauen. Er ist ein kleiner Italiener, genau die Mama. Und Julius, der ist groß und blond wie der Vater. Julius hatte beste Erbanlagen. Aber die Mutter hat ihn verdorben, leider. Alexander hat immer gesagt …“

Colin fixierte die Witwe derart massiv mit seinem Blick, dass sie verstummte. Er konnte nicht anders. Am liebsten hätte er ihr auf der Stelle jede Wimper einzeln herausgerissen, als Ersatz für die Dummheit, die nur schwer an der Wurzel zu packen war. Diese Frau glaubte, die Welt drehe sich um sie. Und sie selbst drehte sich die Welt so, bis die

Sonne auf sie schien. Mit jedem Satz ging es ihr nur um die Erhöhung ihres armseligen Egos.

Es klopfte.

„Entschuldigung“, sagte Elvira, seine Sekretärin. „Herr Schädler ist hier. Er meint, er wäre mit Ihnen verabredet.“

„Niko Schädler?“

„Ja“, bestätigte Elvira. „Einer der drei Veranstalter des Konzerts.“

Colin fixierte den roten Lockenkopf seiner Sekretärin. Er war geladen. *Ich weiß, wer Niko Schädler ist!*

„Okay“, sagte er zu Rebekka Schumann. „Wir sind fertig. Fürs Erste. Sie können gehen. Aber halten Sie sich jederzeit für weitere Fragen bereit.“

„Ich bleibe ohnehin noch hier in der Gegend“, sagte sie und wischte sich über die Augen. „Ich kann ja schlecht abreisen, solange Alexander … also solange seine Leiche … noch hier bleiben muss. Die Adresse meines Hotels haben Sie ja. Und bitte, halten Sie mich auf dem Laufenden, sobald es etwas Neues gibt.“

Colin nickte.

Als die Schumann sich erhob, waberte ein schwerer, süßlicher Duft zu ihm herüber. Er musste alle Kraft aufbringen, ihr zum Abschied die Hand zu reichen.

„Du kannst auch gehen“, sagte er zu Lansky, der die ganze Zeit über stumm Protokoll geführt hatte.

„Aber … “

Colin schaltete die Kameras aus. „Bring Frau Schumann in ihr Hotel“, sagte er entschieden. Als diese protestieren wollte, fügte er hinzu: „Keine Widerrede! Das machen wir gerne. Und danach hilf Siggi bei der Zeugenbefragung.“

Lansky erhob sich widerwillig, die Schumann wackelte hinter ihm her.

Nur wenige Sekunden, nachdem die beiden aus der Tür waren, trat Niko ein.

„Schließ die Tür", knurrte Colin.

Niko schloss die Tür.

„Okay", sagte Colin geladen. „Was weißt du über den Mord?"

„Ich weiß nichts, wirklich, ich …"

Colin packte den Jungen und drückte ihn bäuchlings gegen die Wand.

„Was soll der Scheiß, Mann", fluchte der.

„Wir vereinfachen dieses Gespräch jetzt ein bisschen", zischte Colin ihm ins Ohr. Niko versuchte nicht einmal, sich zu wehren. Er war zwanzig Jahre jünger als Colin, dafür aber kleiner und schmächtiger. Doch entscheidend war, dass er weder über den Willen noch über die Ausdauer verfügte, etwas gegen Colin auszurichten. Mehr als ein hilfloses Zucken brachte er nicht zustande.

„Bitte, ich habe nichts getan", jammerte er. „Lassen Sie mich los."

„Du sagst mir jetzt sofort, was da läuft", sagte Colin drohend. „Du hast doch gelogen. Natürlich kennst du Alexander Wagner. Mit wem war er auf dem Konzert? Was weißt du?"

„Ich habe nichts gesehen", jammerte Niko. „Wirklich."

Colin bog ihm den Arm im Rücken nach oben. „Sei still!", zischte er. „Lüg mich nicht an." Colin war geladen. Das, was er der Witwe hätte antun sollen, bekam der Junge jetzt ab. Colin wusste das, doch er konnte nichts daran ändern.

„Bitte … “, jammerte der.

Colin kannte Niko seit mehr als zehn Jahren. Bei ihrer ersten Begegnung war er um die zwanzig gewesen und hatte Haschisch an Jugendliche verkauft, die nicht älter als vierzehn gewesen waren. Später waren Pillen dazugekommen, außerdem Medikamente, die er illegal im Altersheim vertickt hatte. Doch seit er sich mit einer Krankenschwester verlobt und mit ihr ein Kind bekommen hatte, war er ruhiger geworden. Niko schien in das geduckte, erstarrte Leben seiner Eltern zu wachsen, gegen das er jahrelang protestiert hatte.

„Sie brechen mir ja den Arm“, keuchte Niko.

„Was ist auf dem Konzert passiert?“, wiederholte Colin seine Frage. „Wer hat den anonymen Anruf abgegeben?“

„Bitte“, keuchte er. „Ich weiß wirklich nichts.“

Vor Jahren hatte Colin den jungen Mann laufen lassen nach einem Drogengeschäft, für das er mindestens sechs Monate Haft oder ein Jahr Sozialarbeit bekommen hätte. Damals hatte er ihm einen Deal vorgeschlagen: Informationen gegen Freiheit. Niko hatte sich auf den Deal eingelassen. Sein Fehler. Seitdem war er erpressbar. Niko hatte nie den Mumm gehabt, sich aus dieser Lage zu befreien und seine gerechte Strafe einfach abzusitzen. Jetzt ohnehin nicht mehr, wo die Krankenschwester an seiner Seite auf die Hochzeit hoffte.

„Ich frage jetzt das letzte Mal“, drohte Westheim und zog den Arm höher. „Warum bist du hier, wenn du nichts weißt?“

„Okay“, keuchte er wieder. „Der alte Wagner war auf dem Konzert, aber nicht lange. Er saß an der Bar, trank etwas und ist dann wieder abgehauen. Martin und Jonny meinten, wir müssten das sagen. Dass der Alte kurz da war und gleich wieder ging. Sonst machen wir uns ja noch verdächtig. Das wollte ich sagen. Mit einem Mord haben wir nämlich nichts zu tun! Das ganze Konzert hat damit nichts zu tun. So eine kranke Scheiße!"

„Der Einzige, der hier kranke Scheiße erzählt, bist du", sagte Colin und ließ ihn los. Plötzlich widerte ihn alles an. Er stieß Niko von sich und setzte sich auf einen Stuhl. „Zuerst willst du den alten Wagner nicht kennen, dann war er auf dem Konzert. Was soll ich da glauben?"

Niko rieb sich stumm die Schulter.

„Vielleicht sollte ich mal mit deiner Verlobten sprechen", fügte Colin hinzu.

„Herr Westheim, bitte, die war doch bei dem Kind daheim, die hat damit nichts zu tun." Niko schluckte. Ängstlich blickte er sich um, als er sagte: „Was werden die Leute jetzt sagen, wenn das mit dem Wagner rauskommt?"

„Ja, was werden die Leute bloß sagen?", wiederholte Colin. „Ist das deine einzige Sorge?"

Niko schwieg.

Colin checkte sein Handy. Karina Decker hatte versucht, ihn zu erreichen, er musste sie zurückrufen.

„Hau ab", sagte er zu Niko. Beinahe spuckte Colin die Worte aus. „Ich will dich nicht mehr sehen. Fürs Erste."

JOY

NICHT DIE STÄRKE DER BÖSEN IST DAS PROBLEM.
SONDERN DIE SCHWÄCHE DER GUTEN.

Draußen zog die Landschaft Oberschwabens vorbei: Hügel, Felder, Wiesen. Ab und zu ein Dorf mit einer Kirche, ein Mischwald. Schon seit fünfzehn Minuten fuhren Colin und Joy auf der Landstraße dahin, er saß am Steuer, sie auf dem Beifahrersitz. Seit fünfzehn Minuten schwiegen sie. Joy wünschte, Colin würde einfach still bleiben.

„Schau nicht so verkrampft", sagte er stattdessen.

„Verkrampft?" Joy blickte ihn an.

„Karina ist eine gute Tagesmutter."

„Das kannst du sicher beurteilen."

„Höre ich da Ironie?"

Colin schien sich seit gestern nicht mehr rasiert zu haben, unter seinen Augen waren dunkle Schatten, durch die schwarzen Haare zogen sich einzelne silberne Fäden.

„Ein Danke wäre angebrachter." Wieder Colin. Ein kurzer Blick, ein Lächeln.

„Danke, wofür?"

„Dass ich dir helfe, aus dem Dornröschenschlaf zu erwachen.“

Joy blickte zum Fenster hinaus. Der Himmel war blau und wurde von weißen Kondensstreifen durchkreuzt. Dornröschen! Sie war nie ein Dornröschen gewesen! Colin war und blieb ein Ignorant. Doch bei Karina schien er ausnahmsweise richtig zu liegen. Wenn Joy nicht auch das Gefühl gehabt hätte, die Frau sei eine gute Tagesmutter, hätte sie Milan nicht dort gelassen. Karina schien sehr klug zu sein, sie hatte blitzschnell erfasst, worum es ging. Um einen wilden, mutigen Dreijährigen – und um die Angst seiner Mutter.

„Diese Schumann ist so ein verdammtes Huhn“, fluchte Colin plötzlich. „Gackert herum, scharrt im Dreck und denkt, sie wäre ein Vogel.“

„Du meinst die Witwe aus Frankfurt?“

Colin nickte. „Eine furchtbare Frau.“

Joy sah ihren Chef an.

„Warum müssen Ehefrauen nur so furchtbar sein?“ Wieder Colin.

Sie sah ihn immer noch an.

„Unerträglich! Selbstgefällig! Blind.“ Noch mal Colin.

Sein Profil war scharf, männlich, kantig. Der Kontrast zu seinen sinnlichen Lippen trat in diesem Augenblick deutlich hervor. Plötzlich drehte er den Kopf herum und sah sie an. Schweigend nickte er ihr zu, so als hätte er Gedanken von ihr erraten, die nicht einmal sie kannte.

Joy checkte ihr Handy.

Karina war erst sechsundzwanzig. Trotzdem hatte sie bereits ein Haus gebaut, das sauber und lichtdurchflutet war. Es stand in Schwandorf nahe der Kapelle und hatte vom

Wohnzimmer aus einen schönen Blick über das Dorf. Im Erdgeschoss war alles für die Tageskinder eingerichtet. Neben mehreren Körben mit Spielzeug hatte Joy ein altes Kasperletheater entdeckt. Um einen langen Holztisch standen Kinderstühle von guter Qualität, die Steckdosen waren gesichert, die Treppen mit Sicherheitsgittern versehen. Milan hatte sich sofort wohlgefühlt und mit der Eisenbahn aus Holz zu spielen begonnen. Karina hatte Joy ihre Handynummer gegeben, und natürlich hatte sie auch ihre, falls etwas sein sollte, würde sie sich sofort melden. Anderthalb Stunden hatten sie ausgemacht, länger nicht.

Colin verlangsamte das Tempo und bog von der Landstraße in eine Nebenstraße ein. Sie fuhren eine schmale Straße bergauf. Auf einer Wiese liefen Männer und Frauen mit Strohhüten zwischen Apfelbäumen umher, sie trugen Spritzpumpen und Körbe. Nach einem guten Kilometer Fahrt erkannte Joy die Anlage, die eingebettet zwischen Wiesen und Wälder auf einem Plateau lag, auf das die frühe Abendsonne ihr goldenes Licht warf.

Die Wohnstätte *Am Sonnenbühl* bestand aus einem dreistöckigen Hauptgebäude, um das sich mehrere Nebengebäude gruppierten. Die Häuser waren einheitlich in hellgelb gestrichen und mit terrakottafarbigen Ziegeln bedeckt.

Colin lenkte den Wagen durch ein offenstehendes Tor. Rechts und links am Wegrand blühten Oleanderbüsche. Der Kies knirschte unter den Reifen des alten Volvos.

Alles war tipptopp gepflegt.

Die Nebengebäude verfügten über zwei Stockwerke und waren in einzelne Apartments unterteilt. Die Wohnungen im Erdgeschoss hatten überdachte Terrassen, die oberen

Einheiten einen großen Balkon. Joy hatte sich eine Wohnanlage für Menschen mit Behinderung anders vorgestellt, weniger schön; doch hier traf süddeutsche Bodenständigkeit auf ein mediterranes Lebensgefühl, das an eine Ferienanlage für Familien denken ließ.

Colin parkte das Auto auf einem Besucherparkplatz. Während sein wacher Blick die Umgebung sondierte, sagte er: „Zwanzig Minuten Fahrtzeit ab Schwandorf, mehr nicht."

„Bei gemächlichem Tempo", ergänzte Joy.

Beide schienen dasselbe zu denken: Hätte Manuel Wagner diese Strecke bei Nacht schaffen können? Wie eingeschränkt war er in seiner Bewegungsfreiheit?

„Colin", sagte sie. Es war immer noch seltsam, ihn beim Vornamen zu nennen. „Wir sind hier, um Manuel Wagner über den Tod seines Vaters zu informieren. Vergiss das nicht."

Colin griff nach hinten, um seine Tasche vom Rücksitz zu holen. Dabei kam sein Gesicht dem ihren nahe, sehr nahe. „Damit das klar ist", flüsterte er. Sie konnte sein Aftershave riechen. Er sagte: „Ich stelle nachher die Fragen."

„Logisch." Joy wich zurück. „Und was ist dann meine Aufgabe?"

„Du schreibst das Protokoll. Dafür bist du eingestellt." Sein Blick wurde unergründlich, wie immer, wenn seine Stimme härter wurde und er Dinge sagte, die verletzend waren, obwohl sie der Wahrheit entsprachen: „Ansonsten lächelst du nett und gibst unserem Besuch den Anschein der Arglosigkeit. Das kannst du doch besonders gut."

Joy antwortete nicht.

„Falls das Thema auf Kronos kommt, stellst du die richtigen Fragen“, fügte er versöhnlich hinzu.

Joy antwortete wieder nicht.

Schweigend gingen sie auf das Hauptgebäude zu, nur das Summen einer Biene war zu hören. Und der Kies, der unter ihren Schritten knirschte. Westheim drückte den Klingelknopf, worauf im Innern eine Glocke erklang. Eine Kiste mit Äpfeln stand neben dem Eingang. *Zum Mitnehmen* stand auf einem Pappschild. Die Schrift wirkte ungelenk wie eine Kinderschrift.

Joy nahm sich einen Apfel.

„Das ist schrecklich“, sagte Elisabeth Braschel. Die Betreuerin von Manuel Wagner war eine Frau Mitte fünfzig mit kurzen, grauen Haaren und einem bunten Rock, der bis zum Boden fiel. Das Vorgespräch fand ohne Manuel in einem Gemeinschaftsraum statt, in dem außer ihnen niemand anwesend war.

Joy biss in den Apfel.

„Herr Wagner ist also wirklich ermordet worden?“, fragte Frau Braschel mit sorgenvollem Gesicht.

„Ja“, sagte Colin laut.

„Das ist so schrecklich.“ Elisabeth Braschel schüttelte den Kopf. „Darf ich fragen, wie? Also wie er umgebracht wurde?“

Wusste sie es nicht? Diese Frau schien keine Kontakte ins Dorf zu haben. Ihr astreines Hochdeutsch verriet die Fremde.

„Das halten wir aus ermittlungstechnischen Gründen noch unter Verschluss“, entgegnete Colin. „Das müssen Sie verstehen.“

Elisabeth Braschel nickte. Auf ihrer Stirn erschien eine tiefe Falte. Gedankenverloren strich sie über die Serviette, die ausgebreitet auf dem Tisch lag. Darauf standen ein Zuckerstreuer aus Glas und ein Plastikkännchen mit Dosenmilch.

„Zurzeit leben achtunddreißig Männer und Frauen bei uns auf Sonnenbühl, insgesamt bietet die Wohnstätte Platz für vierzig Menschen mit Behinderung", sagte Elisabeth Braschel in die Stille hinein.

Der Themenwechsel war ebenso abrupt wie der Wechsel ihres Gesichtsausdrucks. Denn plötzlich lächelte sie Joy zu, so als bräuchte man sich nur für das Positive dieser Welt zu entscheiden, um diese besser zu machen. Die vielen kleinen Fältchen um die Augen verliehen ihr nun sogar etwas Heiteres, Fröhliches, auch wenn die Furche auf der Stirn noch immer daran erinnerte, dass sie keinen einfachen Job hatte. Und vor allem hatte sie kein Interesse an Make-up: Elisabeth Braschel war vollkommen ungeschminkt, nicht einmal einen Fettstift für die Lippen schien sie zu benutzten, die aufgesprungen waren, spröde.

„Frau Braschel", sagte Colin. „Wie lange kennen Sie Manuel Wagner schon?"

„Lange", entgegnete sie nachdenklich und strich die Serviette glatt. „Lassen Sie mich überlegen, er kam mit einundzwanzig zu uns, also nicht hierher, sondern in eine Partnereinrichtung. Das sind jetzt also elf Jahre. Ja, seit elf Jahren."

Sie nickte lächelnd.

„Frau Braschel, haben Sie …", begann Colin seine nächste Frage.

Doch die Frau unterbrach ihn.

„Bitte", sagte die Betreuerin sanft und legte für einen Moment ihre kleine Hand auf Colins Arm. „Sagen Sie doch einfach Elisabeth zu mir. Wir nennen uns hier alle beim Vornamen, das baut Hierarchien ab. Erst wenn sich niemand mehr über den anderen erhebt, kann es doch zu wirklichen Begegnungen zwischen Menschen kommen."

Colin murmelte etwas, das nicht nach Zustimmung klang.

Elisabeth goss Kaffee aus einer Thermoskanne ein. Zugleich schenkte sie Joy ein warmes Lächeln, das wohl Mitgefühl ausdrücken sollte, als wollte sie sagen: *Ist sicher nicht immer einfach mit so einem Chef, was?*

Joy nickte und sagte: „Danke."

„Unser Konzept basiert auf einem familienorientierten, ökologischen Ansatz", fuhr Elisabeth heiter fort, so als könnte sie das Grauen des Mordes durch vorgefertigte, sichere Sätze überdecken.

„Ich finde die Anlage wirklich sehr gelungen", sagte Joy. „Aber wie gut kannten Sie eigentlich …"

Colin warf ihr einen warnenden Blick zu.

„Das Leben im Rhythmus der Natur hat sich als äußert gewinnbringend für unsere Bewohner erwiesen", sagte Elisabeth.

Joy schluckte den letzten Bissen Apfel runter.

Colin starrte in seinen Kaffee.

„Wir haben Obst- und Gemüsegärten, ein großes Gewächshaus und insgesamt vier Felder. Unser Ziel ist die Selbstversorgung, was wir zum größten Teil auch erreichen."

„Bauen Sie auch Wein an?" Colins Stimme war voller Ungeduld.

„Nein." Elisabeth schüttelte den Kopf. „Keinen Wein. Warum fragen Sie? Vor allem Äpfel und Kartoffeln. Die Menschen, die hier wohnen, tragen durch ihre Arbeit in unserer hauseigenen Landwirtschaft oder in unseren Werkstätten zu ihrem Lebensunterhalt bei. Das reicht natürlich nicht, um die gesamten Kosten zu decken. Erst im letzten Monat mussten wir die Monatsbeiträge sogar erhöhen. Das ist nicht immer leicht für die Familien, das zu tragen, das wissen wir schon. Doch die Mitarbeit der Bewohner wird nicht allein aus finanziellen Motiven gefördert, sondern vor allem aus psychologischen Gründen, damit sie Selbstbewusstsein und Selbstorganisation trainieren können."

„Und wo arbeitet Manuel?" Westheim klackte mit seinem Kugelschreiber. Das Geräusch drückte den Wunsch nach Beschleunigung aus, doch die Betreuerin ließ sich nicht aus der Ruhe bringen.

„Manuel ist vielseitig begabt", erklärte Elisabeth und nickte wie eine Mutter, die über ihren Sohn spricht. „Er ist ein sehr geschickter Handwerker, aber auch ein leidenschaftlicher Gärtner. Zudem interessiert er sich für Bücher und kennt sich erstaunlich gut mit Literatur aus, weshalb er auch in unserer hauseigenen Bücherei aushilft."

Colin nahm einen Schluck Kaffee und verzog das Gesicht. Es klirrte, als er die Tasse auf den Untersetzer zurückstellte.

„Wie selbstständig ist Herr Wagner?", fragte er. „Hat er ein Auto? Ein Fahrrad? Wie stark wird er kontrolliert? Gibt es feste Essenzeiten? Verbindliche Schließzeiten am Abend? Muss er zu einer bestimmten Uhrzeit wieder im Heim sein?"

Elisabeth zog eine Augenbraue nach oben.

„Wie kommuniziert er mit der Außenwelt?", bombardierte Colin sie weiter. „So wie jeder normale Mensch heutzutage auch? E-Mail? Internet? Handy? Wird das kontrolliert oder hat er völlig freie Handhabung? Hat er eigenes Geld? Kann er Online-Bestellungen machen? Oder muss er alles, was er braucht, bei Ihnen beantragen?"

Elisabeth öffnete den Mund und schloss ihn wieder. Für einen Moment herrschte Stille. Draußen waren Stimmen zu hören.

Joy hielt unschlüssig den Apfelbutzen in der Hand und fragte sich, wo sie ihn entsorgen konnte.

„Zunächst einmal", sagte Elisabeth freundlich: „Wir sind kein Heim. Die Zeiten, in denen Menschen mit Behinderung in ein sogenanntes Heim gesteckt wurden, sind Gottseidank vorbei."

Colin klackte mit dem Kugelschreiber.

Joy aß den Apfelbutzen kurzentschlossen auf.

„In den Seitengebäuden befinden sich die Apartments, die von unseren Bewohnern wie eigene Wohnungen genutzt werden. Auf diese Weise trainieren sie Selbstorganisation und Tagesgestaltung, mit dem Ziel, später in eine ganz normale Wohnung umzuziehen. Auch Manuel wohnt in so einem Apartment. Dort kann er tun und lassen was er will. Er hat allerdings, wie jeder andere Mensch auch, terminliche Verpflichtungen über den Tag verteilt, die er einhalten muss. Und ja, wenn unsere Bewohner abends ausgehen möchten, muss dies vorher angemeldet werden. Das jedoch nicht zu Kontrollzwecken, sondern aus Sicherheitsgründen."

„Wo war Manuel am Mittwochabend?“, fragte Colin. „Hatte er Ausgang angemeldet?“

„Sie meinen in der Tatnacht?“ Elisabeth riss die Augen auf. „Warum wollen Sie das wissen?“

„Frau Braschel“, entgegnete Colin. „Das ist eine Routinefrage.“

Joy kaute auf den Apfelkernen herum. Sie hinterließen einen bitteren Nachgeschmack auf der Zunge.

„Manuel war hier“, antwortete Elisabeth schließlich. „Er ging nach dem Abendessen in sein Apartment. Wie jeden Abend. Und ja, natürlich benutzt er einen Computer und ein Handy. An Online-Shopping hat er allerdings kein Interesse. Die Kleidung besorge ich für ihn, dafür interessiert er sich nicht.“

„Wie würden Sie Ihren Schützling beschreiben?“ Colins Blick wanderte wachsam durch den Raum, als er fragend hinzufügte: „Ist er gewalttätig?“

„Gewalttätig?“ Elisabeth schüttelte empört den Kopf. „Das sind doch Vorurteile. Erwachsene Menschen mit Behinderung werden in unserer Gesellschaft immer noch am stärksten diskriminiert. Doch Männer mit Trisomie sind nicht gewalttätiger als die sogenannten normalen Männer, im Gegenteil.“ Sie sprach jetzt ausschließlich in Joys Richtung, so als ertrüge sie Colins Anblick nicht mehr. „Manuel ist ein sehr sozialer Mensch, auch wenn er unsere Gemeinschaftsangebote nur bedingt nutzt, bei Tanzveranstaltungen und im Billardraum sieht man ihn selten. Wenn er dann allerdings da ist, kann er durchaus aufdrehen und Spaß haben. Letztlich ist es so wie bei allen Menschen: Jeder ist anders. Jeder hat ein unterschiedlich hohes

Bedürfnis an Geselligkeit und Alleinsein. Und Manuel ist eher ein Typ, der gerne allein ist."

„Okay." Colin warf einen Blick in sein Notizbuch. „Nur damit ich das klarbekomme: Manuel lebte also bis zu seinem vierzehnten Lebensjahr im Kreis der Familie Wagner. Danach kam er in ein, ähm, Heim für schwererziehbare Jugendliche." Er nahm einen Schluck Kaffee und fügte hinzu: „Also das steht hier so: Heim für schwererziehbare Jugendliche. Ist das falsch ausgedrückt?"

Elisabeths Lächeln war verschwunden. „Manuel kam damals tatsächlich in ein Heim vom alten Schlag. Das war ein großer Fehler. Zuvor hatte es ja diesen Unfall gegeben, bei dem eine junge Frau ums Leben gekommen war, Diana Fürst. Der vierzehnjährige Manuel saß mit im Auto. Eindeutig konnte nie geklärt werden, warum das Auto von der Straße abkam. Doch im Dorf waren alle davon überzeugt, dass Manuel am Steuer gesessen und damit Schuld am Tod der jungen Frau hatte." Für einen Moment starrte sie vor sich hin. „Okay, vielleicht nicht alle. Aber die Wortführer zumindest." Sie schluckte. „Hinzu kam, dass Manuel den Tod von Diana auch selbst verkraften musste. Diana war eine wichtige Bezugsperson für ihn gewesen, sie hat bei der Familie Wagner babygesittet, seit Manuel ein kleiner Junge war."

Joy machte sich Notizen.

Elisabeth fuhr mit ihrer mitfühlenden Stimme fort: „Das hat alles dazu geführt, dass sich Manuel immer mehr zurückzog, aggressiv wurde, niemandem mehr vertraute. Ich habe Manuel ja erst sechs Jahre später kennengelernt, als er gerade einundzwanzig geworden war, doch selbst da war er noch immer von starken Schuldgefühlen geprägt.

Jahrelang fand er keinen Ausweg für seine Trauer und Ohnmacht. Im Grunde hätte er einen Trauma-Experten gebraucht, doch stattdessen steckte man ihn in ein Heim für schwererziehbare Jugendliche, das nicht einmal für Menschen mit Behinderung ausgerichtet war. Das ging natürlich nicht lange gut. Zwischen vierzehn und zwanzig wechselte er mehrmals die Wohnstätte, bis er dann endlich bei uns ankam. Mit den Jahren gingen die Aggressionsschübe zurück, er wurde immer aufgeschlossener."

„Die Beziehung zu seinem Vater", sagte Colin. „Nach dem, was Sie erzählen, muss die ja ziemlich belastet gewesen sein. Denn der Vater hatte ihn ja in ein Heim gesteckt. Sehe ich das richtig?"

„Wissen Sie", sagte Elisabeth, „jede Vater-Sohn-Beziehung ist belastet. Vor allem in der Pubertät. In dieser Entwicklungsphase treten verstärkt innerfamiliäre Konflikte auf. Menschen mit Behinderung haben da die gleichen Probleme und Bedürfnisse wie wir sogenannten Normalen. Solange sie Kinder sind, findet fast jeder sie noch süß. Doch sobald der Sexualtrieb erwacht, Testosteron, Aggressivität, wird es schwierig. Liegt eine körperliche Einschränkung vor, wird auch die tägliche Hygiene zur Tortur. Denn die Jugendlichen wollen sich nicht mehr von der Mutter oder dem Vater im Bad helfen lassen, sie empfinden dabei genauso Scham wie jeder andere Teenager auch."

„Was wollen Sie damit sagen?" Colin klackte mit dem Kugelschreiber. „Dass Alexander Wagner ein guter Vater war? Der Manuels Behinderung verstand?"

Elisabeths Blick huschte durch den Raum. „Natürlich gab es Probleme, aber jeder normale Mensch wie Sie und ich hat doch …"

„Ich bin nicht normal", knurrte Colin.

Elisabeth verzog ihren Mund, als lächelte sie über einen Scherz.

„Heute ist Manuel also zweiunddreißig", wechselte Colin das Thema.

„Richtig."

„In welcher körperlichen Verfassung ist er? Also ich habe mal gehört, Menschen mit Trisomie werden nicht besonders alt, höchstens Mitte zwanzig."

Elisabeth verschränkte die Arme.

„Ja ist das denn auch wieder falsch?" Colin nickte der Betreuerin zu, als er hinzufügte: „Bitte korrigieren Sie mich, wenn ich falsch liege."

„Sagen wir mal so", antwortete Elisabeth. „Es stimmt, dass vor dreißig Jahren noch knapp 90 Prozent der Betroffenen vor dem fünfundzwanzigsten Lebensjahr starben. Das sagt allerdings weniger über Menschen mit Trisomie aus als über die damalige Gesellschaft. Denn damals wurden Behinderte, wie sie ganz ungeniert genannt wurden, nicht gefördert und auch nicht angemessen medizinisch betreut. Man dachte halt, es lohnt sich ja eh nicht. Aber stellen Sie sich mal vor, man würde mit diesem Vorurteil uns sogenannten Normalen begegnen: Da würden viele von uns auch nicht besonders alt werden, wenn entsprechende Medikamente oder Operationen verwehrt werden. Sehr viele Kinder würden dumm bleiben, wenn die Eltern sie nicht fördern würden."

Colin legte den Kugelschreiber weg und nickte unerwartet.

„Heute liegt die Lebenserwartung von Menschen mit Trisomie bei rund sechzig Jahren. Jeder Zehnte erreicht ein Alter von siebzig und älter. Die Lebenserwartung hängt vor allem davon ab, ob ein Herzfehler vorliegt und wenn ja, wie schwer er ist."

„Verstehe." Colin blickte auf seine Uhr. „Hat Manuel Sprach- und Verständnisschwierigkeiten oder kann ich ganz normal mit ihm sprechen?"

„Ganz normal", bestätigte Elisabeth. „Manchmal ist seine Aussprache etwas undeutlich, aber dann fragen Sie einfach nach. So, wie Sie es bei jedem anderen auch tun würden."

Colin nickte.

„Einen Moment noch." Elisabeth erhob sich ebenfalls vom Tisch, als sie sagte: „Sie wollen Manuel wirklich nur ein paar Fragen stellen, oder? Er steht nicht unter Mordverdacht oder so? Weil dann müsste ich ihm einen Anwalt besorgen. Das wäre meine Pflicht."

Colin blickte an der grauhaarigen Frau vorbei in den Garten hinaus, als er mit monotoner Stimme sagte: „Wir sind hier, um Manuel über den Tod seines Vaters aufzuklären."

Joy räusperte sich lautstark.

Doch bevor sie etwas sagen konnte, fasste er sie ins Auge. Sein dunkler Blick wurde noch dunkler, als er hinzufügte: „Natürlich haben wir auch ein paar Fragen an Manuel, aber es handelt sich um ein rein informatorisches Gespräch, nicht um eine Vernehmung."

COLIN

JENSEITS DER VORURTEILE
BEGINNT DIE FREIHEIT ZU LÄCHELN.

„Das ist Colin“, sagte Elisabeth, „und das ist Joy. Die beiden wollen dir etwas sagen, Manuel.“

Die Stimme der Betreuerin triefte vor unheilvollen Gefühlen. Kapierte diese Frau denn gar nicht, dass sie Manuel mit ihrem sorgenvollen Mitleid nichts Gutes tat? Dass sie niemandem damit etwas Gutes tat? Colin fuhr sich mit beiden Händen durch die Haare und versuchte, ruhig zu bleiben.

Blende sie einfach aus.

Dann fokussierte er Manuel.

Er saß in einem Sessel neben der Braschel, die auf einem Küchenstuhl Platz genommen hatte. Seine Statur war klein und stämmig, die Haare und Augen fast schwarz. Er hatte das typische Gesicht von Menschen mit Trisomie. Oder nicht? Colin sah in diese Augen, die jung und alt zugleich wirkten. Manuel blickte freundlich zurück, so als verstünde er, aber dennoch war da eine Grenze des Verständnisses:

die Grenze zwischen Menschen mit zwei und drei Chromosomen. Oder bildete Colin sich das nur ein? Hatte die Braschel vielleicht doch recht, dass wir nur sahen, was uns als Bild vorgegeben war? Denn jenseits aller Vorurteile gegenüber behinderten Menschen, die Colin gewohnt war zu erkennen, erkannte er noch etwas anderes. Und das ließ ihn für einen Moment still werden. Er schluckte.

Joy sah ihn irritiert an.

Reiß dich zusammen, Colin.

„Sie können es ihm jetzt sagen", meinte die Braschel.

„Ihr Vater ist tot." Colin machte es kurz. „Alexander Wagner wurde ermordet."

Manuel senkte den Kopf und starrte auf seine Hände. Es waren zwei braungebrannte Pranken, die er gegen seine Schenkel presste.

Schweigen.

Colin gab dem jungen Mann ein paar Sekunden. Joy saß neben ihm auf dem Sofa, von wo aus sie ebenso aufmerksam wie er den jungen Mann beobachtete.

„Das tut mir so leid, Manuel", sagte die Braschel und legte ihre schmale Hand auf den kräftigen Unterarm ihres Schützlings.

Manuel reagierte nicht. Er starrte auf seine Hände.

Gib ihm noch ein paar Sekunden.

Colin blickte sich um. Das Apartment lag im Erdgeschoss und bestand aus einem Raum, der nach vorne über eine Terrasse in den Garten führte. Über diesen Weg hätte Manuel jederzeit nach draußen gehen können, ohne dass es jemandem aufgefallen wäre. Soviel zur Kontrolle, die diese Braschel zu haben glaubte. Die Fliesen auf der Terrasse draußen waren lehmverschmiert.

Genug geschwiegen. „Haben Sie verstanden, was ich gesagt habe?“, fragte Colin.

Manuel nickte ohne den Blick von seinen Händen zu nehmen.

„Was?“, fragte Colin.

„Mein Vater ist tot.“

„Richtig. Ihr Vater wurde in der Nacht vom 29. auf den 30. Mai gewaltsam getötet. Wir suchen nach dem Täter. Wo waren Sie in dieser Nacht?“

Die Braschel weitete für einen Moment die Augen, wobei sie Colin intensiv ansah; eine Geste, die ihm signalisieren sollte, Manuel nicht so hart anzugehen. Diese Frau zehrte an seinen Nerven.

„Ich war“, presste Manuel hervor, doch dann verstummte er.

„Sie waren wo?“

Colin ließ den Blick durch den Raum schweifen. In einer Nische war eine kleine Küchenzeile untergebracht, zwei Türen gingen seitlich ab, die eine führte vermutlich ins Bad, die andere in das Schlafzimmer.

„Wo?“, sagte er lauter. Und dann, noch lauter: „Ich habe Sie was gefragt, hören Sie schlecht?“

„Manuel war ab neunzehn Uhr hier in seiner Wohnung“, antwortete die Braschel schließlich für ihn. „So wie jeden Abend.“

Es war rührend, wie sehr sie diesen kräftigen, jungen Mann zu beschützen versuchte, doch letztlich hätte sie nie einwilligen dürfen, dass Manuel mit ihnen alleine sprach.

Colin zog ein paar Fotos aus seiner Tasche, reichte Manuel das oberste und fragte: „Wissen Sie, was das für ein Werkzeug ist?“

„Eine Hippe“, sagte Manuel.

„Mit dieser Hippe wurde Ihr Vater getötet.“

Schweigen.

„Sagt Ihnen der Name Kronos etwas?“, fragte Colin weiter.

„Kronos“, wiederholte Manuel. Sein Blick huschte zur Betreuerin, die angespannt auf dem Küchenstuhl saß.

Auch Joy atmete hörbar aus.

„Dieser Kronos“, sagte Colin. „Das scheint eine sehr interessante Person zu sein. Leider wissen wir nicht allzu viel über ihn. Können Sie uns weiterhelfen?“

„Kronos ist ein Held.“ Jetzt blickte er Colin an. „Ein Titan. Er beschützt seine Geschwister, damit der Vater ihnen nicht weh tut.“

„Der Vater tut seinen Geschwistern weh? Warum das denn?“

„Weil … “ Manuels Hände wurden unruhig. „Weil sie missraten sind.“

„Missraten?“, wiederholte Colin. Er versuchte, ihn zu provozieren: „Meinen Sie behindert?“

Doch Manuel schwieg.

„War Ihr Vater auch so? Wie dieser Uranos? Ein Vater, der sich für seine behinderten Kinder schämte?“

„Moment“, sagte die Braschel und hob ihre kleine Hand. „Ich weiß nicht, ob das …“

„Hat Ihr Vater auch Sie weggesperrt?“ Colins Miene wurde noch finsterer, als er hinzufügte: „Hat Ihr Vater Ihre Mutter geschlagen?“

Manuel rutschte auf dem Sessel hin und her.

„Haben Sie ein Handy?“

Wieder der hilfesuchende Blick zur Betreuerin.

„Darf ich das mal sehen?“ Wieder Colin.

„Du kannst es dem Polizisten zeigen“, sagte die Braschel. Ihr Lächeln flackerte.

Manuel begann zu schwitzen. Auf seiner eckigen Stirn standen kleine Schweißperlen. „Es ist … weg“, brachte er schließlich hervor.

„Wie weg?“ Die Braschel erbleichte, blieb aber betont gelassen.

„Verloren. Ich habe es verloren.“

„Und wann hast du es verloren?“, fragte die Braschel.

„Ich weiß nicht genau. Gestern war es weg. Als ich Timo anrufen wollte, war es weg.“

„Das ist unser Bibliotheksleiter“, erklärte die Braschel an Joy gewandt.

„Okay.“ Colin fragte: „Wann haben Sie Ihren Vater zuletzt gesehen?“

Wieder der fragende Blick zu seiner Betreuerin, bevor Manuel antwortete: „Wir haben einen Spaziergang gemacht im Apfelgarten. Am Dienstag.“

„Das war am Mittwoch“, korrigierte ihn die Braschel. „Mittwochvormittag.“ An Joy gewandt fuhr sie fort: „Herr Wagner war am Mittwochvormittag hier, um seinen Sohn zu besuchen. Er kommt nicht oft vorbei, zweimal im Jahr. Meist bleibt er nicht länger als eine Stunde. Die beiden haben einen Spaziergang gemacht. Vor dem Mittagessen ist Herr Wagner wieder gegangen.“

„Manuel, war dein Vater anders als sonst?“, fragte Colin. „Ist dir etwas aufgefallen? Hat er beispielsweise erwähnt, dass er noch irgendwo hin will? Wirkte er getrieben?“

„Also mir fiel nichts auf.“ Die Braschel schüttelte den Kopf.

Manuel starrte in den Garten hinaus.

„Manuel", sagte Colin. „Sie haben noch einen Bruder. Julius. Wann haben Sie Ihren Bruder zuletzt gesehen?"

„Julius?" Plötzlich kam Energie in den stoischen Leib.

„War Julius hier bei Ihnen in letzter Zeit?", fragte Colin. „Hat er Sie besucht? Vielleicht sogar letzte Woche? Wie eng ist Ihr Kontakt zu Ihrem Bruder?"

„Nein!", stieß Manuel plötzlich hervor. „Nein. Nein. Nein!"

„Können Sie sich vorstellen, dass Julius sich an Ihrem Vater rächen wollte?", fragte Colin.

„Nein! Nein! Julius nicht!"

„Sie wollen Julius schützen, habe ich recht? Das ist aber verboten, wenn ich herausfinde, dass …"

„Nein!"

Wenn der Junge sich erst mal verbarrikadierte, gab es keinen Weg mehr, ihn zu erreichen. Ihm zu drohen war vielleicht falsch, oder nicht? Knackte man Nüsse nicht mit Steinen?

„Manuel. Wo warst du am Mittwochabend? Hat dein Vater erwähnt, dass er auf das Konzert gehen würde? Warst du auch auf dem Konzert?"

Manuels Augen hetzten zwischen seinen Händen und seiner Betreuerin hin und her. Auf seiner Stirn vermehrten sich die Schweißperlen.

„Es bringt nichts, zu lügen", sagte Colin. „Es gibt Kameras, die alles aufgezeichnet haben", log er. „Wir erfahren es ohnehin. Aber besser wäre es, wenn du uns sagst, wie es war."

„Ich sagte Ihnen doch schon, dass Manuel hier in seiner Wohnung war. Und jetzt lassen Sie es gut sein!" Die

Braschel schüttelte empört den Kopf. Colin wunderte sich, dass sie ihn so lange gewähren ließ.

Er fragte mit schneidender, durchdringender Stimme: „Waren Sie am Mittwochabend auf dem Konzert oder nicht?"

Manuel atmete schnell, blickte trotzig zu Boden. Gleich würde der junge Mann dichtmachen, er hielt dem Druck des Verhörs nicht mehr lange stand.

„Manuel?", setzte Colin also nach. „Ja oder nein?"

„Das bringt doch nichts!" Das war Joy.

„Also das geht nun wirklich nicht", rief die Braschel. „Manuel, du musst nichts sagen, wenn du nicht … "

Doch Manuels Gesicht hatte sich bereits verändert. Es hatte sich verdüstert. Die Augen waren weit aufgerissen. Sein Atem ging schnell.

„Die Terrasse ist lehmverschmiert", fuhr Colin fort. „Wo sind Ihre Stiefel? Sind Sie den ganzen Weg nach Schwandorf zu Fuß gegangen? Darf ich mal Ihr Fahrrad sehen?"

Manuels Atem klang wie der eines gehetzten Tieres. Die Braschel legte ihre Hand beruhigend auf Manuel Arm, doch der schlug sie weg.

„Ja!", brüllte er plötzlich. „Ich war dort. Mit Julius hat das nichts zu tun. Ich habe das Konzert gehört. Niko ist mein Freund. Und Jonny auch."

Die Braschel hielt den Atem an.

„Manuel, hast du deinem Vater eine Nachricht von deinem Handy geschickt?"

„Es tut mir leid, aber ich muss Sie jetzt bitten …" Die Braschel blickte hilfesuchend zu Joy.

„Manuel, bist du Kronos?", fragte Colin.

Die Angst stand in den Augen der Betreuerin.

„Kronos!“ Manuel stieß das Wort aufgeregt hervor. „Kronos ist ein Held! Aber Kronos hat seinen Vater nicht getötet! Die Katzen sterben nicht, wenn man sie kastriert, und die Pferde auch nicht. Uranos ist nicht gestorben, er konnte nur nicht mehr über alle bestimmen. Nur das wollte ich, dass er aufhört, immer zu sagen, was ich tun muss. Ich will nicht, dass er deshalb tot ist.“

Schweigen. Ein Moment, der tief ging wie ein Schnitt mit dem Messer.

„Mein Gott, Manuel.“ Die Augen der Betreuerin waren vor Entsetzen geweitet. „Was sagst du da?“

JOY

DEIN MUT WÄCHST MIT DER GEFAHR.

Joy presste das Fotoalbum gegen ihre Brust. Sie war nur kurz bei Agathe gewesen. Im Haus der alten Frau hatte es nach Schimmel gerochen, als hätte sie wochenlang nicht gelüftet. Gierig atmete Joy die frische Abendluft ein, als sie über den Innenhof zurückging. Ihre Schritte hallten auf den Steinplatten. Die Dunkelheit kroch aus dem Wald und legte sich über die kleine Siedlung. Das schwache Licht der Laterne hatte keine Chance.

Es war kurz nach neun.

Milan schlief. Bela war nach einem langen Arbeitstag erst um acht Uhr nach Hause gekommen. Joy hatte ihn sofort mit Fragen bombardiert: Ob er gewusst habe, wer der Vorbesitzer der Mühle gewesen sei? Warum die Mühle eigentlich so lange leer gestanden habe? Warum dieser Alexander Wagner ausgerechnet letzten Winter verkauft habe?

Doch Bela war mit seinen Gedanken woanders gewesen. Er habe einen anstrengenden Tag gehabt, hatte er gesagt. Von allen Seiten habe man versucht, ihn anzugreifen, nun, da er Macht habe. Er dürfe jetzt keinen Fehler machen. Joy solle sich die Sache nicht so zu Herzen nehmen. Klar, das sei tragisch, dass ausgerechnet der Vorbesitzer ermordet worden sei, aber sie lebten jetzt nun mal in einem Dorf. Und dort sei es nun mal wahrscheinlich, dass man einen Toten kenne. Als Joy zu Agathe hinüber gegangen war, hatte er sich mit dem Laptop an den Küchentisch gesetzt. Dort saß er vermutlich noch immer.

Die Mühle war ein dunkler Schatten im dunklen Himmel.

Joy hoffte, dass sie mit Bela noch ein Glas Wein trinken konnte. Sie musste mit ihm über so vieles sprechen: über Manuel Wagner, über den Fund auf dem Friedhof, über den Unfall von Diana Fürst und auch über Colin. Und darüber, dass sie für Milan eine umfassendere Betreuung brauchten als nur die beiden Vormittage in der Woche. Meist verloren die Dinge erst ihren Schrecken, sobald sie Bela davon erzählt hatte.

Ein Käuzchen schrie.

Ihre Schritte hallten nach.

Als Joy am Brunnen vorbeikam, sah sie es. Oben in der Mühle hatte etwas Helles aufgeblitzt. Es war der Strahl einer Taschenlampe gewesen, der von innen am Fenster vorbeigehuscht war. Eindeutig. Jemand war in der Mühle.

Joy ging schneller. Leise schloss sie die Haustür auf, schlüpfte in den Flur und holte ihre Dienstpistole aus der Kommode. Unbemerkt schlich sie wieder hinaus, es klackte dumpf, als sie die Tür hinter sich zuzog. Heute war sie vorbereitet und fest entschlossen, sich ihrer Angst zu stellen.

Joy sah auf ihr Handy: *21:15 Uhr.*

Sie spürte das Metall in ihrer Hüfte, als sie den Innenhof in Richtung Mühle überquerte. Der Lauf der Pistole bohrte sich hart in ihre Leiste. Der Weg wurde schwach vom Mondlicht beleuchtet, doch vereinzelt war es vollkommen dunkel. Die Büsche wisperten, es raschelte.

Doch sie hatte keine Angst mehr.

Selbst als sie die Alte Mühle betrat und der große, dunkle Hausflur sie schluckte, fühlte sie zwar das Adrenalin in ihren Adern, doch es war nicht mehr diese ohnmächtige Angst, die sie klein gemacht hatte.

Joy schaltete das Licht ein. Die nackte Glühbirne blendete im ersten Moment. Dann blickte sich Joy um.

Eine Tür führte in die Küche, die andere in die Speisekammer und eine dritte zur Gästetoilette. Dort, wo ursprünglich die vierte Tür gewesen war, klaffte ein großes Loch. Sie hatten die Wand durchgebrochen, um einen offenen Übergang zum Esszimmer zu schaffen. Denn das große Erkerzimmer war das Schmuckstück der Mühle und bot bei Tag einen phantastischen Ausblick über das Mühlental.

Ein Windstoß ließ die Eingangstür knarzend ins Schloss fallen.

Joy ging einen Schritt auf das Erkerzimmer zu. Der Lichtschein vom Flur fiel hinein. Auf den alten Dielen stand ein Holzstuhl, aus der Decke ragten Kabel. Der alte Bauernleuchter war bereits abmontiert gewesen, als sie die Mühle zum ersten Mal besichtigt hatten.

Was ist das? Joy blickte auf. In den schwarzen Fenstern zum Mühlental war ein Lichtreflex aufgeblitzt. Sie starrte auf die Stelle. Wieder. Etwas Metallisches spiegelte sich. Intuitiv wusste sie, dass es der Lauf einer Waffe sein musste. Der Lauf einer Waffe, die jemand auf sie richten würde, sobald sie den Raum betrat? Langsam ging sie rückwärts in den Flur zurück, löschte das Licht und zog sich in eine Nische zurück.

Sie hörte Schritte.

Ihr Herz raste.

In diesem Augenblick wurde ihr klar, dass sie mehr sein musste als die normale Angestellte, die sie bisher gewesen war. Sie musste eine Frau werden, die den Kopf einer Kommissarin besaß, das Herz einer Mutter und den Instinkt einer Killerin.

Die Schritte kamen näher. Sie stoppten.

Und plötzlich ging alles ganz schnell.

Joy riss die Person zu Boden, die in der Dunkelheit vor ihr stehen geblieben war. Jemand stöhnte laut auf, als sein Kopf auf die Holzdielen knallte. Joy rammte den Lauf ihrer Waffe zwischen zwei Schulterblätter.

„Scheiße", stöhnte der Mann.

Joy erreichte mit der linken Hand den Lichtschalter, ohne den Druck der Waffe in der rechten zu lockern. Der Mann trug eine schwarze Trainingshose, einen dunklen Pullover und eine Mütze, die er tief ins Gesicht gezogen hatte.

„Drehen Sie sich um", sagte Joy. „Polizei."

„Ich kann nicht", stöhnte er. „Die Waffe."

Joy nahm die Waffe aus seinem Rücken. Dann forderte sie ihn abermals auf: „Umdrehen. Polizei."

„Scheiße." Blitzschnell sprang er auf und versuchte, ihr die Waffe zu entreißen.

Joy rammte ihm ihr Knie zwischen die Beine, schlug mit der Waffe wahllos in sein Gesicht und zischte ihm zu, als er wimmernd vor ihr in die Hocke ging: „So nicht, Freundchen."

Er krümmte sich.

Als er das leise Klacken der Waffe hörte, blickte er sie an. Es waren zwei helle Augen, die unter dem schwarzen Stoff ängstlich schimmerten.

„Glauben Sie ja nicht, dass ich nicht schieße, nur weil ich eine Frau bin", sagte sie. „Mein Lächeln ist reine Tarnung. Und jetzt nehmen Sie die Mütze ab, los!"

Er gehorchte.

Zum Vorschein kam das Gesicht eines Mannes um die dreißig, er hatte rote Haare und einen verschlagenen Blick. Die Wange war blutunterlaufen.

„Wie ist Ihr Name?", fragte sie.

„Martin Fürst", presste er hervor.

„Fürst? Der Sänger der Dorfcombo?"

Er nickte.

„Der Bruder von Diana Fürst?"

Wieder nickte er.

„Der Sohn vom Löwen-Wirt?"

Diesmal stieß er einen verächtlichen Laut aus.

„Setzen Sie sich da hin", sagte Joy und deutete mit dem Kopf auf den Holzstuhl. Der junge Fürst gehorchte sofort. Sie schien seinen Widerstand bereits gebrochen zu haben. Mit hängenden Schultern und einer Hand im Schritt humpelte er zum Stuhl hinüber.

„Warum sind Sie hier?", fragte Joy sanft, nachdem er saß. Etwas sagte ihr, dass dieser Mann ein guter war.

„Warum Sie hier sind?", wiederholte sie.

Er presste die Beine zusammen und die Lippen aufeinander. Zum ersten Mal konnte sie Colins Ungeduld nachempfinden, wenn sich Befragte in Stein verwandelten. Der Drang, Antworten zu bekommen, war groß. Wie groß musste er erst sein, wenn man gewohnt war, Antworten zu bekommen?

„Warum Sie hier sind, habe ich gefragt", wiederholte sie dennoch freundlich.

Sein Blick huschte durch den Raum und verharrte für einen Moment auf der Eckbank. Joy blickte hinüber, dann sah sie es. Der vordere Teil der Eckbank war aufgeklappt. Darunter befand sich ein Hohlraum.

Martin Fürst saß in sich zusammengesackt da. Er würde sie nicht mehr angreifen, oder?

Joy zog ihr Handy aus der Tasche und schaltete das Licht ein. Dann ging sie zur Eckbank hinüber und leuchtete in das Versteck. Eine Dosenwurst war darin, eine Flasche Wasser, Bier, ein Flachmann, Zigaretten – und ein Handy.

Sie griff danach.

Bereits am verzweifelten Stöhnen des jungen Fürst konnte sie hören, dass es sich hierbei um das Handy von Kronos handeln musste.

SAMSTAG

1. JUNI

COLIN

Man kommt weit mit einem Lächeln.
Aber noch weiter kommt man mit einem Lächeln
und einem Revolver.

Joy eilte mit gesenktem Blick den Gang entlang. Beinahe wäre sie mit Colin zusammengestoßen, der vor dem Kaffeeautomaten stand. Sein Kaffee schwappte über, als er ruckartig zur Seite trat.

„Hoppala." Colin wischte sich mit der Serviette über den Pullover. „Guten Morgen."

„Entschuldigung." Joy sah auf. Ihre braunen Augen blitzten. Ihre Züge waren wie immer wunderschön und ihre Anwesenheit fühlte sich wie immer gut an. Doch etwas an ihr war anders. Natürlich wusste Colin, was es war.

„So gut ist dieser Morgen nicht", entgegnete sie grinsend. Dann wurde sie ernst und sagte: „Oh Mann. Was für eine Nacht!"

„So schlimm?"

„Ich habe kaum geschlafen."

Colin reichte ihr den halbvollen Kaffee und sagte: „Hier, trink."

Joy trank widerspruchslos.

Es war Samstagmorgen, 09:25 Uhr. Sie hatten noch fünf Minuten bis zur nächsten Sitzung. Martin Fürst hatte die ganze Nacht auf dem Kommissariat verbracht und so lange von seinem Aussageverweigerungsrecht Gebrauch gemacht, bis Doktor Schlichte eingetroffen war, ein Mann mit Brille, Halbglatze und einem süffisanten Lächeln. *Dr. Winfried Schlichte* hatte auf der Visitenkarte gestanden, die er Colin überreicht hatte, *Experte für Strafrecht*. Wie aus dem Nichts hatte die Dorfcombo über Nacht diesen Anwalt hervorgezaubert, der extra aus Stuttgart angereist war. Den jungen Männern musste sofort klar gewesen sein, dass sie mit dem Auftauchen der Überwachungskamera nun alle drei ein Problem hatten: Unterschlagung von Beweismitteln, Falschaussage, Behinderung der polizeilichen Ermittlungen in einem Mordfall. Hinzu kam der Einbruch von Martin Fürst in der Alten Mühle, Beamtenbeleidigung, der Versuch der Körperverletzung. Die Liste war lang und sprach in jedem Punkt gegen den jungen Fürst und gegen die Combo. Das geschwollene und blutunterlaufene Gesicht seines Mandanten schien dem Anwalt gerade recht gewesen zu sein, um wenigstens etwas in die Waagschale werfen zu können. „Das wird Konsequenzen haben", hatte Doktor Schlichte mit drohendem Gesichtsausdruck durch das Kommissariat gerufen, samt Nachsatz: „Dass ihr Provinzbullen auch immer so brutal sein müsst!"

Joy hatte es gehört. Sie musste es gehört haben, denn sie war zusammen mit Lansky im Technikraum gewesen, keine zehn Meter entfernt. Wahrscheinlich hatte Lansky noch Öl ins Feuer gegossen. Sicher hatte er das getan, indem er ihr wahrscheinlich gesagt hatte, da würde aber eine fette Klage auf sie zukommen. Irgendetwas in diese Richtung.

„Daran musst du dich gewöhnen“, sagte Colin und ließ einen zweiten Kaffee heraus. „Anwälte drohen. Sie drohen selbst dem Dreck auf der Straße, in den ihr Mandant gefallen ist. Das ist ihr Job.“

Joy sah zu Boden. Am liebsten hätte er seine Hand an ihr Kinn gelegt, um ihr Gesicht sanft zu ihm nach oben zu heben und um ihr zu sagen, dass sie keine Angst zu haben brauche.

„Du hast alles richtig gemacht, kapiert?“, sagte er stattdessen viel zu grob. „Martin Fürst ist vermummt bei dir eingebrochen, du hast ihn überwältigt, das war Notwehr. Und jetzt hör auf, dir Gedanken zu machen, und entschuldige dich um Gottes willen nicht.“

Joy nahm einen Schluck Kaffee.

„Wo ist der Kleine?“, fragte Colin.

„Bei Karina“, antwortete sie. Dann sah sie Colin in die Augen. Ihr Blick flackerte, als sie sagte: „Ich habe Martin Fürst mit einer Waffe bedroht!“

„Dafür ist eine Waffe da.“

Sie nahmen beide einen Schluck Kaffee.

„Du bist eine Frau“, fügte Colin hinzu. „Du hattest Angst. An erster Stelle steht deine eigene Sicherheit. Als Frau und als Polizistin.“

Noch einen Schluck.

Colin sah sie sorgenvoll an. Er wollte, dass Joy das ernst nahm. Sie überschätzte ihre körperliche Wehrhaftigkeit. Er hatte Angst, dass der Tag kommen würde, an dem irgendein Typ sie zusammenschlagen oder mit dem Messer bedrohen würde, nur weil sie zu zögerlich mit der Waffe umging.

„Wenn du ihn nicht tötest, tötet er dich", sagte Colin. „Merk dir das."

„Meinst du den Bären da draußen in der Wildnis?", entgegnete Joy.

Zum ersten Mal an diesem Morgen bemerkte Colin ein echtes Lächeln auf ihren Lippen, wenn auch verhalten. Es war das gleiche Lächeln, das er im Rückspiegel auf dem Parkplatz gesehen hatte; selbstbewusst, stark.

„Mit einem Lächeln kommst du weit", sagte er. „Aber noch weiter kommst du mit einem Lächeln und einem Revolver."

Joys Lächeln wurde breiter. „Da hast du recht, Al Capone", sagte sie dann, warf den leeren Plastikbecher in den Müll und meinte: „Gehen wir. Die anderen warten sicher schon."

Diesmal war es Colin, der Joy folgte. Schweigend schlenderten sie den Gang entlang, nur ihre Schritte hallten ihnen voraus. Vor Raum II.3 blieb Joy stehen und sah ihn an. Wieder das Lächeln. Es brannte in seiner Brust, ohne dass Colin genau wusste, warum. Joy hatte ihm zwar von Anfang an imponiert, doch seit der letzten Nacht begann sie ihn wirklich zu beeindrucken. Zum ersten Mal empfand er Respekt gegenüber dieser Frau, vielleicht sogar ein bisschen Bewunderung.

„Ladies first", murmelte er und hielt ihr die Tür auf.

Im Besprechungsraum stand die Luft. Es roch nach Männerschweiß und Kaffee. Das Erste, was Colin tat, nachdem er einen guten Morgen gewünscht hatte, war, ein Fenster zu öffnen. Dann positionierte er sich vorne am

Pult und überblickte seine Mannschaft. Ihm bot sich ein ähnliches Szenario wie am vorherigen Tag, nur dass alle fertig aussahen.

Stühle wurden gerückt, Füße scharrten.

Lanskys Anzug war verknittert, sein Blick unzufrieden. Er gönnt Joy den Ermittlungserfolg natürlich nicht, doch es wurde höchste Zeit, dass er sich daran gewöhnte. Siggi sah aus, als käme er direkt aus dem Bett. Die blonden Locken standen wild um seinen Kopf, das Gesicht war unrasiert. Doch Colin wusste, dass auch Siggi bereits seit fünf Uhr morgens auf den Beinen war.

Die Rakowski war die Einzige, die voller Energie war, wie immer. Nur an der Farbe ihres Lidschattens erkannte Colin, dass auch sie sich in einem Ausnahmezustand befand. Wenn sie wie jetzt hinab auf ihre Notizen blickte, schimmerte es grünlich.

Colin schluckte, als Joy im selben Moment aufsah, in dem er sie anblickte. Erst jetzt, im grellen Licht des Besprechungsraums erkannte er, wie übernächtigt sie war. Doch zugleich loderte in ihrem Blick etwas, das ihn zutiefst befriedigte. Es war das Feuer des Jägers. Joy war angefixt. Die leidenschaftliche Ausrichtung auf ein Ziel hin verlieh ihr ein Leuchten, das wunderschön war.

Ist es das, was dich so sehr an dieser Frau fasziniert?

Dass sie dir ähnlicher ist als du denkst?

„Okay“, sagte Colin und schluckte. Der Gedanke, Joy eines Tages enttäuschen zu müssen, gab ihm einen Stich. „Ich denke, alle haben es mittlerweile mitbekommen, aber trotzdem will ich euch auf den gleichen Stand bringen.“ Er schaltete den Projektor ein, fuhr den Rechner hoch und ließ die Jalousien runter. „Joy hat gestern Nacht einen

Einbrecher auf ihrem Grundstück überwältigt. Der vermummte Mann drang in das leerstehende Gebäude der Alten Mühle ein. Es handelte sich dabei um Martin Fürst, den Sänger der Band Dorfcombo, die von Mittwoch auf Donnerstag das Konzert gab, auf dem unser Mordopfer war."

Ein Raunen ging durch den Raum.

„Die Alte Mühle war in den letzten fünfzehn Jahren zu einem geheimen Treffpunkt für die Dorfjugend aus Schwandorf geworden", erklärte Colin. „Als Joy den Einbrecher stellte, hat sie eine wichtige Entdeckung gemacht, die unsere Ermittlungen enorm voranbringt."

Man hätte eine Stecknadel fallen hören können.

„In einem Hohlraum unter der Eckbank waren Beweismittel versteckt", fuhr Colin fort. „Und zwar Beweismittel, die in unmittelbarem Tatzusammenhang stehen: Wir haben jetzt das Handy, mit dem die Kronos-Nachricht verschickt wurde, außerdem eine Überwachungskamera."

Colin sah in angespannte Gesichter.

„Rikki hat die Bilder der Überwachungskamera über Nacht bereits ausgewertet", sagte Colin und steckte den USB-Stick in den Laptop. Während er die Video-Dateien öffnete, husteten alle noch einmal. Dann klickte er auf den Pfeil, der das Standbild in Bewegung versetzte, und es wurde mucksmäuschenstill.

„Die Überwachungskamera war auf den vorderen Barbereich ausgerichtet, dort, wo die Kasse stand", kommentierte Colin den Film, auf dem mehrere Menschen zu sehen waren, die um eine improvisierte Bar aus Stroh und Holz herumstanden. Man sah Leute, die kamen und gingen, Bierflaschen, die über die Theke gereicht wurden, dazu immer wieder Schnaps.

„Achtung“, sagte Colin. „Jetzt kommt’s. Um 23:15 Uhr betritt unser späteres Mordopfer Alexander Wagner den Barbereich. Er ist in Begleitung einer blonden Dame. Die beiden setzen sich an die Bar und bestellen einen Cocktail.“

Obwohl die Bilder der Überwachungskamera nicht gestochen scharf waren, fielen Wagner und seine unbekannte Begleiterin sofort auf. Wagner stolzierte in Anzug und Krawatte herum, die weißen Haare lagen in künstlichen Wellen um den markanten Schädel. Seine Begleiterin trug ein dunkles Etuikleid, die Haare hochgesteckt. Alle Anwesenden drehten sich zu dem vornehm wirkenden Paar um. Nicht nur Alexander, sondern auch die Frau war überdurchschnittlich groß, weshalb beide auch physisch aus der Masse herausragten.

„Aufgrund der Körpergröße von Alexander Wagner, der ein Meter zweiundneunzig war, wird die Körpergröße der Frau auf ein Meter achtzig geschätzt. Rikki hat ein Foto von ihrem Gesicht bearbeitet, auf dem sie sehr gut zu erkennen ist, blond, gutaussehend. Siggi, deine Leute sollen sich das Bild nachher mitnehmen und für die weitere Zeugenbefragung nutzen.“

Siggi nickte. Der Film lief weiter.

„Achtung, jetzt kommt die nächste Überraschung“, sagte Colin, nachdem die Kamera einen kleinen, stämmigen Mann eingefangen hatte. „Um 23:24 Uhr ist zu sehen, wie Manuel Wagner zu seinem Vater an die Bar geht und mit ihm redet.“

„Ist das der behinderte Sohn?“, fragte Angelika.

Colin nickte. Dann fixierte er einen Punkt am anderen Ende des Besprechungsraums, um den aktuellen Filmabschnitt nicht sehen zu müssen. *Bleib ruhig.* Alexander Wagner behandelte seinen Sohn wie den letzten Dreck. Er lachte ihn aus, schüttelte den Kopf und tippte mit dem Zeigefinger gegen die Stirn, wenn er etwas sagte. Der Schmerz und die Demütigung spiegelten sich im Gesicht des Sohnes.

Colin zählte leise auf zehn, dann drehte er sich wieder um und kommentierte den Film: „Zwischen Vater und Sohn gab es offensichtliche Differenzen. Das muss so unangenehm gewesen sein, dass sich sogar die unbekannte Begleiterin in das Streitgespräch einschaltete. Man sieht eindeutig, wie sie Manuel ihre Hand entgegenstreckt und ihn anlächelt."

Die blonde Frau handelte erstaunlich sympathisch und damit nicht im Geringsten so, wie man es von einer Zicke erwarten musste, die mit Alexander Wagner im Etuikleid im Porsche unterwegs war.

„Manuel verweigert ihr allerdings den Handschlag", kommentierte Colin die Bilder. „Plötzlich greift er sogar nach einem Glas auf der Theke und wirft es zu Boden."

Der Film zeigte, wie die Leute ringsum den Kopf schüttelten, doch die Frau schien sogar etwas Beruhigendes zu Manuel zu sagen. Leider fehlte der Ton.

„Alexander Wagner packt seinen Sohn am Arm, brüllt ihn an und gibt ihm einen Schubs. Da wir keine Tonaufnahme haben, wissen wir nicht, was der genaue Wortlaut war, doch dass es Schimpf- und Drohworte gewesen waren, ist klar. Manuel schleicht nach dem Vorfall geduckt davon. Das war um 23:25 Uhr."

Lansky klackte auf seinem Kugelschreiber herum.

Colin stoppte den Film. Dann sagte er: „Der Zwischenfall dauerte nicht länger als zwei Minuten, beweist aber eindeutig, dass sowohl Alexander Wagner als auch Manuel Wagner auf dem Konzert waren."

„Und dass es einen handfesten Streit zwischen Vater und Sohn gab." Die Rakowski kniff ihre Augen zusammen und öffnete den Mund, als wollte sie zu einer längeren Rede ausholen, doch Colin kam ihr zuvor.

„Einen Moment noch", sagte er. „Der Film ist noch nicht zu Ende."

Wieder hob ein allgemeines Husten und Räuspern an.

Colin klickte auf den nächsten Film, der Alexander Wagner und seine unbekannte Begleiterin lachend und flirtend an der Bar zeigte. „Das Paar hat sich von dem Zwischenfall offensichtlich nicht den Abend verderben lassen", kommentierte er. „Um 23:35 Uhr gesellt sich dann abermals eine Person hinzu. Diesmal handelt es sich um Baldur Fürst."

Wieder ein leichtes Raunen im Raum.

„Man sieht, wie sich Alexander Wagner und Baldur Fürst kumpelhaft begrüßen, die beiden scheinen sich gut zu verstehen. Die Dame wird vorgestellt, man lacht und trinkt. Immer wieder bestellt die Dame eine Runde Schnaps und reicht die Gläser den beiden Männern. Vierzig Minuten später verlassen die drei gemeinsam die Bar. Es ist 00:42 Uhr. Baldur Fürst schwankt deutlich."

Colin musste abermals den Blick abwenden. Die beiden betrunkenen Männer verursachten ihm Übelkeit.

„Baldur Fürst und die unbekannte Dame waren damit, soweit wir bis hier nachweisen können, die beiden letzten

Personen, die mit unserem Mordopfer in Kontakt standen", sagte er und fixierte den Punkt in der Ferne. „Baldur Fürst wird damit zu einem wichtigen Zeugen und zugleich zu einem möglichen Tatverdächtigen. Ich habe ihn noch in der Nacht abholen lassen, Hagen hat das dankenswerterweise übernommen."

„War nicht leicht, den Mann ausfindig zu machen", meldete sich Lansky sofort zu Wort. „Ich fand ihn schließlich im *Baldachin*, das ist so eine schummrige Kneipe in einer Nachbargemeinde, die seinem Sohn gehört. Der Typ war so besoffen, dass er sich nicht auf den Beinen halten konnte. Die Auswertung des Bluttests ergab um 00:35 Uhr 2,8 Promille. Er hat die Nacht in der Ausnüchterungszelle verbracht, unter ärztlicher Beaufsichtigung. Der Arzt meint, wir können den Mann frühestens heute Vormittag gegen elf vernehmen."

„Und was ist mit Manuel?", hakte die Rakowski nach. „Also für mich ist der behinderte Sohn eindeutig tatverdächtig. Er war auf dem Konzert, es gab Streit, der Vater hat ihn gedemütigt. Außerdem gehört ihm das Handy, wie es aussieht."

„Ist das mittlerweile sicher?", fragte Colin.

„Kann ich?", fragte die Rakowski.

Colin nickte.

Er machte Platz für die Frau, die neben ihn ans Pult trat, ihren eigenen USB-Stick einstöpselte und sagte: „Die Telefonnummer ist angemeldet auf einen gewissen Frederick Kimmkorn, das habe ich gestern schon gesagt. Mittlerweise wissen wir, dass Kimmkorn am 16. September 2015 an Herzversagen starb. Er wurde nur vierundzwanzig Jahre alt. Die Eltern Kimmkorn sind bereits seit gestern informiert, dass sie mit der Polizei Kontakt aufnehmen sollen, doch bisher haben sie das noch nicht getan."

Die Rakowski öffnete das Foto eines Personalausweises, der auf Frederick Kimmkorn ausgestellt war, und sagte: „Seht euch das mal an."

Das Foto zeigte einen jungen Mann mit großen, runden Augen und einem fröhlichen, kindlichen Gesichtsausdruck, der zugleich etwas Greisenhaftes hatte.

„Die letzte Adresse von Frederick Kimmkorn war ein Behindertenwohnheim in der Schweiz", sagte die Rakowski. „Kimmkorn litt offenbar am Down-Syndrom."

Wohnheim Bellevue, Graubünden, Schweiz stand da.

„Auch Manuel Wagner verbrachte von April 2009 bis Januar 2010 ein paar Monate in diesem Wohnheim in der Schweiz, das konnte ich bereits herausfinden. Ich halte es für sehr wahrscheinlich, dass die beiden sich angefreundet haben und das Handy auf diesem Weg den Besitzer gewechselt hat."

Colin nickte. Die Rakowski war gut.

„Das Handy ist ein älteres Modell, Jahrgang 2008", fuhr sie fort. „Wie es scheint, wurde es ausschließlich zum Austausch von Textnachrichten mit Alexander Wagner benutzt. Sonst waren keine Nummern oder Daten gespeichert. Alexander Wagner hatte diese Nummer auf seinem Handy unter *Kronos* eingespeichert. Überraschend ist, dass die SMS-Korrespondenz zwischen Alexander Wagner und Kronos schon seit vier Jahren besteht. Kronos hat in regelmäßigen Abständen Drohungen geschickt." Die Rakowski schloss den Personalausweis und öffnete Fotos von Textnachrichten.

Kronos lebt, stand da.

Sei dir nicht zu sicher.
Grüße von Kronos.
Der Tag wird kommen.
Du entgehst deinem Schicksal nicht.
Meine Rache ist deine Wunde.

„Die Nachricht in der Mordnacht war also nicht die erste dieser Art", kommentierte die Rakowski. „Insofern dürfte Alexander Wagner nicht allzu alarmiert gewesen sein. Das würde auch erklären, warum er die SMS nicht einmal geöffnet hat. Vielleicht war das sogar so eine Art Spiel zwischen Vater und Sohn, ein Ventil für Manuels Frust. Besonders vorsichtig hat sich Alexander Wagner an diesem Abend auf jeden Fall nicht verhalten."

Schweigen im Raum.

Colin konnte das Parfüm der Rakowski riechen, es war ein herber Duft, der sie umgab. Colin fragte: „Hast du die Akten zum Unfall Diana Fürst eingesehen?"

Die Rakowski nickte und öffnete umgehend einen Unfallbericht. „Das ist der Bericht der Polizei, der von Polizeimeister Arthur Maier verfasst wurde."

Colin starrte die Rakowski an. Arthur Maier? Das war ihm bisher nicht bekannt gewesen. „Arthur Maier?", fragte er. „Wohnhaft in Schwandorf?" In Gedanken fügte er hinzu: Der Vater von Anton Maier? Der später vom Dienst zurücktrat, um die Landwirtschaft der Eltern zu übernehmen?

„Die Biographie von Maier habe ich jetzt nicht gecheckt", entgegnete die Rakowski. Nachdem sie Colins Blick aufgefangen hatte, fügte sie hinzu: „Ich hole das nach."

Colin nickte.

„Der Notarzt Doktor Erwin Schädler war als erstes am Unfallort", fuhr die Rakowski fort. „Denn als die Meldung eintraf, war Doktor Schädler zufällig in der Nähe gewesen. Schädler sagte aus, dass Manuel am Steuer saß und Diana aus dem Wagen geschleudert worden war. Das Mädchen Diana hat sich, nach Aussagen ihrer Mutter, nie angeschnallt. Das scheint ihr zum Verhängnis geworden zu sein." Die Rakowski schüttelte den Kopf. „Zeitgleich mit dem Krankenwagen trafen Polizeimeister Arthur Maier, Alexander Wagner und Baldur Fürst am Unfallort ein. Ebenfalls Thomas Decker von der Autowerkstatt. Insgesamt bestätigt der Bericht das bekannte Bild: Der Wagen geriet in einer langgezogenen Kurve von der Fahrbahn und prallte gegen einen Baum. Der noch minderjährige Manuel Wagner hatte das Fahrzeug bei den Wetterverhältnissen nicht unter Kontrolle. Die Untersuchung des Unfallwagens ergab keine Auffälligkeiten."

Colin hustete.

Die Rakowski zog ihren Stick aus dem Laptop. „Nach meinem Dafürhalten verdichtet sich die Beweislage um Manuel Wagner", sagte sie abschließend.

„Das sehe ich auch so." Joy. Das war Joy gewesen.

Colin sah sie an. Ihre Hand umfasste den Ansatz ihres Pferdeschwanzes und ließ das lange Haar hindurchgleiten.

„Die symbolische Handschrift des Täters weist eindeutig auf einen Vater-Sohn-Konflikt hin", fuhr Joy unaufgefordert fort. „Dic Kamera bestätigt das. Ich glaube nicht, dass der Streit die Ursache für den Mord war, aber er steht symptomatisch für das angespannte Verhältnis zwischen Vater und Sohn. Außerdem lässt die Reaktion von Manuel auf die unbekannte Begleiterin seines Vaters tief blicken.

Manuel scheint alle Frauen zu hassen, die seinem Vater zu nahe kommen. Nur die Mutter existiert in seiner Welt. Eine andere Frau zu akzeptieren, würde bedeuten, den Tod der Mutter zu akzeptieren. Und das scheint Manuel Wagner bis heute nicht getan zu haben."

Joy war noch nicht fertig. Die anderen hörten ihr zu.

„Ich habe mich gestern getäuscht", sagte sie. „Ich ging davon aus, dass der Täter eine Art moderner Kronos sein muss, also ein Titan des 21. Jahrhunderts. Doch diese Art der Übertragung war zu simpel. Wie es scheint, ist Kronos kein Abbild des Täters, sondern sein Wunschbild. Unser Täter wäre gerne ein Held wie Kronos, weil er kein Held ist. Erst indem er tötet wie Kronos, wird er in seiner Phantasie zu Kronos. Das ist seine Welt."

„Sehr spekulativ", sagte Lansky.

Der Rest schwieg.

Die Rakowski ging an ihren Platz zurück.

„Wie es aussieht, hat Manuel aber ein Alibi", sagte Colin in die Stille hinein. „Heute Morgen rief die Wohnstätte *Am Sonnenbühl* an. Ein junger Mann, der dort sein soziales Jahr macht, ein gewisser Kai Buck, hat ausgesagt, dass Manuel in der Tatnacht noch vor null Uhr zurück in der Wohnstätte gewesen wäre. Kai habe zusammen mit Manuel noch ein Bier auf seiner Terrasse getrunken."

Joy und die Rakowski sahen sich an.

„Doktor Julius Wagner hat außerdem bereits ein Fax geschickt", fuhr Colin fort, „in dem er uns böse mit juristischen Konsequenzen droht, sollten wir Manuel in einem Gespräch nochmal unter Druck setzen." Er räusperte sich. „Seit dem Tod des Vaters ist Julius der offizielle Betreuer seines Bruders und wird in Zukunft bei jedem Gespräch dabei sein."

„Hab ich nicht gesagt, der Typ macht uns fertig." Lansky.

Colin blickte auf seine Armbanduhr: „Julius Wagner ist heute Morgen um acht in Frankfurt gelandet. Um elf hat er sich hier im Kommissariat angekündigt. Joy, ich möchte, dass du das Vorgespräch mit ihm führst."

„Okay." Joy ließ sich ihre Überraschung nicht anmerken, doch die Hand, die nervös durch ihre Haare fuhr, verriet sie. Trotzdem. Etwas war anders mit ihr.

„Heute stehen also mehrere wichtige Vernehmungen an", fasste Colin die Sitzung zusammen. „Ich werde mir den alten Fürst vornehmen. Siggi, du treibst die Zeugenbefragungen voran und kümmerst dich um die Dorfcombo und ihren Anwalt Doktor Schlichte. Joy führt das Gespräch mit Julius Wagner. Rita geht der Spur mit dem Handy weiter nach. Und Hagen, du kümmerst dich um die unbekannte Frau." Wieder ein Blick auf die Uhr. Dann: „Wir treffen uns um drei wieder hier zu einer kleinen Feedback-Runde." Dann in Richtung Lansky: „Sieh zu, dass die Identität der unbekannten Begleiterin bis dahin schon aufgeklärt ist."

Lansky hustete. Dann nickte er, als wäre das kein Problem.

Die Sitzung war beendet. Während Colin die Jalousien hochfuhr und seine Sachen ordnete, unterhielten sich die anderen noch über ihren Urlaub. Colin griff nur einige Gesprächsfetzen auf.

„Das war so geil", sagte Lansky und zeigte Fotos auf seinem Handy. Die anderen richteten anerkennende Blicke auf das kleine Gerät.

„Ich war schon ewig nicht mehr im Urlaub“, sagte Joy.

Colin ging direkt in sein Büro und schaltete den Computer ein.

Diese Welt war nichts für ihn, in der man noch lange in der Horde zusammenstand und Banalitäten austauschte. Er kannte zwar die Spielregeln des sozialen Beisammenseins, sonst wäre er heute nicht da, wo er war, doch er hatte schon lange keine Lust mehr, all die Kompromisse einzugehen.

Entweder ganz.

Oder gar nicht.

Das war sein Motto.

JOY

IN DEINEM ABGRUND SPIEGELT SICH DEIN HIMMEL.

Es klopfte.

„Herein!" Joy sah auf.

Ein Mann im dunkelblauen Anzug betrat den Raum, er musterte sie eingehend. Sein Blick war durchdringend wie ein Pfeil.

„Guten Tag." Seine Stimme war dunkel und voll. „Mein Name ist Julius Wagner."

Er streckte ihr die Hand entgegnen.

„Herr Wagner? Der Anwalt?" Joy starrte ihn an. *Wer denn sonst?* Es war Punkt elf Uhr, der Mann hatte keine Minute Verspätung und sah zudem genau so aus wie auf dem Foto im Internet: umwerfend. Nur, dass er in echt eine Ausstrahlung besaß, für die der Raum zu klein war.

„Und wer sind Sie?", fragte er.

„Josefine Miller." Langsam inhalierte sie das Aftershave dieses Mannes. Dann spürte sie einen kräftigen Händedruck.

„Ach, Sie sind die Profilerin?“ Er sah sie unentwegt an. „Entschuldigung“, sagte er dann, „ich dachte, weil Sie hier im Büro von Colin Westheim sitzen, dass Sie vielleicht seine Sekretärin sind.“

Er fuhr sich mit den Fingern durch das goldbraune Haar, das ihm wild um den Kopf stand. Obwohl dieser Typ in den teuersten und spießigsten Klamotten steckte, die sie seit Langem zu Gesicht bekommen hatte, wirkte er darin lässig, beinahe cool.

„Nehmen Sie doch Platz“, sagte Joy und deutete auf den Stuhl gegenüber dem Schreibtisch.

Während er seine Tasche abstellte und den Stuhl hervorzog, wanderte Joys Blick tiefer, dorthin, wo die Anzughose perfekt um feste Hüften saß und vermutlich einen Sixpack verbarg. Nachdem er saß, legte er den rechten Fuß über das linke Bein, so dass seine edlen, braunen Lederschuhe in ihr Blickfeld gerieten. Die Schuhe hatten denselben Braunton wie der Ledergürtel und die Ledertasche.

„Ich habe Ihr Buch gelesen“, begann er das Gespräch. „*Mythologie und Verbrechen.* Wirklich ein sehr gutes Buch. Chapeau!“

„Danke“, erwiderte sie und spürte, wie ihr die Röte ins Gesicht kroch.

Er lächelte. Seine Zähne waren weiß wie die Wand, nur strahlender. Die Augen waren blau wie der Himmel im Fenster, nur leuchtender.

Joy räusperte sich. Dann sagte sie: „Mein herzliches Beileid. Es tut mir leid, dass Ihr Vater ermordet wurde. Das muss schrecklich sein.“

„Danke“, erwiderte er. „Aber wissen Sie, mein Verhältnis zu meinem Vater war nicht das beste. Er hat sich meiner

Mutter gegenüber nicht fair verhalten, weder in der Ehe noch in der Scheidung." Er sah sie aufmerksam an, während er erzählte. „Vielleicht hätte ich meinem Vater sogar verzeihen können, wenn er mir erklärt hätte, warum und weshalb. Ob es ihm leid tut, zum Beispiel. Aber mein Vater hat nie ein ernsthaftes Gespräch mit mir geführt, kein einziges Mal sind wir uns wie zwei Menschen begegnet, die ein aufrichtiges Interesse am Innenleben des anderen haben. Auch nach dem Tod meiner Mutter wurde das nicht besser, im Gegenteil. Seine zweite Frau hat ihn komplett für sich eingenommen und er schien froh darüber gewesen zu sein, alles verdrängen zu können."

Joy nickte. Seine Ehrlichkeit gefiel ihr.

„Aber ich empfinde keinen Zorn mehr, keinen Hass, wenn ich an meinen Vater denke." Versonnen blickte er durch das Fenster zum Schloss hinüber, als erinnerte er sich an ein Märchen. „Ich habe schon früh mit ihm abgeschlossen, um meinen eigenen Weg gehen zu können. Denn mir war klar, dass ich meinen eigenen Weg gehen musste. Kurz nach dem Unfall von meinem Bruder und Diana bot sich mir die Chance, meinen Schulabschluss auf einem Elitecollege in England zu machen. Diese Chance habe ich ergriffen."

„Damals waren Sie erst fünfzehn", sagte Joy. „Ein mutiger Schritt."

„Fünfzehn, richtig", sagte er und wendete sich ihr wieder zu. Seine Augen waren zwei Fenster zum Himmel. „Wie ich sehe, haben Sie Ihre Hausaufgaben gemacht." Er lächelte. „Das Stipendium war das richtige Angebot zur richtigen Zeit. Und ich habe die richtige Entscheidung getroffen. Wer weiß, was passiert wäre, wenn ich in der Alten Mühle geblieben wäre."

„Das war sicher eine schlimme Zeit damals."

„Schön war sie nicht", entgegnete er. „Nach dem Unfall hat mein Vater meinen Bruder in ein Heim gesteckt, meine Mutter bekam kurz darauf die Diagnose Brustkrebs und war mehr in Krankenhäusern als zu Hause. Mein Vater trank und schwieg. Um dieser drückenden Situation zu entgehen, bin ich nach England geflüchtet, das kann man schon so sehen."

„Wissen Sie, was ein seltsamer Zufall ist?", fragte Joy. „Ich, also wir, ich meine, mein Mann und ich, wir haben die Alte Mühle gekauft. Seit drei Monaten leben wir dort, also noch nicht in der Mühle, die muss erst noch restauriert werden, sondern in dem Einfamilienhaus am Brunnen."

„Ich habe schon davon gehört", antwortete er. Er wechselte das Bein, das er übergeschlagen hatte, und fügte hinzu: „Wäre es okay, wenn ich mich heute Mittag dort mal umsehe? Irgendwie habe ich das Gefühl, ich brauche das, um abschließen zu können."

„Natürlich", sagte Joy. „Sie können einfach reingehen. Die Tür ist nicht verschlossen."

Sie sahen sich an. Sein Blick ging ihr durch Mark und Bein.

„Okay." Joy räusperte sich. „Wir müssen aber noch kurz die Formalitäten klären. Ich bräuchte danach auch eine Unterschrift von Ihnen. Fürs Protokoll."

Er nickte.

„Das hier ist ein rein informelles Gespräch, das wissen Sie", begann Joy. „Da Sie sich in der Nacht vom 30. auf den 31. Mai in New York befanden, sind Sie nicht tatverdächtig. Zur Tatzeit befanden Sie sich in einer geschäftlichen Besprechung mit anschließendem Abendessen. Dafür gibt es zwei Zeugen, Jason Carter und Dr. Samuel Wilson. Die beiden Männer sind Angestellte von Ihnen. Richtig?"

„Richtig", erwiderte er.

Joy ergänzte etwas im Protokoll.

„Sie sind heute Morgen um 8:45 Uhr in Frankfurt am Main gelandet", fuhr sie dann fort. „Das letzte Mal waren Sie vor fünf Wochen in Deutschland, ist das richtig?"

„Richtig", antwortete er. „Vom 12. bis 15. April."

„Wann haben Sie Ihren Bruder Manuel zuletzt gesehen?"

„Am Sonntag, den 14. April."

Joy machte sich Notizen. Dann sagte sie: „Sie wissen sicherlich, dass vieles darauf hindeutet, dass Ihr Bruder Manuel unter den Tatverdächtigen ist."

Der Gesichtsausdruck des Anwalts versteinerte. „Ich habe bereits mit Colin darüber gesprochen, ja."

Colin? Julius Wagner war gerade mal eine halbe Stunde auf dem Kommissariat und sprach bereits von Colin wie von seinem Kumpel. Männer wie Julius schienen es für eine Selbstverständlichkeit zu halten, alle beim Vornamen zu nennen. Vielleicht war das aber auch so ein Amerika-Ding.

„Mein Bruder hat damit nichts zu tun", fuhr er ernst fort, sehr ernst. „Manuel kann keiner Fliege etwas zuleide tun. Nur weil die Nachricht möglicherweise von seinem Handy kam und er im Erstgespräch etwas zugegeben hat, das er nicht durchschaut, ist er nicht der Mörder seines Vaters."

„Ihres Vaters."

„Unseres Vaters“, bestätigte er. „Damit kommen Sie vor keinem Gericht der Welt durch. Mein Bruder ist geistig behindert. Ihn unter Druck zu setzen, ist ein Kinderspiel. Und nicht erlaubt.“

Joy erwiderte nichts. Sie kannte sich juristisch zwar nicht in jedem Detail aus, aber Julius Wagner hatte das in einem derart selbstsicheren Tonfall gesagt, dass sie davon ausging, dass er recht hatte.

„Ich hoffe, Ihnen ist das klar“, fuhr er dominant fort. „Und ich hoffe, Sie legen in Ihrem Gutachten keine falschen Fährten, aus denen jemand falsche Schlüsse ziehen könnte.“

„Falsche Fährten?“ Joy sah auf. „Ich lege nie falsche Fährten.“

„Nein?“ Er hob die Brauen.

„Nein. Meine Täteranalyse basiert rein auf Fakten. Ich selbst habe kein Interesse, einen bestimmten Täter zu präsentieren.“

„Fakten sind das eine.“

„Worauf wollen Sie hinaus?“

„Dass mein Bruder damit nichts zu tun hat.“

„Die Kronos-Inszenierung lenkt den Verdacht auf einen Sohn des Mordopfers. Und da Sie in New York waren, kommt zwangsläufig Ihr Bruder in Betracht. Zumal er auch auf dem Konzert war. Eine Kamera hat den Streit zwischen Manuel und Ihrem Vater aufgezeichnet.“ Obwohl er sie unter Druck zu setzen versuchte, fühlte sie sich wohl in seiner Gegenwart. „Für das Gericht sind die Beweise entscheidend. Nicht mein Täterprofil.“

„Beides ist entscheidend“, erwiderte er. „Und ich hoffe, Sie bedienen keine Vorurteile gegen Behinderte.“

„Ich glaube, Sie überschätzen meinen Einfluss, Herr Wagner. Ich bin ja eigentlich auch nur aus Versehen in die Sonderkommission gerutscht. Wegen des Mythos-Bezugs. Eigentlich hat eine 30-Prozent-Kraft wie ich in der Kommission nichts zu suchen."

Julius Wagner sah sie an.

Warum erzählte sie das diesem Mann? Das sollte sie nicht tun. Doch er sog es einfach aus ihr heraus.

„Aus Versehen?" Schmunzelnd sah er sie an. Dabei verzogen sich seine Lippen zu einem sanften Lächeln. „Es ist mir egal, wie viele Stunden Sie hier arbeiten. Trotzdem sind Sie für das psychologische Gutachten verantwortlich. Und Ihre Vergangenheit sagt mir, dass Sie nicht so naiv sind, wie Sie sich geben."

Joy blickte ihn überrascht an.

Julius schien sich tatsächlich mit ihrer Vergangenheit beschäftigt zu haben. Der Mann war ein echter Profi, dem wollte sie nicht vor Gericht begegnen.

„Wissen Sie, mein Bruder mag geistig nicht der Hellste sein", sagte er und tippte sich gegen die Stirn. „Aber er hat das hellste Herz. Als er ein Kind war, überstrahlte es alles und jeden. Doch die Menschen haben ihn verletzt. Die niedersten und abstoßendsten Eigenschaften der Menschen zeigen sich in ihrem Umgang mit den Schwachen der Gesellschaft."

Sein Mund verzog sich verächtlich.

„*Homo homini lupus*", sagte er. „Der Mensch ist dem Menschen ein Wolf. Und glauben Sie, ich weiß, von was ich spreche." Sein Gesichtsausdruck wurde noch verächtlicher, als er hinzufügte: „Wenn es nur um einen Kampf von Wolf gegen Wolf ginge, hätte ich nichts dagegen. Doch alle beißen nur diejenigen, die unter ihnen stehen. Nach oben wird gekuscht und gebuckelt, sich angedient und unterworfen. Männer wie Frauen, hier gibt es keinen Unterschied, auch wenn Frauen dafür prädestiniert sind, da sie sich schon immer unter den Schutz des mächtigsten Mannes gestellt haben."

Joy zog ihre Augenbrauen nach oben.

„Haben Sie eine Ahnung, wie Menschen mit anderen Menschen umgehen, die eine Behinderung haben?", fragte er und blickte wieder zum Schloss hinüber. „Insofern niemand seine mächtige Hand über sie ausbreitet? Mein Vater hat meinen Bruder nie beschützt. Wenn in der Schule irgendjemand etwas ausgefressen hatte, zeigte er auf Manuel. Weil Manuel sich nicht verteidigen konnte. Weder gegenüber den Jungs noch gegenüber den Mädchen. Das habe ich schon immer für ihn übernommen. Und ich werde diese Aufgabe auch diesmal übernehmen." Er sah sie an. Seine blauen Augen blitzten. „Natürlich sind nicht alle Menschen so. Auch in Schwandorf hatten wir gute Freunde, Manuel und ich. Bis heute stehen wir Kinder aus dem Dorf zusammen, komme, was wolle."

Joy schluckte. Der Mann gefiel ihr nicht nur äußerlich, sondern er schien auch die richtige Einstellung zu haben. Vollkommen unsentimental legte er den Finger auf die Wunde.

„Ja, manchmal denke ich sogar, ich bin nur deshalb Strafverteidiger geworden, weil ich seit meiner Geburt meinen Bruder verteidigt habe."

„Darf ich Sie mal was fragen?"

„Immer."

„Der Unfall von Diana Fürst“, sagte Joy. „Wie sehen Sie das?“

„Ich glaube nicht, dass Manuel am Steuer saß. Das hat lediglich Erwin Schädler behauptet, der Notarzt. Er war als Erster am Unfallort gewesen, noch vor der Polizei. Er hat behauptet, Manuel habe am Steuer gesessen. Doch als die Polizei eintraf, lag Manuel am Straßenrand. Schädler meinte, er habe ihn aus dem Auto geholt, um Erste Hilfe zu leisten.“

„Wissen Sie, was ich nicht verstehe?“, fragte Joy. „Warum hätte der Notarzt lügen sollen, dieser Erwin Schädler. War das übrigens der Vater von Niko Schädler, dem Schlagzeuger der Dorfcombo?“

„Ja.“ Julius nickte. „Der Vater von Niko war ein guter Freund meines Vaters. Zusammen mit Baldur Fürst, dem Wirt, waren die drei so etwas wie die Chefs von Schwandorf. Alle drei waren im Gemeinderat. Die Leute taten, was sie sagten.“

„Aber wenn der alte Schädler mit Ihrem Vater befreundet war, warum sollte er dann den behinderten Sohn seines Freundes belasten? Zumal fälschlicherweise? Warum hätte er sagen sollen, Manual saß am Steuer, wenn das gar nicht der Wahrheit entsprach? Das verstehe ich nicht.“

„Mein Vater hat schon lange einen Grund gesucht, um Manuel ins Heim zu stecken. Den hat ihm sein Freund geliefert.“

„Sie meinen, das war abgesprochen?“

„Ja.“

Schweigen.

„Was Sie da erzählen“, sagte Joy schließlich, „entlastet Ihren Bruder aber nicht gerade. Wenn es eine

Falschbeschuldigung war, dann muss doch in den Jahren danach der Hass in ihm gewachsen sein. Und das Bedürfnis nach Rache."

Julius sah sie lange an. Sein Blick war dunkel und undurchschaubar.

„Das stimmt." Er nickte. „Das wäre ein Motiv, das absolut Sinn macht." Er lächelte. „Aber Manuel war es nicht. Baldur Fürst und die unbekannte Begleiterin sind meines Erachtens die Hauptverdächtigen. Das könnte ich vor Gericht locker darlegen, das können Sie mir glauben."

Joy nickte. Sie glaubte es. Sie glaubte jedes Wort, das dieser Mann sagte.

„Ihr Bruder kennt sich erstaunlich gut mit griechischer Mythologie aus", kam sie auf ein anderes Thema zu sprechen. „Also für jemand, der zu einem hohen Prozentsatz geistig behindert ist, Wahnsinn. Er kennt jede Figur. Jede!"

„Die Bücher gehörten meiner Mutter", erwiderte Julius und lächelte. Er blickte zum Schloss hinüber, diesmal so, wie ein Kind es tun würde, das an Märchen glaubte. „Meine Mutter stammte aus einer gebildeten Verlegerfamilie aus Bologna. Sie hat viel gelesen. Wir wuchsen sozusagen mit den griechischen Mythen auf. Zeus, Kronos, Athene oder Narziss sind für uns wie Rotkäppchen oder Hänsel und Gretel."

Joy studierte aufmerksam sein Gesicht, als sie fragte: „Haben Sie selbst Kinder? Also ich meine, sind Sie selbst schon Vater?"

„Warum fragen Sie das?" Er lächelte. Weiß glänzten seine Zähne durch das zarte Rosa seiner Lippen. „Wollen Sie wissen, ob ich ein guter oder schlechter Vater wäre?"

Sie blickten sich an. Genau diese Frage hatte sie sich gestellt. Joy begriff, dass der Erfolg dieses Mannes zu einem großen Teil in dieser Fähigkeit seinen Ursprung hatte: die Gedanken des Gegenübers lesen zu können.

„Wissen Sie, ich habe mir diese Frage auch schon oft gestellt", sagte Julius. „Wäre ich selbst ein guter Vater? Oder würde ich, wie Kronos, am Ende meine Kinder auffressen? Und wissen Sie was? Ich bin noch zu keiner Antwort gelangt, die mich befriedigt. Das ist der Grund, warum ich keine Kinder habe."

„Sie sind ja noch jung", entgegnete Joy. „Wenn ich es richtig sehe, werden Sie dieses Jahr erst dreißig."

Plötzlich strahlte er sie an. Von einer Sekunde auf die andere wich das Dunkle in seinen Augen dem strahlenden Blau, so als wäre das Wetter umgeschlagen.

„Ich bin Single", sagte er grinsend. „Und Sie?"

„Verheiratet", entgegnete sie ebenfalls grinsend. „Ein Sohn, Milan, er wird bald drei Jahre."

„Milan." Er nickte. „Wie der Vogel? Frei sein und fliegen können, ist es das, was Sie sich wünschen?"

Joy sah ihn einfach nur an.

„Schade übrigens", entgegnete er und zwinkerte ihr zu.

Als Julius Wagner zehn Minuten später das Büro verließ, hinterließ er ein seltsames Gefühl der Leere. Der Mann hatte eine derartige Präsenz gehabt, dass er jetzt fehlte. Dieser Sohn von Alexander Wagner war ein Titan, daran gab es keinen Zweifel.

Ein Himmelsstürmer.

Ein Magnet.

Joy trat ans Fenster und blickte in den Innenhof hinab. Sie sah, wie Julius mit entschiedenen Schritten über den

Parkplatz ging. Eine blonde Frau wartete draußen auf ihn, sie lehnte an dem schwarzen, großen Mercedes und trug ein rotes Etuikleid, das ihre Bombenfigur auf geschmackvolle Weise zur Geltung brachte. Als er auf ihrer Höhe war, sah er ihr in die Augen. Sie sagte etwas und lachte kokett, drehte den Kopf zur Seite, doch ihr Sträuben war nur vordergründig. Plötzlich zog er sie an ihrer Taille zu sich heran, keinen Widerspruch duldend. Er keilte sie zwischen sich und dem Auto ein und griff mit einer Hand in ihre Haare. Die andere Hand legte er um ihren Hals und drückte zu, während er sie küsste.

Joy trat einen Schritt hinter der Jalousie zurück. Sie erkannte die Gesichter der beiden nicht genau, doch das, was sie gesehen hatte, verwirrte sie. Es war nicht nur die Intensität, mit der Julius diese Frau küsste, die Joy aufrührte. Sondern der Umstand, dass diese Frau blond und groß war. Abermals spähte Joy hinaus. Für einen Moment hatte sie geglaubt, dass es sich bei dieser Frau um dieselbe Frau handelte, die mit Julius Vater auf dem Konzert gewesen war. Doch dann drehte sich die Frau um und Joy glaubte, ein deutlich jüngeres Gesicht erkannt zu haben.

COLIN

Das Böse ist nur die andere Seite des Guten.

Die Ausnüchterungszelle war karg und überschaubar. Colin ließ seinen Blick über die vordere, linke Ecke schweifen, über die weißen Kacheln, das Waschbecken und die Toilette. Der Klodeckel stand offen. Inständig wünschte Colin, das verdammte Kokain hätte seine Nasenschleimhaut bereits zerstört, damit er den Gestank nicht mehr wahrnehmen musste, der durch den Raum zog. Pisse. Kotze. Wie oft hatte er diese Mischung aus Verwahrlosung, Faulheit und Unfähigkeit in den letzten zwanzig Jahren schon riechen müssen? Viel zu oft. Menschen waren Tiere. Alles andere waren Lügen, die mit Masken aufrechterhalten wurden. Sobald die Masken fielen, zeigten die niedersten Instinkte ihr erschreckendes Gesicht.

Colins Blick glitt weiter über die weiß getünchte Wand, an der ein einfacher Holztisch stand. Davor ein Stuhl aus demselben Holz, hell, gemasert. An der Decke hing eine

Neonröhre, die ein grelles, weißes Licht verströmte. Das Licht war viel zu hell, Colin blickte nicht hinein.

Die Zelle war ordentlich, rechtwinklig und sauber – bis auf das Stück Dreck, das schnarchend und grunzend auf dem Bett lag. Baldur Fürst schlief mit offenem Mund, der Speichel lief als glänzende Spur heraus. Breitbeinig lag der ehemalige Wirt auf dem Rücken, der Hosenladen stand offen. Mit einer Hand umfasste er seinen Schwanz, die andere lag auf dem Bauch. Das Hemd war nach oben gerutscht und entblößte einen weißen, speckigen Bauch, über den sich ein Fell aus rotblonden Haaren zog.

Ein Tier. Dieser Mann war ein Tier.

„Aufwachen!“, rief Colin.

Grunzend drehte sich Baldur Fürst zur Seite.

„Aufwachen!“ Hinten rechts hing eine Kamera, die grün blinkte. Trotzdem trat Colin gegen den Bettpfosten, einmal, zweimal – so lange, bis der alte Fürst die kleinen, verquollenen Augen aufriss und zu brabbeln begann.

„Wird's bald!“, knurrte Colin.

Fürst starrte ihn ungläubig an, dann rülpste er und fragte: „Wo bin ich?“

„Polizei“, half Colin ihm auf die Sprünge. „Ausnüchterungszelle.“

„Was? Warum? Wie bin ich hier her …?“ Der alte Fürst blickte sich in der Zelle um, als träumte er. Dann richtete er sich auf und begann zu keuchen. „Scheiße.“ Er schwang die Beine auf den Boden. Sein Atem ging schnell wie nach einem Hundertmeterlauf. Schwer atmend saß er auf der Bettkante, kratzte sich am Kopf und blickte interessiert auf die Schuppen herab, die zu Boden rieselten.

„Erinnerst du dich?“, fragte Colin ruhig. „Dein Freund Alexander wurde umgebracht. Daran müsstest du dich doch erinnern? Zumal du wenige Stunden zuvor noch mit ihm an der Bar gesessen bist. Na, dämmert da was?“

Der alte Fürst sah ihn ungläubig an.

„Wie es aussieht, gehörst du zu den letzten Personen, die den guten Alexander noch lebend gesehen haben. Und du weißt, dass das kein optimales Licht auf dich wirft.“ Er fixierte ihn. „Du stehst unter Mordverdacht, Baldur.“

Der Ausdruck der Ungläubigkeit in seinem Gesicht nahm zu. „Du lügst“, war alles, was er hervorbrachte.

„Der Einzige, der hier lügt, bist du“, antwortete Colin freundlich. „Wir haben die Überwachungskamera gefunden, die dein Sohn versteckt hat.“

„Mein Sohn hat was?“ Wieder kratzte er sich am Kopf.

„Auf den Kamerabildern bist du gut getroffen. Sehr lebensnah. Besoffen wie immer. Geil wie eh und je. Wie heißt die Frau, die bei euch saß?“

Er kratzte sich am Bauch, wobei er nur ein einziges Wort hervorbrachte: „Frau?“

„Wie heißt die Frau, die mit euch an der Bar saß?“

Der alte Fürst reagierte nicht.

„Wie die Frau heißt will ich wissen“, brüllte Colin. Wieder ging sein Blick kurz zur Kamera hinauf.

„Eine Frau?“ Der alte Fürst starrte ihn ungläubig an. „Keine Ahnung.“

Dieser gottverdammte Idiot. Die Aggression in Colins Brust nahm zu, und er konnte nichts dagegen tun. Als säße ein wildes Tier in ihm, das nur darauf wartete, herauszuspringen. Seine Augen verengten sich zu Schlitzen, während er aufs Neue fragte: „Wie heißt die Frau, die zusammen mit dir und Alexander an der Bar gesessen hat? Blond, groß, gutaussehend."

Der alte Fürst grinste. „Du meinst die Schlampe mit den großen Titten, die Alexander einen geblasen hat?"

Colin atmete tief ein. Eine Geste, die er sofort bereute, weil er damit die Pisse in seine Lungen ließ. Das selbstgefällige Grinsen des alten Mannes, auch wenn es gebrochen war, war ein Armutszeugnis. Ein Armutszeugnis nicht nur für Baldur Fürst, sondern für die gesamte Gesellschaft des 20. Jahrhunderts, die solche Existenzen hervorgebracht hatte. Es stand außer Frage, dass Colin den Alten getötet hätte, wenn diese verfluchte Kamera oben in der Ecke nicht gewesen wäre.

Colin zog die Handschellen aus seiner Jacke. Als er sie auf den Tisch legte, knallte das eine Ende gegen die Wange des alten Fürst, der sofort aufschrie.

„Entschuldigung", sagte Colin. „Das war keine Absicht."

Der alte Fürst verengte seinen Blick. Hass sprang daraus hervor.

„Pass mal auf, du Jammerlappen", sagte Colin. „Keine abfälligen Kommentare mehr über Frauen, verstanden? Sonst schlage ich dir aus Versehen deinen hässlichen Schädel ein."

Der alte Fürst rülpste laut, um seine Verachtung zu zeigen.

In diesem Moment überstieg die Aggression in Colins Brust das Normalmaß. „Du hast also gesehen, wie Alexander und diese Frau Sex hatten? Oralsex? Habe ich das eben richtig verstanden? Du hast sie beobachtet und dir einen runtergeholt! Danach hast du dein Messer herausgeholt und deine Aggressionen abreagiert."

„Scheiße nein!“, keuchte der alte Fürst. „Ich hab gar nichts gesehen! Ich habe nichts getan!“

Eine letzte Gehirnzelle im Suffschädel dieses Mannes schien also noch intakt zu sein, doch die würde nicht mehr lange arbeiten. Spätestens nach einer halben Stunde Kreuzverhör würde der Jammerlappen zusammenbrechen. Wer konnte es schon wissen, vielleicht hatte Baldur Fürst ja tatsächlich im Feld gesessen und sich einen runtergeholt, während Alexander Sex gehabt hatte. Vielleicht wusste er, wer der Täter war.

„Wir fangen in einer halben Stunde an“, sagte Colin. „Bis dahin hast du Gelegenheit, zu duschen. Dann wird es für alle Beteiligten erträglicher. Du stinkst wie ein Schwein. Hinten im Gang gibt es einen Gemeinschaftsduschraum. Steh auf, ich bring dich hin.“

„Einen Scheiß werde ich tun.“ Der alte Fürst blickte ihn feindselig an. „In eurem Schwulenclub könnt ihr euch selber ficken.“

Colin blickte auf die Halbglatze des Mannes, die mit roten und braunen Altersflecken übersät war.

„Außerdem weiß ich genau, wer du bist“, grunzte das Schwein.

Colins Blick verengte sich.

„Doch, du bist doch der Typ, der damals …“

„Halt die Fresse“, fuhr Colin ihm über den Mund.

Doch Baldur Fürst grinste nur. „Was wohl dein Chef dazu sagt? Oder duscht der immer mit dir?“

Was für eine armselige Kreatur.

„Ausgerechnet einer wie du ermittelt in Alexanders Tod“, stieß Fürst kurzatmig hervor. Dann begann er zu kichern, zu lachen. Er lachte und lachte. Offensichtlich fand er das amüsant.

Colin überwand seinen Ekel und zog Fürst vom Bett in den Stand hinauf. Noch bevor dieser reagieren konnte, presste Colin ihn schon bäuchlings gegen die Wand. Das Fett zitterte.

„He, Mann", lallte der alte Fürst, der nicht einmal versucht hatte, sich zu wehren, so blitzschnell hatte Colin ihn eingekeilt.

„Halt die Fresse", knurrte er. „Ich meine das ernst. Wenn du hier wieder rauskommen willst, rate ich dir dringend, deine Fresse zu halten."

Im Raum war Stille eingekehrt. Nur der Atem des alten Fürst ging keuchend. Und die Kamera blinkte.

„Du Wichser", grunzte der alte Fürst verächtlich. „Wissen das deine Leute, hä? Wissen Sie es?"

„Wo liegt das Problem?", schnauzte Colin.

„Dein Problem ist …" Fürst stöhnte auf, als Colin ihm den Arm in den Rücken drehte. Dennoch stieß er keuchend hervor: „Dein Problem sind doch die Weiber, Schlampen, Fotzen", lallte er. „Solange man Geld hat, machen sie alles, was du willst, aber wenn du mal nix hast, lutschen sie den nächstbesten Schwa…"

Colin packte Fürst und schleuderte ihn auf den Stuhl. Der war so perplex, dass er wieder zu lachen begann. Er lachte sogar noch, als Colin ihm beide Arme auf den Rücken bog und Handschellen anlegte.

„So, genug Zeit verplempert", sagte Colin mit eisiger Stimme. „Du verzichtest auf einen Anwalt, richtig?"

„Scheißwichser", fluchte Fürst. „Ziehen einem das Geld aus der Tasche, sonst nix."

„Wie du meinst“, entgegnete Colin. „Wir beginnen mit der Vernehmung in zehn Minuten. Der Wärter wird dich in fünf Minuten abholen und in den Vernehmungsraum bringen. Ich erwarte dich. Ein Protokollant und ein Psychologe werden anwesend sein.“

„Da freue ich mich aber“, grinste der alte Drecksack. „Denke, das wird deine Schwuchteln interessieren, mal was Neues über dich zu erfahren.“

Colin, der bereits auf dem Weg zur Tür gewesen war, blieb stehen und drehte sich um. Das Tier in seiner Brust war weg. Stattdessen war dort Eis. War der alte Fürst wirklich so dämlich? Dachte er wirklich, ihn erpressen zu können? Hatte er sein letztes bisschen Verstand versoffen? Das Kichern, das den Raum erfüllte, war irre. Dieser Typ war eine Gefahr, ein Wahnsinniger, der Colins Plan gefährdete.

„Okay“, sagte Colin und ging wieder zurück. „Die zehn Minuten sind vorüber.“

Ein irritierter Blick aus den kleinen Schweinsäuglein traf Colin. Im Gesicht des ehemaligen Wirts erschein ein Lächeln, halb spöttisch, halb ängstlich, so als hätte er erkannt, worüber Colin nachgedacht hatte.

Genau. Darüber.

Colin drehte sich mit dem Rücken zur Kamera, so dass der tote Winkel verbarg, was jetzt geschah. Er zog ein kleines Messer aus seinem Schuh, das kaum größer als sein Daumen war, und hielt es Fürst unter den rechten Augapfel. Dabei beugte er sich nach vorne und flüsterte ihm ins Ohr:

„Eine falsche Bewegung, und du bist blind.“

„Was … willst … du?“ Sofort begann der alte Fürst zu zittern. Colin konnte die Erschütterungen in dem massigen Leib spüren.

„Den Namen der Frau“, zischte Colin.

„Keine Ahnung“, brachte Fürst hervor. „Irgend so ne arrogante Schickse aus der Stadt.“

„Den Namen“, knurrte Colin. Er ließ das Messer tiefer wandern in Richtung Kinn und drückte die Klinge fester in die Haut.

„Claudia“, stöhnte er. Seine Augen fuhren panisch hin und her. „Claudia. Sie hat mir so ’ne Visitenkarte gegeben, die liegt bei mir zu Hause, die Tussi macht irgendwas mit Recht.“

„Okay.“ Colins Gehirn arbeitete schnell. Zu Hause. Das war das Stichwort gewesen. „Pass mal auf“, knurrte er. „Ich kann dich hier rausholen. Wir fahren zu dir, du gibst mir die Visitenkarte und noch ein paar Informationen, alles andere regele ich für dich. Was hältst du davon?“

„Scheiße du … “

Colin drückte die Klinge tiefer in die Haut. Ein kleiner Blutstropfen quoll hervor und rann den speckigen Hals hinunter.

„Bist du wahnsinnig, ich … “

Colin drückte die Schneide tiefer in die Haut.

Plötzlich war ein leises Plätschern zu vernehmen und ein scharfer Geruch drang zu ihm vor. Unter dem Stuhl bildete sich eine Pfütze. Fürst hatte sich eingenässt. Angeekelt trat Colin einen Schritt zur Seite.

Der kleine, dicke Körper bebte. Colin ging zum Waschbecken, nahm das Handtuch und warf es Fürst zu. „Hier“, rief er ihm zu. „Wisch das weg. Das sind nur ein paar

Tropfen. Daran stirbst du nicht. Wenn du nicht kooperierst, werden meine Männer allerdings nicht so zimperlich mit dir umspringen."

Colin spülte das Messer unter dem laufenden Wasser ab. Dann wusch er sich gründlich die Hände mit Seife. Als er sich wieder umdrehte, presste der alte Fürst sich das Handtuch gegen das Kinn. Der Blick aus den kleinen Augen bohrte sich hasserfüllt in seinen.

„Komm schon", sagte Colin. „Steh auf."

Baldur Fürst musste verschwinden, keine Frage. Und das so schnell wie möglich.

JOY

MAN MUSS KEIN MÖRDER SEIN,
UM DEN ANDEREN ZU TÖTEN.

Wo steckte Colin? Joy zog ihr Handy aus der Tasche und checkte zum hundertsten Mal, ob er ihr eine Nachricht hinterlassen hatte. Nichts. Dann wählte sie seine Nummer, doch wieder sprang nur die Mailbox an. *Kommissar Westheim kann Ihren Anruf nicht persönlich entgegennehmen. Er freut sich jedoch, wenn Sie ihm nach dem Signal eine Nachricht hinterlassen und ruft Sie schnellstmöglich zurück. Vielen Dank und auf Wiederhören.*

Joy legte auf. Es war 15:10 Uhr. Die Unruhe im Besprechungsraum wuchs. Zwar war es diesmal kein offizieller Termin, sondern nur eine kleine Feedback-Runde, doch es war vollkommen untypisch, dass Colin den Termin nicht wahrnahm. Als Leiter der Kommission musste er der Runde vorstehen.

Plötzlich flog die Tür auf. Alle Köpfe drehten sich erwartungsvoll um. Doch es war nur Lansky, der eintrat. „Der Chef hat mich gebeten, euch zu informieren, dass er verhindert ist“, sagte er. „Wir sollen schon mal anfangen. Er kommt so schnell wie möglich nach.“

„Wie, verhindert?“, fragte die Rakowski. Das schimmernde Türkisgrün auf ihren Augenlidern war seit dem Morgen fast verblasst.

„Anfangen?“ Siggi schüttelte den Lockenkopf. „Ohne Colin?“

„Mehr weiß ich auch nicht.“ Lansky wirkte ebenfalls verwirrt. Er setzte sich auf einen Tisch und sagte mit Blick auf seine Hände: „Baldur Fürst braucht wohl Medikamente, die er bei sich zu Hause im Schlafzimmer versteckt hält. Colin hat ihn begleitet, um sicherzugehen, dass er nicht untertaucht. Eigentlich müssten die beiden längst zurück sein.“

„Medikamente?“, wiederholte die Rakowski.

„So lange?“, fragte Siggi. Eine besorgte Falte erschien auf seiner Stirn.

„Hat er dich angerufen?“, fragte Joy.

Lansky drehte sich zu ihr. Sein Blick war hart, trotzdem hatte er nicht die Kraft, in die Tiefe vorzudringen. „Nein“, sagte er. „Colin hat eine Nachricht geschickt. Vor einer halben Stunde. Wir sollen ohne ihn anfangen.“

Joy nickte. *Warum hat er mir das nicht geschrieben?*

„Ok“, sagte Lansky. „Jetzt sind eh schon alle hier. Vielleicht machen wir einfach eine kleine Inforunde und dann ist gut.“ Er fuhr sich durch die kurzen Haare. „Zumal es nicht viel Neues gibt. Oder Siggi? Hat die Vernehmung von Niko Schädler etwas gebracht?“

Der Geräuschpegel ging zurück.

„Die Dorfcombo steht hinter ihm“, sagte Siggi. Seinem Gesichtsausdruck nach zu urteilen, gefiel ihm dieser

Umstand. „Die drei haben über ihren Anwalt Herrn Doktor Schlichte verlauten lassen, dass sie das Handy bei den Bierbänken gefunden hätten. Nach dem Konzert wären sie noch in die Alte Mühle gegangen, um runterzukommen. So wie früher. Seit sie Jugendliche waren trafen sie sich in der Mühle, um ein Bier zu trinken oder heimlich zu rauchen. Ohne nachzudenken hätten sie das gefundene Handy und die Kamera dorthin mitgenommen. Als sie dann am nächsten Tag von dem Mord erfahren hätten, wären sie verwirrt gewesen. Sie hätten aber fest vorgehabt, die Gegenstände der Polizei zu übergeben. Deshalb wäre Niko Schädler am vorherigen Abend in der Alten Mühle eingebrochen, um die Gegenstände zu holen."

„Um sie danach der Polizei zu übergeben?" Die Rakowski lachte.

„Was haltet ihr davon?" Siggis Frage klang schwach.

„Bullshit", sagte Lansky. Das war Colins Kraftausdruck, den Lansky benutzte, um wie er zu wirken. „Die drei lügen, wenn sie den Mund aufmachen."

„Vielleicht haben sie die Kamera versteckt, um den alten Fürst zu schützen", vermutete Joy. „Immerhin ist er Martins Vater. Die drei wussten ja, dass die Kameraaufzeichnungen ihn belasten. Er hat mit Alexander Wagner und der unbekannten Frau das Konzert verlassen."

„Möglich", sagte die Rakowski.

„Bullshit", sagte Lansky wieder und schlug mit der flachen Hand auf die Tischplatte.

Die Rakowski verdrehte die Augen und sagte: „Wenn du eine Meinung hast, Hagen, dann formuliere sie doch in Worten. Dann könnten wir vielleicht etwas damit anfangen."

Schweigen.

„Martin Fürst hasst seinen Vater“, sagte Lansky und zuckte mit den Schultern.

„Und was bringt dich zu dem Schluss?“

„Das fühle ich.“

„Männliche Intuition, was?“ Die Rakowski sprach ironisch, doch Lansky nahm die Ironie nicht wahr.

„Nenn es, wie du willst“, sagte er. „Bestimmte Dinge können Frauen halt nicht verstehen.“

Schweigen.

Joy sah die Rakowski an, dann Lansky. Dieser Mann war ein Narzisst, doch er war auch ein Seismograph. Tatsächlich hatte er ein gutes Gespür für männlichen Hass – weil es sein eigener war.

„Wenn nur Colin hier wäre“, sagte Siggi.

Lansky fixierte Siggi und zerdrückte dabei den leeren Plastikbecher, der auf dem Tisch stand.

„Ich glaube nicht, dass sie Baldur Fürst schützen wollten“, sagte Lansky dann. „Unser Hauptverdächtiger ist und bleibt der Behinderte. Manuel Wagner war auf dem Konzert. Er hat das stärkste Motiv, seinen Vater zu töten. Die Kronos-Geschichte untermauert das.“

Joy starrte ihren Kollegen an.

Gestern hatte Lansky noch genau das Gegenteil behauptet. Unglaublich, wie er sich die Meinung der Rakowski angeeignet hatte. Er gab sie wieder, als wäre sie seine.

„Hat sich das mit dem Handy mittlerweile geklärt?“, fragte Lansky.

Die Rakowski nickte. „Ich konnte mit den Eltern Kimmkorn sprechen. Sie haben bestätigt, dass ihr Sohn Frederick mit Manuel befreundet gewesen war. Manuel sei wie ein

Bruder für Frederick gewesen. Sie erinnerten sich, dass sie ihrem Sohn zum zwanzigsten Geburtstag ein neues Handy geschenkt hatten. Was er mit dem alten gemacht hatte, wussten sie nicht. Sie halten es aber für möglich, dass er es Manuel geschenkt hatte." Die Augenlider der Rakowski schimmerten wie die Flügel einer Libelle, als sie auf ihre Notizen hinabblickte und hinzufügte: „Die Kimmkorns glauben übrigens nicht, dass Manuel seinen Vater umgebracht hat. Manuel sei kein Mörder, das haben sie immer wieder betont."

„Was für ein Bullshit." Schon wieder Lansky.

Joy starrte zum Fenster hinaus. Man musste kein Mörder sein, um jemanden zu töten.

JOY

JEDER TUT, WAS ER GLAUBT, TUN ZU MÜSSEN.

Julius Wagner stand im Flur der Alten Mühle, sein Blick war in das Erkerzimmer gerichtet, so als könnte er dort etwas erkennen. Doch da war nichts.

„Herr Wagner?“

Joy ging auf ihn zu. Ihre Schritte klopften dumpf auf den alten Dielen. Sie hatte Julius Auto vor der Mühle stehen sehen, als sie nach Hause gekommen war. Noch immer war sie aufgewühlt: Colin ging einfach nicht an sein Handy. Es war Samstagnachmittag, schon kurz nach vier. Milan war noch bis fünf bei seiner neuen Tagesmutter; Joy hatte also noch eine gute Stunde, bis sie ihren Sohn holen musste.

„Ist alles klar bei Ihnen?“, fragte Joy.

Langsam drehte Julius seinen Kopf zu ihr. Er blinzelte. „Nenn mich bitte nicht Herr Wagner“, sagte er. „Ich bin einfach nur Julius.“

Joy nickte. Unter anderen Umständen hätte sie etwas erwidert, doch Julius hatte diese selbstverständliche Art, mit

Menschen umzugehen, so als wäre er ein alter Schulfreund.

„Ich bin Joy", sagte sie.

Julius sah sie seltsam an, dann schüttelte er den tagträumerischen Blick ab und betrat das Esszimmer. Für einen Moment zögerte er, als er über die dunklen Flecken auf den Dielen schritt, die wie Schatten im Holz lagen. Doch bereits eine Sekunde später ließ sein sicherer, männlicher Gang wieder den Anwalt erkennen, der noch jeden Prozess gewonnen hatte.

„Hier im Erker an diesem runden Holztisch", sagte er beinahe ungläubig. „Hier haben wir jeden Tag gefrühstückt, Mittag gegessen, Abend gegessen. Mein Vater, meine Mutter, Manuel und ich. Die Erinnerung ist seltsam, ich sehe noch immer das verhärtete Gesicht meines Vaters, wenn er am Tisch saß. Nur selten hat er gelacht. Beim kleinsten Missgeschick wurde er zornig. Wenn Manuel die Suppe verschüttete, polterte er los. Und ich sehe wieder die geduckte Haltung meines Bruders, in der sich der Zorn meines Vaters ausformte. Weißt du, was ich meine, Joy?"

Es fühlte sich gut an, wenn er sie beim Vornamen nannte. Die Art, wie er ihn betonte, erinnerte sie an einen Song. Viel zu zärtlich hatte er es gesagt, um wirklich sie zu meinen.

„Ich glaube schon, ja", antwortete sie.

Auch Joy sah jetzt die Familie Wagner an diesem Tisch sitzen, eine ängstliche Mutter, einen dominanten Vater und zwei kleine Jungs, die jeden Tag an diesem Tisch zusammenkamen, als säßen sie eine Strafe ab.

„Warum bist du gekommen?", fragte Julius. Lässig nahm er eine Stufe, die das Erkerzimmer vom Flur trennte, und ging langsam auf sie zu. „Um mir zu sagen, dass ihr meinem Bruder den Prozess machen werdet? Weil er meinen Vater ermordet hat? Weil die Beweislast immer erdrückender wird?"

Joy schüttelte den Kopf.

Doch seine Frage war berechtigt. Warum war sie gekommen?

„Ich verstehe dich sehr gut", sagte sie und lehnte sich an die holzvertäfelte Wand. „Ich kenne solche Männer wie deinen Vater."

Julius sah sie an. Er kam näher. Noch näher. Erst als er schon viel zu nahe war, blieb er stehen. Joy hätte ihn berührt, wenn sie ihre Hand nach ihm ausgestreckt hätte. „Es gibt sie zu Hauf", sagte er nah an ihrem Ohr.

„Ich war selbst mit einem solchen Mann verheiratet", erwiderte sie.

Julius sah sie an. Seine Augen waren blau – und dennoch zwei dunkle Steine, die sie so intensiv betrachteten, als wäre sie der einzige Mensch auf der Welt.

„Hat er dich vergewaltigt?", fragte er und musterte sie aufmerksam.

Sie blickte an ihm vorbei zum Fenster hinaus.

„Das tut mir leid", sagte er sanft. „Aber dann weißt du ja, wie es ist, wenn die Justiz unfähig ist, für Gerechtigkeit zu sorgen."

„Herr Wagner." Sie schluckte. „Julius. Ich kann nichts für dich tun. Ich schreibe das Gutachten so, wie ich es schreiben muss. Alles andere wäre absurd."

„Pst", entgegnete er und legte ihr den Zeigefinger auf die Lippen. „Jeder tut, was er glaubt, tun zu müssen."

Julius' Hand lag an ihrer Wange, sein rechter Schenkel drückte gegen ihren Schritt. Auch sein Blick ging viel zu tief, als dass er wirklich sie meinen könnte. Obwohl ihre Vernunft ihr sagte, sie sollte jetzt gehen, blieb sie stehen.

Warum nur? Was willst du herausfinden, Baby? Was willst du spüren?

„Du bist ein Magnet, Joy." Julius kam mit seinem Mund so nah an ihren Hals, dass sie seinen Atem spürte. Seine Hand wanderte an ihre Taille und zog sie näher zu sich heran. „Ist es das, was du willst?" Sein Mund hielt vor ihrem inne, abwartend, herausfordernd.

Joy atmete.

„Du bist stark", sagte er. „Und du bestimmst, wie weit du gehen möchtest."

Joy nickte. Sie spürte seine Hand auf ihrem Hals, so wie sie es bei der Frau auf dem Parkplatz gesehen hatte. Die andere Hand griff in ihr Haar und zog den Kopf sanft zurück. Dann küsste er sie. Sein Kuss war erstaunlich zärtlich, doch nachdem sie leise aufgestöhnt hatte, ging er tiefer.

„Okay", brachte sie hervor und drückte ihn von sich weg. „Etwas verbindet uns. Ich weiß aber nicht genau, was."

Julius stemmte einen Arm gegen die Wand. Er sah sie nachdenklich an.

„Wir wurden beide in Abgründe geworfen", sagte er schließlich. „Vielleicht ist es das? Doch ich bin wieder aufgestiegen. Ich bin kein Opfer, trotz meiner Geschichte. Das ist es, was dich fasziniert, oder? Meine Kraft, die sich freisetzte genau in dem Augenblick, als ich fiel." Er nickte ihr zu. „Auch du trägst diese Kraft in dir. Was möchtest du sein, Joy? Du kannst alles sein."

Alles, was Julius sagte, kam ihr so vertraut vor, als hätte sie es schon einmal gehört. „Du meinst, ich kann finden, was ich wirklich suche?", fragte sie.

Julius nickte.

Joy legte ihre Hand auf seine Wange und sagte: „Danke." Dann löste sie sich aus seiner Nähe, trat ans Fenster und blickte über das Mühlental.

„Colin ist verschwunden", sagte sie schließlich.

„Was heißt das, verschwunden?"

„Er ist wohl mit Baldur Fürst nach Hause gefahren. Und seitdem ist er nicht mehr aufgetaucht. Er hat sogar die Besprechung sausen lassen."

„Handy?"

„Ausgeschaltet."

Joy zog ihr Handy aus der Tasche und rief Colin abermals an. Wieder sprang nur seine Mailbox an. Sie schaltete den Lautsprecher an, damit Julius die Ansage hören konnte:

Herr Westheim kann Ihren Anruf nicht persönlich entgegennehmen. Er freut sich jedoch, wenn Sie ihm nach dem Signal eine Nachricht hinterlassen und ruft Sie schnellstmöglich zurück. Vielen Dank und auf Wiederhören.

Julius wirkte beunruhigt. „Weißt du, wo Baldur Fürst wohnt?", fragte er und fuhr sich durch die Haare.

„Nein", entgegnete Joy. „Ich bin noch nicht lange hier."

Julius stellte sich neben sie ans Fenster und blickte ebenfalls über das Mühlental hinweg. Dann sagte er: „Wenn du in Schwandorf am Bäcker in Richtung Sägerei fährst, ist es das letzte Haus rechts, ein altes, großes Bauernhaus mit grünen Fensterläden."

Joy nickte. Der Blick von hier oben war noch schöner als von ihrem Haus aus. Eines Tages würde das ihr alltäglicher Blick werden, dachte sie. Allerdings nur, wenn sie es schaffte, die Geister aus der Alten Mühle zu vertreiben.

COLIN

Wenn du nichts mehr zu verlieren hast,
beginnt das Spiel mit dem Teufel.

„Du. Feiges. Schwein." Baldur Fürst stieß die Worte voller Hass hervor, danach keuchte er, als hätte ihn das Aussprechen dieser drei Worte so viel Kraft gekostet wie ein 100-Meter-Sprint.

„Wie bitte?" Colin lächelte. „Du nennst mich feige?"

Dem verängstigten Gesichtsausdruck seines Gegenübers zufolge war es allerdings kein Lächeln, was sich auf Colins Gesicht zeigte, sondern ein böses Grinsen.

„Du nennst mich feige?", wiederholte Colin. „Mich? Feige?"

Baldur Fürst schwitze, als wäre er ein Schwamm, der ausgedrückt wird. Er saß auf einem Holzstuhl, die Arme nach hinten über die Lehne gestreckt, die Hände an das Holz gefesselt. Kraftlos hing sein Oberkörper nach vorne, die Schultern wirkten unnatürlich verdreht. Der Alte war nackt, der Bauch wölbte sich in zwei großen Haut- und

Fetttaschen über die Schenkel, sodass sein Geschlecht darunter begraben wurde.

„Es gibt nur einen Mann in diesem Raum, der feige ist", sagte Colin.

Auf der Ablage lagen große und kleine Zangen, verschiedene Schraubenzieher, Nadeln, ein Brennstempel, ein Hufeisen und ein Knebel. Colin griff nach einer Zange, fasste damit den Brennstempel und hielt die Metallspitze über das Feuer, das in der großen Schale brannte.

Die Augen des alten Fürst folgten panisch jeder seiner Bewegungen.

Während der ehemalige Wirt nach der Visitenkarte gesucht hatte, war Colin auf dem Hof geblieben und hatte sich umgesehen. Die Werkstatt hinter der Scheune wurde einmal im Monat von einem Schmied genutzt, der nach Schwandorf kam, um die Pferde der Gemeinde zu beschlagen. Colin wusste das. Er wusste auch, dass man Männer wie Baldur Fürst nur noch durch Folter dazu bringen konnte, sich zu erinnern.

Dieser Mann war ein Abgrund.

Und Colin würde hineinstürzen.

Langsam drehte Colin den Brennstempel in der Flamme hin und her. Noch glühte das Eisen nicht. Nachdem der alte Fürst ohne die Visitenkarte auf den Hof gestolpert war, aber mit einem Grinsen im Gesicht, hatte er die Beherrschung verloren. Für Colin war es ein Leichtes gewesen, den Mann zu überwältigen und in diesen Raum zu schleppen.

Die kleinen, verwaschenen Augen von Baldur Fürst blickten abwechselnd Colin und das glühende Eisen an. In diesen Augen stand Angst, aber auch ein tiefes

Einverständnis, so als warte dieser Mann schon Jahre auf seine Strafe. Oder täuschte er sich? Obwohl Colin ihm den Knebel aus dem Mund genommen hatte, schrie der alte Mann nicht.

„Ich bin nicht feige“, sagte Colin ruhig. Warum verteidigte er sich überhaupt gegenüber so einem Stück Dreck? „Im Kampf gegen Korruption, soziale Missstände und Ungerechtigkeit ist kein Platz für Feigheit“, fuhr Colin fort. Seine Wut auf die Gesellschaft, auf Baldur Fürst und auf sich selbst wuchs mit jedem Wort: „Unsere Gesellschaft hat den Gedanken der Gerechtigkeit nicht verstanden, weil sie ihn nicht verstehen will. Weil die Leute, die die Macht haben, alles dafür tun, sie zu behalten.“ Colin drehte das Eisen. „Soziale Missstände werden als gottgegeben hingenommen. Kaum jemand regt sich doch mehr darüber auf, wenn auf der einen Seite Menschen den ganzen Tag rackern und dennoch kaum über das Sozialhilfeniveau hinauskommen. Und wenn auf der anderen Seite Menschen, die ihre Privilegien größtenteils geerbt haben, nicht mehr wissen, was sie mit ihrem Vermögen und ihrer Freizeit noch alles anfangen sollen. Shoppen? Urlaub? Urlaub von was?“ Langsam drehte er das Eisen. „Tja, warum sollte man sich auch darüber aufregen? Selbst schuld, oder?“

Der alte Fürst sah ihn an, als fragte er sich, was all das mit ihm zu tun habe. *Nichts! Alles!* Colin war einfach nur wütend.

„Ich habe keine Angst vor den Drohungen der Mächtigen“, polterte er weiter, nahm den Stempel aus dem Feuer und betrachtete das glühende Eisen.

Der Schweiß rann dem alten Fürst den Körper herab. Überall dort, wo eine Fettspalte die Richtung vorgab, bildeten sich kleine Rinnsale. Bäche. Fürst schwitzte und schwitzte. Es war aber auch verdammt heiß in diesem Raum. Auch Colin schwitzte. Er steckte den Brennstempel in eine Halterung und zog sich das Hemd aus, unter dem ein weißes T-Shirt zum Vorschein kam.

„Und weißt du auch, warum sich korrupte Politik so lange so erfolgreich hält?", fragte Colin und nahm die Zange wieder auf.

Die Augen des alten Fürst schienen nur das glühende Eisen zu kennen – und den Schmerz.

„Nicht, weil die Machthaber so stark sind, Gott bewahre. Sondern weil die anderen so schwach sind", gab Colin selbst die Antwort. „Das ist wie bei euch im Dorf hier, verstehst du? Die Welt ist ein Dorf, so wie Schwandorf." Colin ging einen Schritt näher auf ihn zu. „Hör mir jetzt gut zu", zischte er drohend. „Es gab eine Zeit, in der hier in Schwandorf ein paar wenige Männer das Sagen hatten. Ein paar Männer, die nur deshalb stark waren, weil die anderen zu schwach waren, sich zu wehren. Und diese Männer glaubten, sie könnten sich alles erlauben. Das Schlimme war, sie konnten es tatsächlich. Zumindest eine Zeitlang."

Der alte Fürst wackelte mit dem Kopf, als wollte er ihn schütteln. Obwohl er immer noch keinen Satz herausbrachte, erkannte Colin, dass er verstanden hatte.

„Wie konnten Männer wie du nur einmal so viel Macht haben?", fragte Colin. Seine Stimme bebte vor Zorn. „Wer hat euch nur eingeredet, dass ihr über eure Frauen und Kinder herrschen sollt? Wer? Wer hat euch eingeredet, dass ihr etwas Besseres seid, nur weil ihr als Männer geboren wurdet? Wer verdammt? Und wer hat euch eingeredet, es wäre eine Tugend, die Frau gewaltsam kleinzuhalten?" Colin machte noch einen Schritt auf den alten Fürst zu. „Ich habe hunderte von Arschlöchern wie dich hinter Gitter gebracht, das kannst du mir glauben. Männer, die nüchtern oder besoffen auf ihre Frauen eingeprügelt haben." Noch einen Schritt. „Aber mit dir habe ich andere Pläne."

Weil es mir egal ist, wenn ich mit dir untergehe.

Colin näherte die glühende Spitze des Stempels dem Gesicht des Mannes.

„Ich werde dir Schmerzen zufügen, dass du betest, nie geboren worden zu sein", drohte Colin. Er sah die Angst in den Augen seines Gegenübers, doch Colin spürte nichts. Kein Mitleid. Nichts. Nur Hass. „Aber ich tue das nicht aus Feigheit, sondern aus einem einzigen Grund." Noch näher. „Weil du es verdient hast."

„Hör auf", jammerte der Fettwanst. „Bitte."

„Ich kann nicht aufhören", gab Colin zurück. „Du weckst meine sadistische Ader."

„Ich habe nichts getan", keuchte der Alte.

„Ich tue auch nichts", erwiderte Colin.

Am liebsten hätte er ihm das Stück Eisen in die Stirn gedrückt. Es waren die drei Geweihe Württembergs. Doch damit wäre nichts erreicht außer seiner eigenen Befriedigung. Wie konnte dieser Mann behaupten, er habe nichts getan? Wie war es möglich, dass er das so glaubhaft von sich geben konnte? Waren Selbstmitleid, die Lüge und die Verdrängung längst zu seiner wahren Natur geworden? So dass er es wirklich nicht mehr wusste?

„Okay“, sagte Colin. „Fangen wir noch einmal von vorne an. Der Unfall deiner Tochter. Was ist damals wirklich passiert?“ Er hielt die glühende Spitze des Brennstempels direkt vor das rechte Auge seines Opfers. „Sieh mich an“, befahl Colin, als der Mann seine Augen schloss. „Sonst drücke ich dir das Ding direkt auf das Augenlid.“

Der alte Fürst versuchte, die Augen offenzuhalten. Dabei fuhren seine Pupillen panisch hin und her, als wollten sie der Hitze ausweichen.

„Du sagst mir jetzt, was damals passiert ist“, forderte Colin. „JETZT!“

Der Alte brachte kein Wort hervor, er starrte nur paralysiert auf das glühende Stück Eisen. Probeweise nahm Colin den Brennstempel zurück.

Die Anspannung im Gesicht des alten Fürst ließ sofort nach.

„Diana ist aus dem Wagen geschleudert worden, weil sie nicht angeschnallt war“, keuchte der ehemalige Wirt. „Manuel saß auf dem Beifahrersitz, er war angeschnallt. Das habe ich doch schon gesagt.“

„Weiter“, knurrte Colin.

„Schädler, der als Notarzt zuerst am Unfallort war, hat sich um Diana gekümmert, aber da war nichts mehr zu machen“, jammerte er. Wasser lief ihm aus den Augen.

Colin glaubte nicht, dass das Tränen waren.

„Weiter, verdammt“, knurrte er.

„Alexander und ich haben dann Manuel aus dem Auto gezerrt, bevor der Krankenwagen eintraf. Der Junge war bewusstlos, aber er hat geatmet.“

Colin hielt eine Handfläche vor den Brennstempel, um zu testen, ob er noch heiß war.

„Decker hat das Unfallfahrzeug dann abgeschleppt", presste der alte Fürst hervor. Dann ließ er den Kopf auf die Brust sinken, als hätte ihn das Sprechen angestrengt. „Aber das habe ich doch alles schon gesagt", murmelte er vor sich hin.

„Ihr habt den Unfallhergang gegenüber der Polizei also bewusst manipuliert, um Manuel die Schuld daran zu geben", fasste Colin zusammen. Und dann: „Warum?"

Der alte Fürst richtete den Kopf wieder auf.

„Warum?", fragte Colin lauter.

„Damit … der Junge … ins Heim kam", flüsterte er. „Manuel war gefährlich. Er musste weg."

„Du lügst", sagte Colin kalt.

Sag es endlich, du mieses Schwein! Sprich es aus!

„Was steckt wirklich hinter diesem Unfall?", setzte Colin wieder an. „Es ging dabei um viel mehr. Und du sagst mir jetzt, um was!"

Der Blick des alten Fürst war Eingeständnis genug. „Eher verrecke ich", keuchte er trotzdem. „Wenn du mich tötest, bist du selbst dran."

„Ich habe nichts mehr zu verlieren", sagte Colin und drückte den Brennstempel auf den Handrücken des Alten, der wie ein Tier aufschrie.

Wie das Tier, das er war.

Und er selbst auch.

JOY

Man liebt sich nicht bloß im Anderen,
sondern hasst sich auch in ihm.

Der Hof des alten Fürst wirkte verlassen. Die Vorhänge im Wohnhaus waren zugezogen, niemand hatte geöffnet, als Joy geklingelt hatte. Doch Colins alter Volvo stand hinter der Scheune.

Colin ist hier.

Joy ging auf die Scheune zu. Das große Holztor war nur angelehnt, es knarzte leise, als sie es öffnete. Der Raum bestand aus dunklem Gebälk und aus einem einzigen Lichtstrahl, der seitlich das Dämmerlicht durchschnitt. Staub glänzte in dem flirrenden Licht. Sorgfältig verschloss sie das Tor wieder.

„Colin?“, rief sie leise.

Der Staub schluckte ihre Stimme.

Joy bemühte sich, nicht auf die Risse zu treten, während sie den Raum durchquerte. Dort hinten schien ein Gang zu sein und am Ende des Ganges eine Tür. Früher mussten hier Strohballen gelagert haben, doch heute war der Dachboden leer. Nur an der Wand standen noch zwei übereinander gestapelte Ballen, die als Ablagefläche für Werkzeug dienten. Daneben lehnte eine Sense. Joy kniete sich nieder, um mit dem Daumen die Klinge zu prüfen. Sie drückte, bis ihre Haut spannte, doch tiefer ging der Schmerz nicht. Die Klinge war rostig und stumpf. Die Axt hingegen, die daneben stand, blitze im Dämmerlicht wie frisch geschliffen.

Colin?

Joy lauschte angespannt. Da war ein Geräusch gewesen, etwas Dumpfes, so als hätte jemand etwas zurückhalten wollen, einen Schrei. Ihr Blick huschte durch den Raum. Draußen auf der Straße fuhren die Autos vorüber. Ansonsten war es still. Die Staubpartikel tanzten in dem Licht.

Doch da war es wieder: Eine Stimme. Ein unterdrückter Schrei.

Colin?

Instinktiv eilte Joy auf die Tür am Ende des Ganges zu. Das Wohnhaus stand auf der gegenüberliegenden Seite des Hofs, es konnte sich also nicht um eine Verbindungstür ins Haus handeln. Eine Garage vielleicht?

Die Tür war mit einem Querbalken verschlossen. Joy versuchte, das Ding wegzuschieben, doch selbst als sie mit beiden Händen daran zerrte, brachte es nicht den gewünschten Erfolg. Der Balken saß fest. Wahrscheinlich war schon seit Jahren niemand mehr durch diese Tür getreten, der gesamte Hof wirkte verwahrlost und …

Oh mein Gott. Nein.

Diesmal war sie sich ganz sicher. Hinter dieser Tür hatte jemand gestöhnt, doch nicht aus Lust, sondern aus Schmerz und Angst. Es hatte wie der erstickte Klagelaut eines Tieres geklungen. Instinktiv hämmerte sie gegen die Tür und rief: „Hallo? Ist da jemand?“ Und noch einmal: „Hallo?“

Ihr Puls beschleunigte sich.

Was, wenn Colin hinter dieser Tür gefangen gehalten wurde? Was, wenn die Dorfcombo doch nicht so harmlos war, wie sie aussah? Wenn Niko Schädler, Martin Fürst und Johannes Decker tatsächlich ein Geheimnis verbargen, das so schrecklich war, dass sie dafür etwas viel Schrecklicheres in Kauf nahmen, um es zu schützen?

„Colin?“ Joy hämmerte gegen die Tür. „Bist du da drin?“

Was, wenn die drei sich da drinnen gerade Colin vorknöpften? Um Informationen aus ihm herauszupressen? Und was, wenn sie dabei so dilettantisch vorgingen, dass sie ihn aus Versehen töteten?

Aus Versehen? Oder mit Absicht?

„Colin?“ Joy traten Tränen in die Augen.

Es antwortete ihr ein gedehntes Stöhnen. Joys Herz raste. Sie musste etwas tun, panisch zog sie ihr Handy aus der Tasche und scrollte durch die Kontakte. Sollte sie am besten gleich den Notarzt rufen?

„Nein, bitte nein!“

Joy ließ das Handy sinken. Die Worte waren aus dem Raum hinter der Tür gekommen, eindeutig.

Tu etwas!

Jetzt!

Ihre Augen scannten den dunklen Raum ab, doch es war ihr Gehirn, das die Lösung fand: die Axt. Mit großen Schritten eilte sie zurück, nahm die Axt, ging damit auf die Tür zu und holte aus.

Es krachte. Das Eisen traf mit solcher Wucht gegen die Tür, dass das morsche Holz sofort brach, der Querbalken splitterte – die Tür schwang auf und der Weg war frei.

Joy trat ein. Hitze schlug ihr entgegen. Instinktiv hob sie den Arm, um ihr Gesicht zu schützen. Es stank nach Rauch, ein beißender, scharfer Qualm lag in der Luft, der so dominant war, dass er einen anderen Geruch zunächst überdeckte, der aber mit jeder Sekunde deutlicher in ihr Bewusstsein trat: Fleisch. Es roch nach verbranntem Fleisch. Sie hielt sich den Ärmel vor Mund und Nase, um atmen zu können.

Es schien sich um eine Werkstatt zu handeln. Im Hintergrund brannte ein Feuer in einem offenen Kamin. Nein, kein Kamin, es war eine Feuerschale.

Was geschieht hier?

Sie blinzelte gegen den Rauch an. Im Gegenlicht zeichneten sich zwei Gestalten ab, der eine saß auf einem Stuhl, der andere stand.

Langsam nahm sie den Arm herab, atmete ein und aus, um ihre Lunge an den Rauch und die Fäulnis zu gewöhnen. Einatmen. Ausatmen. Doch niemals würde sie sich an das gewöhnen, was sie nun sah:

Auf dem Stuhl saß ein nackter Mann, seine Hände waren hinten an die Lehne gefesselt, die Füße an die vorderen Stuhlbeine gebunden. Sein Kopf war nach vorne auf die Brust gekippt. Um seinen Hals baumelte ein Knebel, den er vermutlich zuvor im Mund gehabt hatte. Auf seiner Brust waren rote Striemen, seitlich floss Blut herab, auf seinem Handrücken war …

Oh Gott. Lass das einen Albtraum sein, bitte.

Der Mann war Baldur Fürst. Er war offensichtlich gefoltert worden. Jemand hatte ihm eine glühende Zigarette oder etwas Ähnliches in den Handrücken gedrückt – und wie es aussah auch an andere Stellen seines aufgedunsenen Körpers.

Und derjenige, der ihn gefoltert hatte, war kein geringerer als Colin.

Joy starrte ihn an.

„Colin?", brachte sie nur mühsam hervor. „Bist du wahnsinnig geworden?"

Von der Feuerschale ging eine höllische Hitze aus, doch in Colins Blick lag eine Kälte, die Joy frösteln ließ. Sie rang nach Atem.

„Joy." Colins Stimme klang härter als je zuvor, als er fragte: „Was tust du hier?"

„Was … *ich* … hier tue?", stotterte sie. Ihr Blick glitt über den gefesselten und misshandelten Fürst, als sie fragte: „Was … um Gottes willen … tust *du* hier?"

Colin trug ein weißes T-Shirt und eine Jeans, das Shirt klebte vollkommen durchnässt an seinem Oberkörper. Zum ersten Mal fiel Joy auf, wie durchtrainiert Colin war, jeder einzelne Muskel eines perfekten Waschbrettbauchs war zu sehen, außerdem ein Tattoo, das unter dem rechten Ärmel hervorlugte. Ein Drache? Ein Löwe?

Colin? Wer war dieser Mann, der ihr wie ein Fremder gegenüberstand? Sie hatte nicht mal gewusst, dass er ein Tattoo hatte.

Doch Colin schwieg.

Joy wandte sich dem gefolterten und gefesselten Mann zu und fragte: „Hallo? Herr Fürst? Können Sie mich hören?"

Fürst öffnete die Augen. Seine Pupillen weiteten sich vor Schreck, als er sie erkannte und er flüsterte: „Bitte, nicht. Nein. Ich weiß nichts. Ich habe alles gesagt."

Joy drehte sich ruckartig um. Colin stand direkt hinter ihr. Seine Augen waren eine Nacht ohne Sterne. Sie atmeten sich gegenseitig ins Gesicht. Colins Atem war heiß, doch er sagte nichts. Wortlos drehte sich Joy wieder weg, um den Puls des alten Fürst zu fühlen, als seine Stimme sie traf wie ein Peitschenhieb: „Lass das!"

Joy zuckte zusammen.

„Ich will, dass du gehst", folgte der nächste Satz, der sich anfühlte wie ein erneuter Schlag. „Und merke dir eins: Du hast nichts gesehen. Du wirst mit niemandem darüber reden."

Quälende Sekunden vergingen, in denen Joy nicht wusste, was sie tun sollte. *Dabei ist doch klar, was du tun musst!* Doch sie stand da, ohne sich zu rühren. Nur ihre rechte Hand zitterte. Welche dunkle Magie lähmte sie, welche Macht hatte Colin nur über sie?

„Ich sagte dir, ich bin der Böse in diesem Spiel." Drohend kam er einen Schritt auf sie zu. „Aber du wolltest mir nicht glauben." Dann wiederholt er, was er bereits gesagt hatte: „Geh jetzt! Und vergiss nicht: Du hast nichts gesehen. Es ist nichts passiert. Und du wirst mit niemandem darüber reden."

Joy schluckte. Sie spürte den beißenden Schmerz in ihrer Lunge, während sie sich zwang, diesem Mann in die Augen zu blicken, von dem sie einmal gedacht hatte, er wäre der beste Cop, dem sie je begegnet war.

So viel dazu.

„Ich werde nicht gehen", sagte sie mit fester Stimme.

Stille. Nur eine Flamme knisterte.

„Ich verlange, dass du mir sagst, was du hier treibst", fuhr Joy fort. „Bist du denn vollkommen wahnsinnig geworden? Das sind doch keine Verhörmethoden! Das ist Folter!"

Colin stand einfach nur da und sah sie an.

„Selbst wenn dieser Mann der Mörder von Alexander Wagner sein sollte, selbst dann hättest du nicht das Recht, ihn zu foltern!", schleuderte Joy ihm entgegen. „Das weißt du verdammt noch mal! Das Geständnis wäre einen Scheißdreck wert! Und das zu Recht! Das weißt du doch! Warum tust du das trotzdem?! Warum?!"

Colin drehte sich wortlos um und ging zum Waschbecken.

„Ich will eine Antwort!", brüllte sie so laut, dass selbst der alte Fürst den Kopf hob, als erwachte er ein letztes Mal aus einem Traum.

Colin wusch sich die Hände.

„Das wird dich den Job kosten!", brüllte Joy.

Er reagiert nicht. Es war ihm völlig egal, ob es ihn seinen Job kostete, das konnte Joy spüren.

„Verdammt, Colin!", brüllte sie abermals. Schon ewig hatte sie nicht mehr so laut geschrien. „Du bist nicht Gott, der über Leben und Tod entscheidet! Denn genau das ist es doch, was du tust! Gott spielen!"

Colin drehte sich um. Die Kälte in seinem Blick war einem Leid gewichen, das so tief zu sein schien, dass es jenseits des menschlichen Maßes lag.

„Folter ist die einzige Methode, die bei einem Mann wie Baldur Fürst noch etwas bewirkt", sagte Colin leise. „Alles andere ist humanistischer Bullshit. Die Menschen sind nicht gleich. Am Ende des Spektrums hilft kein gutes Zureden mehr. Die Angst vor körperlichem Schmerz ist alles, was noch etwas bewirken kann."

„Humanistischer Bullshit?", wiederholte Joy fassungslos. „Verdammt, Colin, was ist nur mit dir geschehen? Warum redest du so? Gib mir einen Grund für deine Verbitterung, gib ihn mir, bitte."

Sein Blick ging zu Boden.

„Hör zu", sagte er dann und trat abermals vor den alten Fürst. Bereits Colins Schatten bewirkte, dass der Mann am ganzen Körper zu zittern begann.

„Noch einmal von vorne", sagte Colin mit schneidender Stimme. „Meine Kollegin ist blind. Ich möchte ihr die Augen öffnen. Sie denkt, dass du ein Mensch bist, mit dem man Mitleid haben sollte. Ein Mensch, der Menschenrechte hat. Aber die hast du längst verwirkt."

Joy stand wie gelähmt daneben.

Colin blickte auf den alten Fürst herab. Er griff nicht nach der Zange. Sein Blick war Folterwerkzeug genug. „Du und deine Freunde haben den Unfalltod deiner Tochter bewusst gefälscht. Ihr habt die Lüge in die Welt gesetzt, Manuel habe den Wagen gefahren. Dabei saß er angeschnallt auf dem Beifahrersitz, als man das Auto fand. Diana war nicht angeschnallt gewesen. Sie hat sich nie angeschnallt. Deshalb wurde sie hinausgeschleudert."

Der alte Fürst stöhnte.

„Das stimmt doch, oder?", fuhr Colin ihn an. Um seiner Frage Nachdruck zu verleihen, griff er dem alten Mann ans Kinn und zog seinen Kopf nach oben.

Unverständliches Lallen.

„Deutlicher!", befahl Colin.

„Ja", sagte der Alte. Für den Bruchteil einer Sekunde huschte sein Blick zu Joy, als er leise hinzufügte: „Das stimmt."

„Na also, geht doch", sagte Colin. Seine Stimme triefte vor Zynismus. „Aber jetzt wird es interessant: Warum habt ihr das getan? Warum haben Alexander Wagner, Doktor Erwin Schädler, Thomas Decker und du den Unfallhergang bewusst verdreht?"

Der alte Fürst blickte zwischen Colin und Joy hin und her. Panik stand in seinen Augen.

„Okay", sagte Colin. „Um die Sache zu beschleunigen, fasse ich die Antwort selbst zusammen: Der Unfallwagen war tags zuvor, am 23. Dezember, bei Thomas Decker in der Werkstatt gewesen. Die alten Rechnungsbücher beweisen das. Angeblich wurde das Öl ausgetauscht. Doch du und ich wissen, dass das Schwachsinn ist. Ich frage dich also: Warum war das Auto einen Tag vor dem Unfall wirklich in der Werkstatt?"

Die Pupillen des alten Mannes weiteten sich.

„Weil der Wagen manipuliert war", antwortete Colin für ihn. „Ihr habt den Unfall nicht nur falsch erzählt, sondern auch verursacht. Der Wagen flog aus der Kurve, weil er manipuliert gewesen war. Und warum hat das niemand festgestellt, dass der Wagen manipuliert gewesen war?"

Der alte Fürst schwitzte.

„Weil Thomas Decker damals als Experte für die Polizei gearbeitet hat", antwortete Colin wieder selbst. „Decker war gut, sehr gut, deshalb hat die Polizei den Wagen bei ihm untersuchen lassen. So ein Mist aber auch. Ausgerechnet bei dem Mann, der den Wagen manipuliert hatte."

Der Brustkorb des alten Fürst hob und senkte sich. Seine Augen suchten einen Halt im Raum, doch sie fanden keinen.

Joy blickte entsetzt zu ihrem Chef. Colin schien tatsächlich auf der richtigen Spur zu sein, auch wenn alles, was er tat, falsch war.

„Hat er die Bremsen beschnitten?“, fragte Colin und griff nach der Zange.

„Bist du wahnsinnig?“, entfuhr es Joy. „Wenn du auch nur … “

„Glaub ja nicht, dass ich auf sie höre“, zischte Colin in das Ohr des alten Mannes. Dann ließ er die Zange auf und zuschnappen.

Joy bemerkte, dass dem Alten bereits ein Fingernagel fehlte.

Okay. Das reicht. Du musst handeln.

„Ja“, stöhnte der alte Fürst. „Die Bremsen.“

„Okay“, sagte Colin. Er legte die Zange wieder zurück. Das effektivste Folterwerkzeug war ohnehin Colin selbst. Seine Stimme schnitt wie Eis durch diesen Raum, in dem es heiß wie in der Hölle war: „Kommen wir jetzt zur Frage aller Fragen“, sagte er.

Der alte Fürst wimmerte.

Joy tastete nach ihrer Waffe, um sich die Illusion zu verschaffen, diesem Albtraum hier jederzeit ein Ende setzen zu können.

„Warum“, schnitt Colins Stimme wieder durch den Raum. „Warum musste deine Tochter Diana Fürst mit nur einundzwanzig Jahren sterben?“

Joys Hand zitterte. Sie wollte die Antwort hören. Sie musste es. Deshalb ließ sie die Waffe stecken. Noch nie hatte sich etwas zugleich so falsch und so richtig angefühlt, was sie tat.

„Es … ist … weil …“, setzte der alte Fürst an, doch dann verstummte er wieder.

Der Mann starrte auf den Lehmboden. Was er dort sah, musste so schrecklich sein, dass er es nicht über die Lippen bekam. Fast machte es den Eindruck, als wartete er auf die Strafe, die Colin ihm gab.

COLIN

WARUM? WARUM NUR?
DAS IST DIE FRAGE ALLER FRAGEN.

Warum?“, wiederholte Colin die Frage. „Warum musste Diana sterben?“

Der Alte starrte in ein imaginäres Loch auf dem Boden.

Colin hatte ihn gebrochen, er spürte das. Ab jetzt musste er ihn nicht mehr foltern, um Antworten zu bekommen.

„Es … ist …“, flüsterte der alte Fürst heißer. „Ich weiß es … nicht. Wirklich nicht.“

Colin fuhr sich durch die Haare. Er hatte diese Frage schon dreimal gestellt: Warum? Warum musste Diana wirklich sterben? Colin hatte dem alten Fürst einen Fingernagel abgezogen, den Schraubenzieher ins Schulterblatt gerammt und eine weitere Brandwunde zugefügt. Doch er hatte keine Antwort bekommen. War es möglich, dass dieser versoffene Sack es wirklich nicht mehr wusste?

„Du bist doch Psychologin“, knurrte Colin und blickte Joy an.

Sie starrte ihn an. Er war gespannt, wie und ob sie das hier verarbeiten würde.

„Kann eine Verdrängung so lückenlos funktionieren, dass sich ein Täter wirklich an nichts mehr erinnert?“, fragte Colin.

Ihre Blicke gingen hin und her. Sie schien nach einer Lösung zu suchen, die es nicht gab. „Alkohol“, antwortete Joy verwirrt. „Drogen. Eine übergroße Schuld. Ein aufgeblähtes Selbstwertgefühl. Schon möglich, dass das zu einer Art Traumatisierung des Täters führt und der sich an nichts erinnert.“ Dann sah sie Colin an und fügte ruhig hinzu: „Alles ist möglich.“

„Hast du gehört, was die Frau gesagt hat?“, fragte Colin den alten Fürst. „Du bist ein traumatisierter Täter.“

Der alte Fürst zitterte. Sein Zittern wirkte empört.

„Der Mitwisser einer Tat ist dem Täter gleichzustellen“, sagte Colin. Er wollte, dass dieser versoffene Sack endlich verstand, um was es ging. So einfach würde er nicht davonkommen. „Und wenn der Mitwisser die Tat hätte verhindern können, ist er nicht nur wie ein Täter zu behandeln, sondern er ist ein Täter.“

„Ich … es … weiß nichts“, stammelte der Alte zäh.

„Okay“, sagte Colin. Er nahm eine Flasche Wasser und schüttete sie dem alten Fürst über den Kopf. „Hör mir zu. Ich will, dass du es verstehst. Ich will, dass du dich erinnerst.“

Der alte Fürst rang nach Atem. Das Wasser triefte ihm über das Gesicht.

„Ich sage dir jetzt, warum Diana sterben musste.“ Colin ging leicht in die Knie, um dem alten Mann in die Augen blicken zu können. „Alexander Wagner hat Diana vergewaltigt, seit sie vierzehn war. Immer, wenn sie zum Babysitten kam, und Elena nicht zu Hause war, hat er das Mädchen vergewaltigt. Er dachte wohl, es machte ihr Spaß."

Colin spürte, wie ein Ruck durch Joys Körper ging, doch er sah sie nicht an. Er fixierte den alten Fürst, dessen Augen zu großen, runden Fischaugen geworden waren.

„Deine Tochter hat sich dir anvertraut", fuhr er fort. „Doch du hast ihr nicht geglaubt."

Die Augen des alten Fürst wurden seltsam glatt und weit. Colin hatte das Gefühl, der Alte blickte in die Vergangenheit.

„Vielleicht hast du ihr auch geglaubt", sagte Colin. „Aber du hast es nicht ernst genommen. Ein Kavaliersdelikt nannte man das damals, was?"

Der Geruch von verbranntem Fleisch drang wieder in seine Nase.

„Das Schlimmste, was ein erwachsener Mann einem Mädchen antun kann, wurde damals als Kavaliersdelikt abgetan", fuhr Colin fort. „Was für eine beschissene Zeit war das nur? Diana hat dich, ihren Vater, um Hilfe gebeten, doch du sagtest ihr, sie solle sich nicht so anstellen."

Der alte Mann sah ihn an. Doch wieder hatte Colin das Gefühl, dass er in die Vergangenheit blickte. War es wirklich das erste Mal, dass er die Bilder von damals wieder vor sich sah? War es möglich, dass er das Gespräch mit seiner Tochter so gut verdrängt hatte?

„Der *Goldene Löwe* lief gut. Doch du hattest noch nie ein Händchen fürs Finanzielle. Das Grundstück, auf dem die Wirtschaft stand, gehörte dir nicht. Die Miete verschlang einen großen Teil der Einnahmen. Als Diana sechzehn war, da hat dir Alexander Wagner das Grundstück überschrieben. Nach Dianas Tod hast du ein weiteres Grundstück erhalten, dieses hier. Auch das Grundstück, auf dem sein Sohn heute sein Haus gebaut hat, ist ein Pachtgrundstück von Alexander Wagner."

Die Pupillen des alten Manns rasten wie in einer REM-Phase im Traum. Der Film, den er sah, schien immer schneller zu laufen.

„Deshalb musste Diana sterben", sagte Colin. „Weil du Vorteile aus der Verbindung deiner Tochter zu einem der reichsten Männer im Dorf gesehen hast. Weil du Frauen noch nie ernst genommen hast. Weil du deine eigene Frau wahrscheinlich selbst zig mal vergewaltigt hast. Die sollen sich halt nicht so anstellen! Das war doch Pflicht in der Ehe, oder? Ein Kavaliersdelikt!"

Colin nahm etwas Abstand, bevor er hinzufügte: „Doch Diana war stärker als ihre Mutter. Sie hat euch gedroht. Mit nur einundzwanzig Jahren war sie zu einer Bombe geworden, die jederzeit hätte hochgehen können."

Der alte Fürst gab seltsame Geräusche von sich.

„Nein, du wolltest nicht, dass deine Tochter stirbt", sagte Colin. „Aber es ist besser, eine tote Tochter zu haben, als eine lebende, die einen hasst."

Joy hatte sich die ganze Zeit über nicht bewegt.

„Sieh mich an, du Schwein!", zischte Colin.

Der alte Fürst hob den Blick.

Jetzt war er endlich dort angekommen, wo er hingehörte.

In der Hölle.

Schweigen. Das Feuer war erloschen. Nur die Glut war noch da.

„Weißt du, was seltsam ist?“, fragte Colin den Alten. „Von den vier Arschlöchern, die damals Schwandorf regiert haben, ist nur noch eines am Leben. Und das sitzt vor mir.“

Wieder der weite, glatte Blick des Vergessens.

„Du hast Alexander ermordet!“ Colin sagte das auf gut Glück hin. Er glaubte es selbst nicht.

„Das habe ich nicht“, stöhnte der ehemalige Wirt matt. Sein geweiteter Blick fuhr im Raum umher. Dann fragte er: „Hast du den Film auf meinem Handy nicht … gesehen?“

Colin stutzte. Er hatte dem Alten sein Handy bereits zwei Stunden vorher abgenommen, aber noch keine Zeit gefunden, es zu untersuchen. Jetzt griff er in seine Jacke und zog es hervor. Wie vermutet hatte der alte Fürst sein Smartphone nicht gesichert. Colin öffnet die Videos und klickte auf den Film, der zuletzt dort gespeichert worden war.

„Fuck!“

Colin spielte das Video immer und immer wieder ab. Es zeigte die blonde Frau, die vor Alexander kniete und ihn oral befriedigte. Mit beiden Händen griff er in ihre Haare und schob ihren Kopf vor und zurück. Irgendwann wechselten sie die Position und trieben es in der Missionarsstellung. Mitten im Maisfeld.

Nur aus dem Augenwinkel registrierte Colin, wie Joy dem alten Fürst die Handschellen löste und etwas zu trinken gab.

„Was ist das?“, hörte er Joys Stimme neben sich.

Erst jetzt blickte er sie an. Stumm reichte er ihr das Handy.

Joy starrte auf das Video. Der alte Fürst saß auf einer Bank, ein altes Handtuch über seine Blöße gelegt, sein Blick ging ins Nichts.

„Bisher ist es nur eine Wichsvorlage“, sagte Colin.

Doch dann traten drei Männer aus dem Dickicht des Maisfelds. Es waren Johannes Decker, Martin Fürst und Niko Schädler. Die Dorfcombo. Als Alexander Wagner sich umdrehte, erhielt er den ersten Schlag ins Gesicht. Die Frau packte ihre Sachen zusammen und rannte davon, während Alexander einen zweiten und dritten Schlag abbekam.

„Die Dorfcombo?“, fragte Joy entsetzt.

Doch der Film ging weiter. Plötzlich hielten die drei Männer inne und drehten sich um. Sie blickten leicht schräg an der Kamera vorbei auf etwas, das aus dem Maisfeld trat. Der schwarze Schatten eines Rückens war zu erkennen – außerdem der Schatten einer Sichel. Die drei Männer verschwanden. Auch der alte Fürst, der im Maisfeld versteckt die Szene gefilmt hatte, verschwand. Das Video zeigte noch ein paar Blätter auf dem Boden, dann stoppte es.

„Sie haben uns verarscht“, rief Colin wütend. „Das ganze Dorf hat uns verarscht.“

Dann zog er seine Waffe und drückte die Mündung dem alten Fürst ins Genick. Der Mann saß da wie ein Hase, der auf seinen Tod wartete. Er wehrte sich nicht mehr. Geduckt nahm er alles hin, was ihm widerfuhr.

Der Mann ist gebrochen.

Doch nicht er, Colin, hatte ihn gebrochen, sondern die Erinnerung.

„Die Dorfcombo weiß, wer der Mörder ist. Wahrscheinlich weiß es das ganze verfickte Dorf. Und kein Schwein sagt es uns." Colin drückte die Waffe tiefer in den Nacken des alten Fürst.

„Hör sofort auf!" Joy zog ihre Waffe und richtete sie gegen Colin.

Überrascht sah er sie an.

Langsam kam sie auf ihn zu und sagte mit ruhiger Stimme: „Ich befehle dir, aufzuhören." Ihre Augen glühten vor Entschlossenheit. Trotzdem wusste Colin, dass sie niemals auf ihn schießen würde.

Niemals?

Joy entsicherte ihre Waffe.

Colin schmiss das Eisen auf den Boden.

Dann ging er in den Hof hinaus und atmete die frische Luft. Der Hof lag verlassen vor ihm. Wenn Joy nicht gewesen wäre, hätte er Baldur Fürst umgebracht. Er hätte es getan. Und das nicht, weil er ihn einem höheren Ziel geopfert hätte, sondern allein deshalb, um seine eigene Wut zu befriedigen. Es ging um Rache, seine ganz persönliche, private Rache. Diese Erkenntnis öffnete einen Abgrund in seiner Brust, den er all die Jahre versucht hatte, verschlossen zu halten.

JOY

Willst du die anderen verstehn,
blick in dein eigenes Herz.

Es tut mir leid, dass ich so spät komme“, keuchte Joy.

Jeder Atemzug stach in ihrer Brust. Ihre Lunge nahm es ihr übel, dass sie über eine Stunde in der Hölle verbracht hatte. In ihrem Brustkorb fühlte sich alles enger an als sonst. Es war Samstagabend, kurz vor halb sieben. Um fünf hätte sie Milan bei Karina abholen sollen, doch Colin hatte es geschafft, dass sie ihren Sohn vergessen hatte.

Mit Folter. Mit einem Abgrund, der keinen Himmel mehr spiegelt.

Joy konnte immer noch nicht glauben, was passiert war. Schwer atmend stand sie in der Tür, die ins Wohnzimmer der Tagesmutter führte, und blickte mit immer noch vor Entsetzen geweiteten Augen hinein. Die Szene, die sich auf dem Teppichboden abspielte, war ein derartiges Kontrastprogramm zu der Hölle, aus der sie kam, dass ihr unwillkürlich die Tränen in die Augen stiegen: Ihr Sohn saß mit einem anderen kleinen Jungen auf dem Boden und spielte mit einer Eisenbahn.

„Mama!“, rief Milan lachend, als er sie sah. Dann drehte er sich wieder um und machte: „Tschutschu.“ Daraufhin bewegte er eine Lokomotive durch einen Tunnel aus Pappmache.

Joy taumelte. Sie musste sich am Holzrahmen festhalten.

„Was ist denn mit dir los?“, fragte Karina. „Ist doch nicht so schlimm, dass du zu spät bist, ich habe eh noch ein zweites Kind hier.“

Statt einer Antwort begann Joy zu zittern. Jetzt, da alles vorbei war, löste sich die Anspannung.

„Ich hole uns ein Bier“, entschied Karina. „Und du setzt dich erst mal.“ Sie deutete mit einer Kopfbewegung auf die Bank hinaus. „Eine Pause wird dir guttun.“

Joy nickte. Es tat gut, hier zu sein. Obwohl sie Karina erst ein paar Tage kannte, fühlte sich die Nähe so vertraut an, als hätten sie bereits die Schulzeit zusammen verbracht.

Für einen Moment kniete sich Joy neben ihren Sohn auf den Teppich und streichelte ihm über die weichen Locken. „Na“, sagte sie. „Geht’s dir gut, mein Schatz?“ Sie musste sich zusammenreißen, um nicht zu weinen.

„Will noch spielen!“, rief Milan mit seiner hellen Kinderstimme.

„Okay“, entgegnete sie. „Noch zehn Minuten, dann gehen wir.“

Joy trat auf die Terrasse hinaus. Ein Sonnenstrahl traf sie mitten ins Gesicht. Sie atmete die laue Abendluft ein und vertraute darauf, dass jeder Atemzug ihre Lunge weiten würde. Für einen Moment schloss sie die Augen und fühlte das goldene Licht, das die Welt in ihr zu einem Raum der

Fülle machte. *Ja. Vertrau auf das Leben, Baby. Es kann dir grausame Wunden schlagen, aber es heilt sie auch wieder.* Joy atmete tief ein, dann öffnete sie ihre Augen. Ein Schmetterling flatterte herum.

Noch einmal atmete sie tief ein.

Was für ein schöner Sommerabend das doch war, die Bienen summten, die Kinder spielten – und Karina holte ein Bier. Zwei Gärten weiter grillten die Nachbarn. Der Geruch von verbranntem Fleisch verursachte ihr Übelkeit. Joy setzte sich auf die Bank und starrte vor sich hin, bis Karina ihr das Bier in die Hand drückte.

„Danke", sagte sie, löste den Verschluss und stieß mit der jungen Frau an. „Prost!" Joy blickte in den blauen Himmel hinauf, an dem ein großer Vogel seine Runden zog.

„War es so schlimm heute?", fragte Karina.

Joy nickte.

„Habt ihr den Mörder jetzt?"

„Die Beweise haben sich verdichtet", antwortete Joy ausweichend. Sollte die Auswertung des Handy-Films ergeben, dass der Rücken zu Manuel gehörte, wäre der Fall endgültig klar. Dann würden sie Manuel heute oder morgen noch in Untersuchungshaft bringen. Joy drehte den Kopf zu der Frau, die ihr so offen begegnete, und sagte: „Weißt du, wer es war?"

Karinas braune Augen bohrten sich in ihre, dann sagte sie: „Wissen natürlich nicht. Aber …"

„Aber?" Joy legte den Kopf schief.

„Der alte Wagner hat seinen behinderten Sohn immer schlecht behandelt", fuhr Karina fort. „Das gefiel nicht allen im Dorf. Doch der alte Wagner war halt der Chef. Ein

Patriarch, wie er im Buche stand. Das halbe Dorf war damals finanziell von ihm abhängig, die Männer duckten sich, die Frauen auch.“ Sie schüttelte den Kopf. „Niemand hat sich getraut, gegen ihn vorzugehen. Manuel wurde ins Heim gesteckt, anscheinend, weil er gefährlich war. Anscheinend, weil er Schuld hatte. Doch es gab Gerüchte.“

Joy nahm einen Schluck Bier.

„Und dann taucht Manuel nach fünfzehn Jahren plötzlich wieder in Schwandorf auf“, sagte Karina, nahm ebenfalls einen Schluck Bier und fügte hinzu: „Also ich meine, auf dem Konzert. Es gab Streit – und am nächsten Tag ist der Vater tot. Da ist doch klar, wer es war, oder?“

Der Schmetterling flatterte über die Hecke.

„Vermutest du es?“, fragte Joy und bohrte ihren Blick in Karinas Augen. „Oder weißt du es?“

Karina wich ihrem Blick aus.

„Okay“, sagte Joy. „Verstehe. Hast du das Video gesehen?“

Karina schlug die Augen nieder.

„Das bedeutete ja, oder?“, fragte Joy.

Karina nickte. „Die Jungs haben es mir weitergeleitet“, sagte sie schließlich. „Sie wollten meine Einschätzung dazu hören.“

„Und wie kam Martin an den Film?“

„Er hat seinem Vater das Handy abgenommen“, sagte sie und zuckte mit den Schultern. „Gleich im Maisfeld. Pech war nur, dass der alte Fürst es sich wieder geholt hatte, Martin vermutet im *Baldachin*. Dort hatte Martin das Handy seines Vaters nämlich gelagert.“

Schweigen.

„Was ist eigentlich mit deinem Vater?", fragte Joy schließlich. „Deinem Vater gehörte doch früher die Autowerkstatt, oder? Wie ist er gestorben?"

„Das war vor sechs Jahren", sagte Karina. „Im Februar. Draußen war es eiskalt, die Straßen waren glatt. Mein Vater fuhr viel zu schnell und war vermutlich betrunken, leider keine Seltenheit. In der Kurve vor Schwandorf passierte es dann, er geriet auf die andere Straßenseite, prallte gegen einen Laster und war sofort tot."

„Ein Verkehrsunfall." Joy blickte nachdenklich über das grüne Gras. „Passierte es in derselben Kurve, in der auch Diana verunglückte?"

Statt einer Antwort nahm Karina einen Schluck Bier. Dann fragte sie mit brüchiger Stimme: „Warum fragst du das?"

Joy blickte der jungen Frau ins Gesicht. „Ich glaube, im Mordfall Alexander Wagner will sich jemand nicht nur an seinem eigenen Vater rächen. Sondern an allen Vätern. Weil sie ihre Machtstellung damals mit Gewalt und Verbrechen untermauert haben." Joy blickte in den Himmel hinauf, an dem der Bussard stillzustehen schien. Dann nahm sie einen Schluck Bier. „Sag mal, Karina."

„Hm?"

„Könnte es sein, dass dein Vater da auch mit drinhing? Dass er etwas mit dem Tod von Diana Fürst zu tun hat?"

„Mein Vater?" Karina trank. „Mein Vater war nicht so wie die anderen Väter. Das heißt, er war es nur zum Teil. Auf der einen Seite war er so, wie Männer der Nachkriegsgeneration halt waren, schweigsam, verstockt. Ein Patriarch." Sie trank wieder. „Auf der anderen Seite war er durchaus sensibel, beinahe feminin. Er war auch immer wieder wegen Depressionen in Behandlung gewesen. Ich habe gespürt, dass er wegen der Sache mit Diana Fürst litt. Immer wieder habe ich versucht, mit ihm darüber zu reden, doch das war hoffnungslos.“ Sie nahm noch einen Schluck Bier und rülpste, ohne sich dafür zu entschuldigen.

Joy sah sie an. Es war eine kleine Geste des Widerstands.

„Den Kampf gegen die Zeit kannst du nicht mit Schweigen und Härte gewinnen“, fuhr Karina fort. „Selbst hier auf dem Dorf geht das nicht mehr. Das ist vorbei. Da musst du schon mehr auf dem Kasten haben.“

Joy sah die junge Frau von der Seite an. Sie hatte ein wunderschönes Profil.

„Letztlich ist ja klar, was mein Vater getan haben könnte, hätte er etwas getan“, fuhr Karina fort, ohne Joy anzusehen. „Er könnte das Polizeigutachten manipuliert haben. Er hat den Unfallwagen ja untersucht.“

„Vermutest du das? Oder weißt du es?“

„Mein Bruder und ich“, sagte sie, „wir sind uns da ziemlich sicher. Mein Vater hat damals Teile des Unfallwagens nicht verkauft, wie er es sonst getan hat, sondern in die Schrottpresse gegeben.“

Joy nickte.

„Möglich, dass der Tod meines Vaters kein Unfall war“, sagte Karina. „Vielleicht hat er sich umgebracht.“ Sie zuckte zusammen, als Kinderlachen aus dem Wohnzimmer drang. „Bevor es passierte, also bevor mein Vater mit dem Lastwagen kollidierte, da war er bei Baldur Fürst“, fuhr Karina nachdenklich fort. „Ich denke, die beiden haben über Diana gesprochen.“

„Aber er hat keinen Abschiedsbrief hinterlassen?“, fragte Joy.

„Angeblich nicht“, erwiderte Karina mit einem schmerzlichen Zug um den Mund. „Und wenn, dann hätte meine Mutter ihn niemand gezeigt.“ Ihre Lippen zitterten, als sie lächelnd hinzufügte: „Aber so ist das halt. Ich verurteile weder meinen Vater noch meine Mutter. Der einzige Mensch, den du verändern kannst, bist du selbst.“

„Warst du mal in Therapie?“, fragte Joy und führte die Bierflasche an ihre Lippen.

Karina drehte den Kopf zu ihr. „Klingt so, hm?“

Beide Frauen lachten.

„Dianas Unfall“, kam Joy wieder auf das Thema. „Was wusstet ihr Kinder darüber?“

„Nichts“, sagte Karina. „Tatsächlich nichts. Die Erwachsenen haben selbst untereinander ja kaum darüber gesprochen, nur Andeutungen, mehr nicht. Mit uns hat erst recht niemand Tacheles gesprochen. Nur die üblichen Floskeln.“ Sie trank. „Aber ich habe immer gespürt, dass da etwas nicht stimmte. Wir Kinder haben es alle gespürt.“

„Was meinst du?“

Beide führten gleichzeitig die Bierflasche an ihre Lippen, tranken, stellten sie wieder ab und ließen die Stille nachwirken.

„Die versteinerte Miene meines Vaters“, sagte Karina schließlich, „damals, nachdem er mit dem Unfallfahrzeug zurückkam, die hat mir gesagt, dass etwas nicht stimmt. Auch diese eigenartige Unruhe in der Kirche, nachdem der Pfarrer an Heiligabend meinte, Gottes Wege wären unergründbar.“ Sie trank. „Ich erinnere mich auch daran, wie Dianas Vater seine Frau auf Dianas Beerdigung in den

Arm nehmen wollte. Doch sie hat sich weggedreht. Ich habe ganz deutlich gespürt, dass sie ihren Mann hasste, dass sie ihn einfach nicht mehr ertrug, auch wenn sie bei ihm blieb."

Joy nickte.

„Es gab noch viel mehr so Sachen", fuhr Karina nachdenklich fort. „Als Kind verstehst du es nicht wirklich. Du merkst nur, dass etwas nicht stimmt. Dass die Erwachsenen nicht ganz stimmig sind, aber auch nicht ganz falsch. Du merkst, dass die Erwachsenen Schauspieler sind, aber nicht aus der Lust heraus, zu spielen. Nein, sie tun es aus Angst. Du spürst die Fassade. Aber dann wirst du älter und denkst, vielleicht liegst ja auch *du* falsch mit deinem Gefühl. Das ist es doch, was sie dir beibringen: Du liegst falsch! Und irgendwann wird halt die Fassade Teil deines Lebens. Irgendwann akzeptierst du das Schweigen, weil es letztlich im Alltag der bequemere Weg ist. Weil du erschöpft bist und es anstrengend ist, dein kleines Leben zu bewältigen."

Joy drehte sich zu Milan um, der noch immer spielte.

„Ich weiß, was du meinst", sagte sie dann zu Karina. „Aber du liegst nicht falsch. Du bist richtig."

Karina blickte sie aus tiefen, klugen Augen an.

„Du bist hochintelligent und zudem sensibel", fuhr Joy fort. „Und du hast als Kind genau das gespürt, was sie zu verbergen versucht haben." Sie schwenkte ihr Bier. „Der alte Fürst hat vorhin endlich … die Wahrheit … gestanden."

„Er hat gestanden?"

Joy nickte. Sie schwenkte die Bierflasche und trank den letzten Schluck Bier.

„Bitte, sag es mir“, flehte Karina.

Joy sah die junge Frau an. Morgen würde es ohnehin das ganze Dorf wissen. Also erzählte sie, was in den letzten beiden Stunden aus dem alten Fürst herausgebrochen worden war. Sie erzählte davon, dass auch Karinas Vater Teil der finsteren Machenschaften gewesen war, durch welche sich die Männer die Macht in Schwandorf gesichert hatten. Dass auch Karinas Vater Schuld am Tod von Diana Fürst hatte, indem er das Auto manipuliert und danach geschwiegen hatte. Sie erzählte von der Vergewaltigung und von den Grundstücken, von den gefälschten Gutachten und von Geschäften, die unter der Hand abgewickelt worden waren.

Karina hörte aufmerksam zu. Ihre Reaktionen fielen weniger emotional aus, als Joy erwartet hatte. „So ein Arsch“, sagte sie nur. Oder: „Ich wusste es.“ Oder: „Krass.“ Als es um ihren Vater ging, sagte sie: „Oh mein Gott. Was muss er gelitten haben. Mein Vater war eigentlich nicht so.“

Und dann fragte sie: „Noch ein Bier?“

Während Karina noch ein Bier holte, blickte Joy wieder in den Abend hinein. Mit jedem Wort hatte sie sich von der Last befreit, die ihre Lunge zusammengedrückt hatte. Mit jedem Wort war es weiter in ihr geworden. Nur von der Folter hatte sie nichts erzählt. Darüber wollte sie zuerst mit Colin sprechen. Nach diesem Vorfall konnte er nicht so weitermachen wie bisher, auch wenn der alte Fürst ihn wahrscheinlich nicht anzeigen würde. Baldur Fürst war endgültig zum Zombie geworden. Am Ende hatte er sich von Joy seine Hose und sein Hemd überziehen lassen wie eine Puppe. Nachdem sie auf den Hof hinausgetreten waren, war er freiwillig zu Colin ins Auto gestiegen, damit er ihn in Untersuchungshaft bringen konnte.

So absurd das klang, Joy hatte das Gefühl, als hätte Baldur Fürst auf jemanden wie Colin gewartet, der ihn bestrafte.

SECHZEHN WOCHEN SPÄTER

SEPTEMBER

HENRY

Du hast fliegen gelernt?
Dann breche ich dir die Flügel.

Henry starrte ungläubig auf das Display seines Handys. Seine Frau hatte ihm eine Nachricht geschickt! Seine Frau, die sich seit anderthalb Jahren nicht mehr bei ihm gemeldet hatte, schickte ihm einfach so eine Nachricht! Seine Frau, die ihm erklärt hatte, dass sie mit diesem Waschlappen von Milchgesicht glücklich werden wollte – irgendwo in der hintersten Provinz Süddeutschlands.

Seine Frau?

Natürlich. Joy war seine Frau, auch wenn sie sich von ihm hatte scheiden lassen. Seine Frau, die leider in eine psychiatrische Anstalt gehörte – und er würde schon noch dafür sorgen, dass sie dorthin kam. Zu ihrem eigenen Schutz.

„Mister Kissinger?“, sagte jemand. „Sir?“

Henry blickte auf. Er saß in der ersten Reihe eines großen Saales zwischen Männern in grauen und blauen Anzügen, die alle ein Glas Wasser und ein Mikrofon vor sich hatten.

„It’s your turn“, sagte der Moderator. „Your assessment please.“

Henry Kissinger befand sich auf einer Konferenz über Internationale Sicherheit. Normalerweise las er in so einer hochkarätig besetzten Runde keine WhatsApp-Nachrichten. Es sei denn, der Absender hieß Joy und schaffte es noch immer, ihn zur Weißglut zu treiben.

Alle sahen ihn erwartungsvoll an.

Notgedrungen steckte er das Handy zurück in die Tasche und begann, über den Terrorismus als politische Bewegung zu reden. Er tat seine Meinung eindeutig kund, nur ein harter Kurs der Nulltoleranz, untermauert durch militärische Interventionen, konnten die westliche Welt vor Gewalt und Terror schützen.

„Only that can protect us!“, betonte er, und schlug dabei auf den Tisch.

Zehn Minuten sollte seine Einschätzung dauern, nach neun Minuten und fünfundvierzig Sekunden sagte er: „Thank you! This was Henry Kissinger from Germany, Berlin.“

Ein paar Männer klatschten, andere stellten die üblichen Fragen.

Henry gab routinierte Antworten und lehnte sich entspannt zurück, als der Moderator zu einem längeren Co-Referat ansetzte. Abwesend blickte er in das bebrillte Gesicht des Moderators, das aussah wie so viele Gesichter um ihn herum. Warum meldete sich Joy jetzt plötzlich? Seit sie aus Berlin weggezogen war, bestrafte er sie mit Kontaktverweigerung. Keine Kommunikation. Sie würde schon sehen, was sie davon hatte. Anfang des Jahres hatte sie ihn ein paar Mal angeschrieben, weil sie etwas von ihm gewollt hatte, irgendeine Vase, die kleine Kommode oder ein klärendes Gespräch. Doch er hatte nicht geantwortet. *Silent Treatment* nannte man dieses Vorgehen in der strategischen Kriegsführung, das früher oder später zum Ziel führte.

Denn natürlich hatte er nichts vergessen. Am allerwenigsten sie.

Henry zog das Handy aus der Tasche und legte es in seinen Schoß.

Die letzten Monate hatte er im Ausland verbringen müssen, weil man ihn nach Washington abberufen hatte. Von dort war er direkt nach Rom gewechselt, ein Karriereschritt, der notwendig gewesen war. Deshalb hatte er sich nicht so um Joy kümmern können, wie es ihr gebührt hätte. Vielleicht war sein Rückzug aber auch gut gewesen, die Zeit arbeitete für ihn.

Als der nächste Redner, ein verblendeter Friedenspolitiker aus Schweden, seine naive Weltsicht zum Besten gab, nahm er das Handy auf und öffnete den Messenger. Joy hatte ein neues Profilbild, es zeigte zwei Vögel, die oben am Himmel ihre Runden zogen. Wollte sie damit etwa sagen, dass sie sich frei fühlte?

Henry stutzte, als er die Nachricht las:

Grüße von Kronos, stand da. *Wenn der erste Schnee fällt, kehre ich zurück.*

Seltsam. Grüße von Kronos?

„I do not share your opinion in that point, Mr. Kissinger", sagte das schwedische Weichei.

Henry nickte dem Schweden lächelnd zu, bevor er sich in Gedanken wieder Joy widmete.

Kronos war ein Held aus der griechischen Mythologie, doch welcher nochmal? Für Joy, wusste Henry, stand jede

Figur aus der griechischen Mythologie für einen bestimmten Verbrechertyp, aus denen sie ein ganzes System der Täteranalyse entwickelt hatte. *Der Mythos und das Verbrechen.* Jahrelang hatte Joy an diesem Buch geschrieben. Wenn er nach Hause gekommen war, hatte sie immer noch an ihrem Schreibtisch gesessen, die Stirn konzentriert in Falten gelegt. Anfangs hatte sie ihm noch einzelne Passagen vorgelesen und ihn um seinen Rat gebeten, doch irgendwann hatte sie ihn nichts mehr gefragt. Joy konnte einfach nicht mit Kritik umgehen. Wenn sie auf ihn gehört hätte, hätte sie das Projekt einfach begraben. Doch sie hatte sich immer weiter verstiegen in diesen Wust aus Worten und Sätzen, den sie nicht mehr hatte bewältigen können. Ihr fehlte es eben an Kraft.

Grüße von Kronos. Was sollte das bedeuten?

Der Gestus dieser Nachricht war eine Drohung. Er hatte schon unzählige Drohschreiben in seinem Leben erhalten, da entwickelte man ein Gespür für solche Sachen. Henry packte seine Mappe und stand plötzlich auf. Er nickte dem Moderator entschuldigend zu, zeigte auf sein Handy und verließ den Saal. Sollte man seinen Abgang ruhig als Protest gegen das Appeasement betrachten, ihm war es egal.

Henry ging schnurstracks in sein Büro, klappte den Laptop auf und öffnete die Suchmaschine. Er gab *Kronos* und *Verbrechen* ein.

Seine Vermutung war also richtig gewesen.

Sofort kamen mehrere Artikel über einen spektakulären Mord, der sich in der Nacht vom 29. auf den 30. Mai in einer kleinen Gemeinde namens Schwandorf in der süddeutschen Provinz ereignet hatte. *Vater-Sohn-Konflikt … sichelähnliche Tatwaffe … entmannt … auf einem Acker in der*

Nähe von Schwandorf … der behinderte Sohn litt an Trisomie 21 … Rache … Hauptkommissar Colin Westheim und sein Team … die Kriminalpsychologin Josefine Miller fungierte als Gutachterin in dem Prozess, der am Landgericht Ravensburg eröffnet wurde …

Henry sah zum Fenster hinaus. Der Blick von seinem Büro ging direkt auf den Berliner Reichstag, die Glaskuppel wurde von einer milden Septembersonne beschienen. Joy hatte also tatsächlich einen neuen Job da unten gefunden. Dabei hatte er in ihrer Personalakte einen eindeutigen Vermerk hinterlassen, der klarmachte, dass diese Person für den polizeilichen Dienst nicht mehr tauglich sei! Normalerweise hätte sie mit diesem Vermerk keine Stelle bekommen dürfen. Welcher Verantwortliche hatte sich über seinen Vermerk einfach so hinweggesetzt? Henry googelte. In einem Artikel wurde Joy als Mitarbeiterin des Kriminalkommissariats Sigmaringen bezeichnet, Schwerpunkt Kriminalpsychologie. Da war auch ein Foto von ihr.

Er starrte darauf. *Joy.* Dieser Schwung ihrer Augenbrauen, die leicht geöffneten Lippen, dieses Leuchten.

Henry fasste sich an den Magen.

Er hatte sich in den letzten Monaten mit vielen schönen Frauen getroffen, auch mit deutlich jüngeren, doch keine von ihnen hatte Joys Klasse. Wie Püppchen redeten sie ihm nach dem Munde und langweilten ihn mit ihrer bedeutungslosen Schönheit. Keine von ihnen war eine Herausforderung gewesen. Keine von ihnen hatte diese Gefühle in ihm geweckt, wie Joy das getan hatte.

Sigmaringen? Was war das für eine Stadt? Das sagte ihm nichts. Wieder googelte er.

Sigmaringen ist eine baden-württembergische Kreisstadt an der oberen Donau und nach Bad Saulgau die zweitgrößte Stadt im

Landkreis Sigmaringen … das Stadtbild ist vom Hohenzollernschloss und den vielen Bauten aus der fürstlichen Residenzzeit geprägt … eine gute Stunde Fahrt vom Flughafen Stuttgart …

Das Kriminalkommissariat in Sigmaringen hatte nicht mal einen eigenen Internetauftritt. Die übergeordnete Dienststelle war das Polizeipräsidium in Konstanz, doch auch dort fand Henry keine Informationen über Sigmaringen. Meine liebe Joy, dachte er schmunzelnd, abgetaucht im Bermudadreieck. Allerdings kostete es ihn nur zwei Anrufe und er hatte das entsprechende Material in seinem E-Mail-Postfach: Hauptkommissar Colin Westheim war nicht nur der Leiter der Sonderkommission *Kronos* gewesen, sondern er war auch der Leiter des Kriminalkommissariats in Sigmaringen. Colin Westheim hatte Joy also eingestellt und sich damit bewusst über einen Aktenvermerk hinweggesetzt, der vom Geheimdienst kam.

Henry betrachtete den Mann.

Markantes Kinn, Dreitagebart, trotzige Augenbrauen und der Blick eines Wolfs. Ein Einzelgänger. In Hamburg hatten sie ihn aufgrund von „illoyalem Verhalten" geschasst. Ein Rebell. Ein Wolf.

Ein Feind.

Steckte Joys Chef etwa hinter dieser Nachricht? Wollte er Henry damit zeigen, dass Joy fortan unter seinem Schutz stand? Dass er, Henry, sich in Acht nehmen sollte? Vor Kronos oder was? Henry lachte.

Henry hatte nicht einmal einen Sohn.

Joy hatte das Kind damals abtreiben lassen, weil sie viel zu jung gewesen war. Natürlich hatte er sich nicht vor seiner Verantwortung gedrückt und sie in ihrem Plan unterstützt. Es war ihr Leben und sie sollte entscheiden, wie sie es führen wollte. Außerdem wollte er nicht, dass seine Frau sich den ganzen Tag um ein Kind kümmern musste. Sie sollte ihre Aufmerksamkeit auf ihn richten können.

Noch einmal zog er das Handy heraus und betrachtete die beiden Vögel in ihrem Profilbild. *Du willst fliegen? Du denkst, du kannst frei sein? Dann breche ich dir die Flügel.*

Es klopfte.

„Herr Kissinger." Seine Sekretärin streckte ihren Kopf herein. „Ich soll Sie an das Exposee erinnern."

„Exposee?"

„Für den Vortrag morgen."

„Morgen?"

Frau Strasse hatte ihr neutrales Gesicht aufgesetzt. „Um elf in der italienischen Botschaft. Zum Thema: Die Gefahr aus dem Mittelmeer."

„Richtig", erwiderte er versonnen. „Sagen Sie den Vortrag bitte ab."

Ihre Miene veränderte sich nicht, doch sie blieb in der Tür stehen, als wartete sie auf eine Erklärung.

„Ich muss morgen nach Stuttgart runter", fügte er freundlich hinzu. „Der Termin kam erst grad rein. Höchste Dringlichkeit. Alles Weitere muss geheim bleiben. Nicht einmal mit Ihnen darf ich darüber sprechen. Sie verstehen."

JOY

KURZ VOR DER LÖSUNG
WIEDER BEI NULL.

Schatz, wir gehen jetzt“, rief Bela aus dem Hausflur.

„Vergiss die Mütze für Milan nicht“, antwortete Joy. Sie saß an ihrem Schreibtisch und hatte eben den Brieföffner zur Hand genommen, als die Stimme ihres Mannes abermals erklang: „Welche Mütze?“

Joy legte den Brieföffner zur Seite, erhob sich und trat in den Flur hinaus. Milan stand bereits fertig angezogen in seiner Jacke und der Matschhose da, in der Hand hielt er einen selbstgebastelten Drachen. Nur die Mütze fehlte.

„Mama!“ rief er bei ihrem Anblick. „Mama kommt mit!“

„Tut mir leid, mein Schatz“, erwiderte Joy und küsste ihren Sohn auf die Pausbäckchen. „Mama muss noch was arbeiten.“

Pirat stand an der Haustür und wedelte erwartungsvoll mit dem Schwanz. Bela kramte in der Schublade, in der normalerweise die Mützen lagen.

„Lass mich mal", sagte Joy. Mit einem Handgriff zog sie die passende Mütze hervor und setzte sie ihrem Sohn auf, der sofort daran zu zerren begann.

„Er soll sie aufbehalten", sagte Joy zu Bela, „sonst bekommt er noch Ohrenweh." Sie umarmte ihren Mann, gab ihm einen Kuss auf die Wange und fügte hinzu: „Viel Spaß."

Die beiden stiefelten hinaus, Pirat war längst davongefegt.

Es war Samstagmittag, ein schöner Herbsttag, an dem der Wind stärker blies als an den Tagen zuvor. Die ersten Blätter der Bäume färbten sich orange, die Sonne brachte sie zum Leuchten. Das Mühlental bot auch im Herbst einen unvergleichlichen Anblick. Es wirkte reifer als im Frühjahr, auch tiefer, aber genauso wunderbar.

Du bist reifer geworden, Baby, tiefer.

Joy ging in die Küche, um sich einen Tee aufzugießen.

Während das Wasser im Wasserkocher zu brodeln begann, blickte sie zum Fenster hinaus. Bela und Milan stapften am Bach entlang auf der Suche nach einem geeigneten Flugplatz für den Drachen. Pirat rannte vor und zurück, als müsste er den Weg auskundschaften.

Die Küchenuhr tickte leise. Es war 14:25 Uhr.

Der Prozess gegen Manuel Wagner war Mitte August am Landgericht Ravensburg eröffnet worden. Die Anklage lautete auf Mord. Die Beweislast war erdrückend, alles wies darauf hin, dass er verurteilt werden würde. Die Überwachungskamera vom Konzert hatte den Streit zwischen Manuel und seinem Vater aufgezeichnet. Mit einer Spezialtechnik hatte mittlerweile auch die Unterhaltung hörbar gemacht werden können. Und das, was Manuel zu seinem

Vater im Streit gesagt hatte, war eine offene Drohung gewesen: „Dafür wirst du büßen, Vater."

Das Wasser kochte.

Noch belastender war das Handy-Video: Der alte Fürst hatte die Szene im Maisfeld auf seinem Handy festgehalten – und das tatsächlich aus dem Grund, den Colin vermutet hatte. Dem alten Fürst ging es um ein kostenloses Pornofilmchen. Eine Analyse des Bildmaterials hatte ergeben, dass es sich bei dem Mann, der ganz zum Schluss ins Bild trat, tatsächlich um Manuel Wagner handelte. Ein deutlich sichtbares Muttermal an seinem Nacken hatte auch den letzten Zweifel beseitigt. Manuel hatte die Tatwaffe in seiner Hand gehalten. Mehr noch, er war mit der Waffe in der Hand auf den am Boden liegenden Vater zugeschritten.

Joy legte einen Teebeutel in die Tasse und goss das Wasser darüber.

Im Prinzip war alles klar.

Doch etwas stimmte nicht. Je mehr Abstand Joy gewann, desto stärker wurden ihre Zweifel. In den Gesprächen, die sie mit Manuel in der Untersuchungshaft geführt hatte, hatte er stets gesagt: „Ich war das nicht." Doch auf die Frage, wer es dann gewesen war, hatte er geschwiegen.

Joy wartete, bis der Teebeutel das Wasser braun färbte.

Manuel war mit der Hippe in der Hand am Tatort aufgetaucht. Doch hatte er es auch wirklich getan? Hatte er dem Vater vielleicht nur einen Denkzettel verpassen wollen? Ihm Angst einjagen wollen? Hatte er ihn am Ende sogar vor den Prügeln bewahren wollen, denen er ausgesetzt gewesen war? Die unbekannte Dame, die mittlerweile ausfindig gemacht worden war, eine gewisse Lucy

Brandstetter, hatte ausgesagt, sie habe nichts gesehen. Sie sei panisch davongelaufen. Auch der alte Fürst behauptete, er sei davongelaufen, nachdem Manuel die Szene betreten hatte. Und die Jungs von der Dorfcombo behaupteten das gleiche.

Es schien zwar unwahrscheinlich, aber es wäre denkbar, dass einer von ihnen zurückgekommen war, um sicherzugehen, dass Manuel seinen Vorsatz auch umsetzte.

Joy zog den Teebeutel aus der Tasse und schmiss ihn in das Spülbecken.

Lucy Brandstetter. Sie habe Alexander Wagner erst am Abend zuvor in einer Bar kennengelernt, hatte sie ausgesagt. Angeblich eine Zufallsbekanntschaft. Man hatte sich für das Konzert verabredet, um etwas zusammen zu trinken, andere Verbindungen bestünden nicht. Die Frau war Anwältin und hatte vor Gericht einen sympathischen und glaubwürdig Eindruck hinterlassen.

Nachdenklich nahm Joy die Milch aus dem Kühlschrank, kippte einen Schluck in den Tee und balancierte die Tasse über den Flur in Richtung Arbeitszimmer.

Die Frage aller Fragen lautete jedoch: Falls Manuel die Tat nicht vollzogen haben sollte, warum sagte er dann nicht, wer es gewesen war? Warum schützte er den Täter?

Joy stieß die Tür zum Arbeitszimmer mit ihrem Fuß auf und stellte die Tasse auf den Schreibtisch. Dort lag noch immer das Päckchen, das an diesem Morgen angekommen war, ein gefütterter, brauner DIN-A4-Umschlag.

Sie setzte sich.

Im Fall einer Verurteilung war es wahrscheinlich, dass Manuel nicht ins Gefängnis kam, sondern in eine psychiatrische Klinik. Dort würde sich der junge Mann einkapseln, jeden Tag ein Stückchen mehr, um zu dem Stein zu werden, mit dem die Leute nach ihm geworfen hatten. Um zu dem zu werden, was ihn einst verletzt hatte: Zu etwas Hartem, dem Leben gegenüber feindlich Eingestelltem. Daran hatte Joy keinen Zweifel. Doch vielleicht nahm der Prozess doch noch eine unvorhergesehene Wendung. Wenn sie richtig mit ihrer Vermutung lag, trug der Inhalt des Päckchens dazu bei.

Sie nahm einen Schluck Tee.

Auch gegen die Mitglieder der Dorfcombo Martin Fürst, Niko Schädler und Jonny Decker lief ein Verfahren am Landgericht. Die Anklage lautete auf Körperverletzung. Das Video hatte festgehalten, wie jeder einmal auf das spätere Mordopfer eingetreten hatte. Diese Bilder hatte auch ihr Anwalt Doktor Schlichte nicht umdeuten können. In ihrem Prozess ging es außerdem um die Frage der Mitschuld des Mordes an Alexander Wagner aufgrund von unterlassener Hilfeleistung. Die drei hatten ja gesehen, wie Manuel Wagner mit einer Sichel in der Hand aufgetaucht war. Allerdings hätte keiner der Männer damit gerechnet, so ihr Strafverteidigter Doktor Schlichte, dass Manuel seinen Vater damit wirklich töten würde. Der Strafverteidiger hatte das sogar einigermaßen plausibel entwickeln können, da es in der Vergangenheit bereits ähnliche Fälle gegeben habe, in denen Manuel seinem Vater gedroht habe.

Der Duft von Zimt und Orange stieg ihr in die Nase.

Niko Schädler hatte ausgesagt, dass ihm das Ganze keine Ruhe gelassen habe. Deshalb sei er zwei Stunden später auf dem Heimweg noch einmal am Maisfeld vorbeigegangen, um nach dem Rechten zu sehen. Dort habe er Alexander Wagner dann am Boden liegen sehen und sofort die Polizei alarmiert. Niko Schädler war der anonyme Hinweisgeber gewesen. Mit dem Anruf hatte er sich außerdem als Mitglied des Moor-Kreises geoutet, was vor Gericht in diesem Prozess allerdings keine Rolle spielte.

Joy nahm noch einen Schluck.

Baldur Fürst hatte Colin nicht angezeigt. Seinem Anwalt gegenüber hatte der alte Fürst die Folter mit keinem Wort erwähnt. Vielmehr hatte er seine Aussagen vor Gericht sogar wiederholt. Vielleicht war das doch eine späte Rache an dem Folterknecht seiner Tochter. Denn mit seinen Aussagen hatte Baldur Fürst eine Lawine der Entrüstung losgetreten: Das Mädchen war vergewaltigt worden! Von Alexander Wagner! Warum nur hatte das all die Jahre niemand bemerkt? Und der Unfall war von den vier Männern herbeigeführt worden! Wie war das möglich gewesen? Und dann hatten die Männer auch noch dem behinderten Jungen die Schuld daran gegeben!

Die Wut auf Alexander Wagner war groß.

Ebenso groß wie die Verachtung, die man Manuel all die Jahre entgegengebracht hatte. Joy fragte sich, ob es für Manuel ein gutes Gefühl sein mochte, dass er die Sympathie der Öffentlichkeit nun doch noch auf seiner Seite hatte. Oder ob es ihm längst egal geworden war, was die anderen dachten.

Sie starrte vor sich hin.

Colin hatte sich in den letzten drei Monaten verändert. Seine schwarzen Augen waren nicht nur dunkler geworden, sondern erloschen. Sie hatten ihr Leuchten verloren. Mit jedem Blick, den Colin ihr zuwarf, schien er darum zu flehen, sie möge ihn endlich anzeigen. Manchmal hatte sie sogar das Gefühl, er wäre ihr dankbar gewesen, wenn sie ihn erschossen hätte.

Es war kurz vor drei.

Mit einem Ruck stellte Joy die Tasse weg, nahm den Brieföffner und schlitzte den Umschlag auf. Darin befanden sich die Informationen und die Kopien der Bänder der Überwachungskamera, die sie vom Flughafen Frankfurt am Main angefordert hatte. Es waren vier CDs. Jede war mit einem schwarzen Stift beschriftet worden:

Montag, 27. Mai 2019 stand auf der ersten.

Dienstag, 28. Mai 2019 auf der zweiten.

Mittwoch, 29. Mai 2019 auf der dritten.

Samstag, 1. Juli 2019. Die vierte.

Joy legte die erste CD in ihren Rechner ein. Am Montag, den 27. Mai, waren insgesamt sieben Maschinen aus New York gelandet, eine von Singapore Airlines, drei von Lufthansa, eine von Delta Airlines und zwei von United Airlines. Sie klickte auf die Passagierliste des Lufthansaflugs, der um 07:35 Uhr am Rhein-Main-Flughafen in Frankfurt gelandet war. Doch auf der Liste war der Passagier nicht verzeichnet, den sie suchte.

Noch ein Schluck Tee.

Auch die Passagierliste des Lufthansaflugs, der eine Stunde früher – um 06:05 Uhr – in Frankfurt gelandet war, war uninteressant. Sie klickte sich durch die Flüge von Delta Airlines und Singapore Airlines, doch Julius Wagner schien tatsächlich am Montag, den 27. Mai, nicht geflogen zu sein. Doch was, wenn er keinen Direktflug genommen hatte und über Lissabon geflogen war? Oder in Berlin oder München gelandet war?

Joy ließ die CD wieder herausfahren und steckte den Datenträger von Dienstag hinein. Auch an diesem Tag hatte es sieben Direktflüge aus New York nach Frankfurt gegeben. Wieder checkte sie die Passagierlisten. Bei Flug Nummer DL 106, der um 09:50 Uhr in Frankfurt gelandet war, wurde sie stutzig.

Singer, Jason, Business-Class.

Sie verglich den Namen mit den Namen der Mitarbeiter der Kanzlei *Wagner Law Group*. Tatsächlich. Jason Singer war ein Angestellter der *Wagner Law Group* – und er war am Dienstag, den 28. Mai, um kurz vor zehn in Frankfurt gelandet. Joy notierte sich den Flug: *Delta Airlines (DL 106) Airbus A330-200. Direktflug. Abflug 19:41 Uhr JFK. Ankunft 09:50 Uhr FRA.* Dann suchte sie das entsprechende Band der Überwachungskamera heraus. Die Kameraeinstellung zeigte die Passagiere dieses Flugs, wie sie nach der Gepäckausgabe durch die Schiebetür traten, bevor sie sich im Flughafen verloren.

Sie nahm einen Schluck Tee.

Julius Wagner war unter den ersten, die herauskamen. Er hatte nur Handgepäck dabei. Das war doch Julius? Oder sah Jason Singer ihm nur so verdammt ähnlich? Der Mann war groß, sportlich, blauer Maßanzug. Er trug einen Hut – und trotz der Hitze einen Schal, als hätte er sich bewusst unkenntlich machen wollen. Doch Joy erkannte ihn an seinem Gang. Er war hart, männlich, selbstbewusst, und doch zugleich lässig – so wie Julius war.

Offiziell war Julius Wagner aber erst am Samstagmorgen, den 1. Juni, in Frankfurt gelandet. Damals war er angeblich direkt nach seiner Ankunft ins Kriminalkommissariat nach Sigmaringen gekommen.

Joy legte die vierte CD vom Samstag, den 1. Juni, ein. Wieder starrte sie auf die ankommenden Passagiere. Um 06:14 Uhr trat ein großer, sportlicher Mann im blauen Anzug aus der Schiebetür, blickte sich kurz um und eilte davon. Der Mann trug einen Hut – und trotz der Hitze einen Schal, den er weit ins Gesicht gezogen hatte.

Die beiden Männer sahen sich zum Verwechseln ähnlich. Julius Wagner und Jason Singer hatten dieselbe Statur, dieselbe Kleidung und wahrscheinlich auch dieselbe Gesinnung. Bis auf den Gang war alles gleich. War das ein bewusstes Täuschungsmanöver?

Dieses Material brachte das Alibi von Julius Wagner erheblich ins Wanken. Was, wenn er doch schon am Dienstag in Deutschland gelandet war? Und ein falsches Alibi präsentiert hatte? Dann war er ebenso tatverdächtig wie sein Bruder.

Joy starrte zum Fenster hinaus.

Der Wind fegte ein paar Blätter über den Hof.

Es war nicht besonders schwer gewesen, das Alibi von Julius zu knacken. Man musste sich nur die Überwachungsbänder des Flughafens ansehen. Warum hatte Colin das nicht überprüft? Warum hatte er Julius Alibi als gesichert eingestuft?

Joy trommelte mit den Fingern auf den Schreibtisch.

Wie es schien, hatte sich Colin nicht nur durch die Anwendung von Folter strafbar gemacht, sondern auch durch die Manipulation der Ermittlungen. Doch warum?

Joy starrte vor sich hin. Das ergab noch alles keinen Sinn. Ein großes Stück vom Puzzle fehlte noch – und dieses Stück lag in Colin vergraben. Kurzentschlossen griff sie nach ihrem Handy, um Colin anzurufen, doch dann zögerte sie. Colin hatte ihr in den vergangenen Wochen wiederholt klar gemacht, dass er noch nicht bereit für ein klärendes Gespräch sei. Was brachte es also, ihn zu drängen? Ihn zum Reden zwingen zu wollen? Nichts.

Sie musste sich direkt an die Staatsanwaltschaft wenden, um neue Beweise in den Prozess im Mordfall Alexander Wagner einzubringen. Oder sollte sie vorab doch mit Julius sprechen?

So kurz vor der Lösung stand Joy wieder bei null.

COLIN

Die Maske und der Tod.

„Herr Westheim?“ Elvira streckte ihren roten Lockenkopf zur Tür herein.

„Hm?“

„Da ist jemand aus Berlin für Sie.“

„Aus Berlin?“

„Irgend ein hohes Tier. Berliner Senat.“ Sie zuckte mit den Achseln. „Was mit Sicherheit.“

Es war Samstagnachmittag, 15:30 Uhr. Colin erwartete keinen Besuch, schon gar nicht aus Berlin.

„Kann ich ihn reinschicken?“, fragte Elvira. „Er meint, er will Sie persönlich sprechen. Lässt nicht locker.“

„Hm“, knurrte Colin. Er starrte auf die Uhr. *Berlin. Berliner Senat. Sicherheit. Wer zum Teufel kann das sein … wenn nicht …*

„Ach so“, fügte Elvira mit einem charmanten Lächeln hinzu. „Ich gehe dann. Theoretisch habe ich heute ohnehin frei. Die Unterlagen lege ich Ihnen noch hin.“

Colin nickte.

„Schönen Feierabend“, fügte er hinzu, weil Elvira auf ein paar nette Worte zu warten schien. Doch die Worte kamen ihm vollkommen sinnlos vor. Schönen Feierabend? Wieder einmal wurde ihm klar, wie weit er sich von der Welt der anderen entfernt hatte.

Nachdem Elvira draußen war, lehnte er sich auf seinem Stuhl zurück und verschränkte die Hände hinter dem Nacken. Draußen auf dem Gang waren Stimmen zu hören, dann Schritte. Als der große, schlanke, fast hagere Mann das Büro betrat, wusste Colin sofort, dass er mit seiner Vermutung richtig gelegen hatte. Oder mit seiner Befürchtung.

„Henry Kissinger“, stellte sich der Mann vor und streckte ihm eine knöcherne Hand entgegen.

Colin betrachtete sie nur, die Hand von Joys Ex-Mann.

„Entschuldigung“, sagte Kissinger, zog die Hand wieder zurück und setzte sich ihm gegenüber: „Ich hätte wissen können, dass man auf dem Land keine Manieren hat.“

Colin verschränkte die Arme vor der Brust.

Henry trug einen grauen Anzug, darunter ein weißes Hemd, dazu schwarze Lederschuhe, die aussahen, als hätten sie ein Vermögen gekostet. Seine Haare waren weiß und korrekt geschnitten, die Brille sah aus wie jede andere Brille. Auch das Gesicht war austauschbar. Alles an diesem Mann wirkte korrekt, nur die Krokoprägung seiner Lederschuhe ließ Colin vermuten, dass er eine perverse Ader pflegte.

Das Grinsen bestärkte ihn in dieser Vermutung. Es war kalt und voller Verachtung.

„Kissinger“, sagte Colin gedehnt. „Was wollen Sie?“

„Vielleicht wissen Sie, dass ihre Mitarbeiterin Josefine Miller meine Ex-Frau ist", begann er das Gespräch. Astreines Hochdeutsch. „Ich bin derzeit Staatsekretär am Berliner Senat für Inneres", fuhr er fort, „doch meine Berufung ist der Polizeidienst. Sie und ich, wir sind Kollegen, sozusagen."

„Ist mir bekannt." Colin fixierte die Uhr an der Wand.

„Dann ist Ihnen vielleicht auch bekannt, dass Josefine für den Polizeidienst nicht tauglich ist."

„Sagen Sie einfach, warum Sie hier sind. Wie kann ich Ihnen helfen?"

„Sie mir helfen?" Kissinger lachte gönnerhaft. „Ich denke eher, Sie sind auf meine Hilfe angewiesen."

„Ich brauche keine Hilfe", knurrte Colin. „Von niemandem."

Colin befand sich seit Wochen in einer Art erwünschtem Burn-Out-Zustand. Nichts mehr war ihm wirklich wichtig. Doch beim Anblick dieses Mannes spürte er, wie seine Vitalität zurückkehrte. In seiner Brust erwachte ein wildes Tier, das herauskommen wollte, um alles zu zerstören. Wenn Kissinger noch ein falsches Wort von sich gab, würde er ihn mit seinen Fäusten bearbeiten.

„Bei Ihnen am Kommissariat soll eine Führungsposition ausgeschrieben werden", sagte Kissinger. „Ihre Nachfolgestelle, wenn ich das richtig verstehe."

Colin antwortete nicht. *Woher weiß dieser Wichser davon?* Bisher hatte Colin nur mit seinen Vorgesetzten aus Konstanz über eine mögliche vorzeitige Amtsniederlegung gesprochen. Wollte Kissinger ihm damit demonstrieren, wie mächtig sein Netzwerk war?

Kissinger grinste, ohne die Mundwinkel zu verziehen.

„Es ist mir egal, ob Sie vorzeitig in Ruhestand gehen“, sprach der Staatssekretär kalt. „Ich werde mich nicht dafür einsetzen, dass Ihre Rente gekürzt wird.“

Das war eine Drohung. Eine billige dazu. Colin war das egal.

„Aber mal angenommen“, fuhr Kissinger fort, „mal angenommen, Josefine wäre so naiv, sich auf diese Führungsposition zu bewerben.“ Er rieb seine knochigen Hände ineinander. „Dann erwarte ich von Ihnen, dass Sie dafür sorgen, dass Josefine diese Stelle nicht bekommt.“

Colin blickte auf seine eigenen Hände hinab, die er wie der letzte Idiot in seinem Schoß gefaltet hielt, anstatt sie diesem Mann um den faltigen Hals zu legen – und langsam zuzudrücken.

„Joy ist ernsthaft psychiatrisch erkrankt“, fuhr Kissinger mit vordergründig besorgtem Gesichtsausdruck fort. „Sie bräuchte dringend ärztliche Hilfe. Aber wie so oft bei psychiatrisch Erkrankten will sie diese Hilfe nicht annehmen und findet immer wieder Wege, einer Therapierung auszuweichen.“ Er räusperte sich und blickte aus dem Fenster zum Hohenzollernschloss hinüber. Mit ernster Stimme fuhr er fort: „Joys Umzug nach Süddeutschland war letztlich nur eine Flucht vor dieser Realität. Aus diesem Grund hat sie auch mich verlassen, weil sie krank ist. Weil ich ihr helfen wollte. Und ja, ich will es noch immer. Deshalb bin ich hier.“

„Sie wollten ihr helfen“, wiederholte Colin.

„Richtig.“ Die toten Augen des Staatssekretärs richteten sich auf ihn. „Joy leidet an einer paranoiden Persönlichkeitsstörung.“

Colin bewegte seine Hände.

Zudrücken. Langsam zudrücken.

„Sie wissen wahrscheinlich, Herr Westheim, was das bedeutet“, fuhr Kissinger mit sadistischer Besorgtheit fort. „Vielleicht haben Sie hier und da auch schon Ihre kleinen Beobachtungen gemacht, was Josefine betrifft.“ Er seufzte. „Josefine hat das Gefühl, verfolgt zu werden. Sie kann regelrechte Verschwörungstheorien entwickeln, wobei die Besetzung je nach Lebenssituation wechselt. Im privaten Bereich ist das natürlich die Hölle. Ich muss Ihnen nicht sagen, wie furchtbar es ist, wenn Ihre eigene Frau denkt, dass Sie ihr schaden wollen.“

Colin blickte ihn an.

Das Gesicht dieses Mannes verriet keine echte Gefühlsregung. Kissinger trug eine Maske und darunter war nichts als der Tod. Colin kannte solche Typen zuhauf. Es war die Maske des Narzissten.

„Aber nicht nur privat ist das Zusammenleben mit so einer Frau die Hölle. Auch im beruflichen Umfeld häuften sich die Vorfälle“, sagte Kissinger und rückte seine Brille zurecht. „Ich gebe zu, ich habe viel zu lange die Augen vor der Ernsthaftigkeit ihrer Erkrankung verschlossen. Es war falsch, dass ich immer wieder Dinge für sie ausgebügelt und geradegebogen habe. Damit habe ich ihr Leiden nur vergrößert. Heute weiß ich das. Damals wollte ich es nicht wahrhaben. Vor zwei Jahren kam es deshalb zum Worstcase: Joy hatte über Monate im Polizeipräsidium heimlich Unterlagen kopiert, die streng geheim waren. Sie ging sogar so weit, dem Bundesnachrichtendienst zu drohen, die Informationen zu veröffentlichen, wenn man sie weiter verfolgen würde. Und eines Tages passierte es dann.“ Kissinger richtete seine Steinaugen auf Colin. „Joy sprang vor eine U-Bahn. Die Dokumente in der Tasche. Sie hat sich eingebildet, sie werde verfolgt. In letzter Sekunde konnte sie von einem Passanten gerettet werden."

Colin ließ sich nichts anmerken, doch sein Hirn raste. Joy sollte vor eine U-Bahn gesprungen sein? Dabei handelte es sich höchstwahrscheinlich um eine Lügengeschichte, doch sie zeigte trotzdem ihre Wirkung.

„Um Joy zu helfen, wäre es wichtig, dass sie sich einem Psychiater anvertraut, der sie ordentlich diagnostiziert", fuhr Kissinger fort. Je länger er sprach, desto selbstherrlicher wurde er. „Falls es sich bei ihrer Paranoia etwa um ein Symptom einer anderen Grunderkrankung handeln sollte, wie zum Beispiel einer bipolaren Störung, könnte sie nur im Kontext dieser Erkrankung therapiert werden."

„Bipolare Störung", wiederholte Colin. „Sie meinen, Joy ist schizophren?"

„Ich bin kein Psychiater", entgegnete Kissinger und hob die Hände nach oben, als wollte er sich in Bescheidenheit üben. „Aber ich halte es für möglich." Er schlug die Beine übereinander, bevor er fortfuhr: „Vor zwei Jahren konnte ich verhindern, dass die Sache mit dem Datenklau an die große Glocke gehängt wurde. Ich weiß, das hätte ich nicht tun dürfen. Man hat mir geraten, Josefine fallen zu lassen, damit sie endlich zur Krankheitseinsicht kommt. Aber ich fühlte mich nun mal für sie verantwortlich. Schließlich habe ich sie einmal geliebt. Sie war meine Frau."

„Verstehe", sagte Colin. „Die Liebe."

„Jetzt verstehen Sie hoffentlich auch den Hintergrund meiner Bitte, Joy keine Stelle mehr mit Verantwortung zu übertragen", sagte Kissinger und strich sich sorgenvoll das Kinn. „Natürlich trete ich nicht vollkommen uneigennützig mit dieser Bitte an Sie heran. Wenn sich so ein Vorfall wie in Berlin hier wiederholt, bin ich dran. Ich habe damals meine Hand dafür ins Feuer gelegt, dass Josefine nie wieder eine Stelle mit öffentlicher Relevanz antritt. Nur vor diesem Hintergrund wurde der Prozess gegen sie nicht eröffnet."

„Deshalb auch der Vermerk in Joys Akte", sagte Colin.

„Richtig", bestätigte Kissinger.

„Verstehe."

Die Uhr rückte eine weitere Minute nach vorne.

„Ich habe genug Zeit verschwendet", sagte Colin freundlich. „Bitte verlassen Sie jetzt mein Büro."

Kissinger richtete seine Steinaugen auf Colin. Sein Blick wurde auf eine eigenartige Weise intensiv, als hätte er zwei kalte Halogenscheinwerfer angeknipst.

„Sie sind ein Nichts", zischte Kissinger.

„Und Leute wie Sie regieren ein Land", entgegnete Colin. Er erhob sich von seinem Stuhl und blickte auf diesen Wicht hinab. „Wenn ich daran denke, dass unser Staat Sie auch noch unverhältnismäßig hoch dafür entlohnt, dass Sie Ihren Zerstörungswahn ausleben können, kommt mir die Galle hoch." Colin spuckte in Gedanken auf Kissingers Lederschuhe mit Krokoprägung. „Leute wie Ihnen geht es nicht darum, das soziale Elend zu verbessern, die Kriminalität einzudämmen oder die Welt in irgendeiner Weise besser und gerechter zu machen. Ihnen geht es einzig und allein um ihre Macht."

Kissinger grinste.

„Um ihre Macht zu sichern, halten sie bestehende Konflikte am Laufen", fuhr Colin fort. „Sie beschließen Maßnahmen, die nichts bringen, um anderen Leuten Sand in die Augen zu streuen, und verhindern Maßnahmen, die etwas bringen würden. So werden Männer wie Sie immer reicher und mächtiger, und die Armen werden immer ohnmächtiger."

Die Augen des Staatssekretärs leuchteten kalt.

„Das ist ja herzerwärmend", sagte er spöttisch. „Dann sind Sie wohl der gute Ritter der Menschlichkeit."

„Und Sie sind einfach nur ein Wichser."

„Du dreckige, terroristische Drecksau", zischte Kissinger. Für den Bruchteil einer Sekunde blitzte der Hass unter seiner Maske hervor. „Totschlagen sollte man dich."

„Sie verlassen jetzt sofort mein Büro", entgegnete Colin eisig.

„Vögelst du Joy, hä? Bläst sie dir einen, hä?", zischte Kissinger. „Aber du deckst eine Irre!" Er holte sein Handy aus der Tasche, wischte ein paar Mal über das Display und legte es vor Colin auf den Schreibtisch. „Joy hat mir gestern diese Textnachricht geschickt, in der sie mir droht, mich umzubringen. Als Kronos! Das war doch der Mordfall, an dem Josefine mitgearbeitet hat. Das ist ihr anscheinend nicht so gut bekommen. Denn offensichtlich hat sie sich mit Kronos identifiziert. Verstehen Sie nicht? Diese Frau ist krank! Sie denkt, ich würde sie weiterhin verfolgen, obwohl ich den Kontakt zu ihr längst abgebrochen habe!"

Colin starrte auf die Nachricht.

Grüße von Kronos. Wenn der erste Schnee fällt, kehre ich zurück.

„Dämmert es Ihnen jetzt endlich, mit was für einer gestörten Schlampe Sie sich eingelassen haben?", hörte er Kissinger wieder zischen.

Colin sah auf. Das Tier in seiner Brust riss sich los.

„Raus", sagte Colin. Dann zog er seine Waffe und richtete sie gegen Kissinger. „Sofort raus hier. Oder ich jage Ihnen eine Kugel in den Kopf."

JOY

ICH FÜHLE EINE ARMEE IN MEINER FAUST.

„Joy!" Henrys Stimme donnerte durch das Haus.

Panisch blickte sie auf das Babyfon. War er verrückt geworden? Milan wachte doch auf, wenn er so brüllte.

„Nicht so laut", bat sie ihn. „Milan schläft und …"

„DAS IST MIR SCHEISSEGAL!"

Sie saßen sich am Esstisch gegenüber, zwischen ihnen stand noch der leere Breiteller von Milan und eine Flasche Wasser. Joy schloss für einen Moment ihre Augen. Okay. Henry war einmal ihr Mann gewesen, sie kannte ihn seit über zwanzig Jahren. Er hatte an diesem Abend definitiv zu viel getrunken und war immer noch tief verletzt. Er tötete seinen Schmerz ab, indem er versuchte, sie zu verletzen. Aber würde er auch *sie töten*? Nein. Darauf vertraute Joy.

„Henry, bitte", sagte Joy mit zitternder Stimme. Fassungslos starrte sie wieder auf diesen Mann, der ein Fremder geworden und vielleicht schon immer gewesen war, und vertraute dennoch darauf, dass Henry die Grenze der Gewalt nicht überschreiten würde.

„Du kannst mir nicht die alleinige Schuld an unserem Scheitern geben", sagte Joy.

„Ja klar", erwiderte er knapp. „Ich bin schuld. Logisch."

So ging das immer. Sie hatten sich gerade mal fünf Minuten gesehen und das Gespräch war wieder eskaliert. Alles war eskaliert.

Henry blickte sich in ihrem Wohnzimmer um.

Joy starrte an ihm vorbei zum Fenster hinaus.

Die Küchenuhr tickte leise. Es war 21:10 Uhr. Draußen war es bereits dunkel geworden. Über dem Waldrand stand der Sternenhimmel, klar und schön, so als wollte er die hässliche Szene in ihrem Wohnzimmer verhöhnen. Bela war auf einem Geschäftsessen und würde vor Mitternacht nicht zurück sein. Milan schlief im Kinderzimmer – und das war der Grund, weshalb sie in der Falle saß. Sie konnte weder weglaufen noch etwas unternehmen, das ihr Kind in Gefahr brachte. Sie musste ihren Ex-Mann beschwichtigen und darauf vertrauen, dass er wieder ging, vertrauen, dass er letztlich doch vernünftig war.

„Schön hast du's hier", sagte er.

„Danke", erwiderte Joy.

Eine Viertelstunde zuvor hatte es geklingelt. Unangekündigt hatte Henry vor ihrer Tür gestanden, einfach so. „Hallo Joy", hatte er gesagt. Nach über einem Jahr hatte er einfach so dagestanden und „Hallo Joy" gesagt. Dann war er eingetreten, ohne dass sie ihn gebeten hatte. Einfach so. Natürlich hatte er gewusst, dass sie mit dem Kind allein zu Hause war. Bei Henry gab es keine Zufälle.

Pirat jaulte leise aus dem Badezimmer. Wenn sie den Hund nicht wegsperrte, würde er ihn kaltmachen, hatte Henry gedroht. Joy wusste, dass er dazu imstande war.

Henry richtete seinen Blick wieder auf sie. Joy schluckte.

„Warum hast du mir diese Nachricht geschickt?“, fragte er mit schneidender Stimme.

„Henry“, sagte sie. „Ich habe dir doch gesagt, ich war das nicht.“

„Und ich habe dich schon mehrmals gefragt: Wer dann?“

„Ich weiß es nicht. Wirklich nicht.“

Henry zündete sich eine Zigarette an, mitten in ihrem Wohnzimmer.

„Bitte, Henry“, sagte sie. „Nicht hier drinnen. Das Kind. Lass uns auf die Terrasse gehen.“

Sie stand auf, um die Balkontür zu öffnen, doch als sie an ihm vorbeiging, packte er sie plötzlich am Arm.

„Wenn ich herausfinde, dass dein Waschlappen von Mann mir diese WhatsApp geschrieben hat, dann ist er geliefert“, zischte er. „Und du weißt, ich werde es herausfinden.“

Joy nickte. Henry blies ihr den Rauch ins Gesicht.

„Was bist du nur für eine kranke Person!“, zischte er. Kälte stand in seinem Blick. Kälte und die Überzeugung, es wäre vollkommen richtig, was er tat. „Die Nachricht kam von deinem Handy“, wiederholt er. „Du musst doch wissen, wer da alles dran war.“

Joy drehte den Kopf weg und starrte ins Mühlental hinaus.

„Ich habe es doch schon gesagt“, sprach sie zu den Sternen. „Es kann sich nur um einen Scherz handeln.

Zugegeben kein guter. Aber ich verspreche dir, ich werde herausfinden, wer das war."

Er ließ sie los, nahm einen Zug von seiner Zigarette und sagte: „Setz dich wieder."

Joy setzte sich.

„Wem hast du alles von mir erzählt?", fragte er drohend. „Hast du wieder Lügen über mich erzählt? Hast rumerzählt, was für ein Monster ich bin, hä? Hast mal wieder auf schwaches Frauchen gemacht, ja klar." Verächtlich blies er Rauch in ihr Wohnzimmer. „Denkt jetzt einer deiner Ficker, dass er dich beschützen muss, hä? Dass er es mit mir aufnehmen könnte? Mit mir!"

Henry fixierte sie, während er die Zigarette in Milans Breiteller ausdrückte.

„Ich möchte wissen, wer das war", sagte er lauter. Dann stand er plötzlich auf und ging in Richtung Flur.

Geht er?

Joy erhob sich beglückt, um ihn zur Tür zu begleiten, und wiederholte: „Ich verspreche, ich werde es …"

Schneller als Joy reagieren konnte, packte er sie und presste sie mit voller Wucht bäuchlings auf die Tischplatte hinab. Ein paar Gläser klirrten gegeneinander, eine Wasserflasche wackelte. Joys Wange lag auf dem Holz, im Nacken spürte sie Henrys Atem. Er roch nach Schnaps und Nikotin.

Er drückte seine Lenden gegen ihren Hintern.

„Fühlst du das?", fragte er.

Sein Schwanz war hart, aber da war noch etwas Hartes. Henry trug eine Waffe, und er wollte, dass sie es wusste. Joy versuchte, ruhig zu atmen. Der Griff in ihrem Nacken schmerzte.

„Tu, was ich dir sage", knurrte er. Sein Atem war nah an ihrem Hals. Seine Hand fuhr zwischen ihre Beine und presste sich in ihren Schritt.

Joy atmete zischend ein. Sie musste etwas tun, doch sie war wie gelähmt. Henry würde sie vergewaltigen, hier, jetzt, in ihrem eigenen Heim, nur zwanzig Meter vom Schlafzimmer ihres kleinen Sohnes entfernt. Und sie würde es über sich ergehen lassen, so wie sie es immer über sich ergehen lassen hatte.

„Glaub ja nicht, du könntest mich weiterhin anlügen", flüsterte er an ihrem Ohr. „Du klärst, wer das geschrieben hat. Bis in vier Wochen möchte ich den Namen und die Adresse dieses Wichsers."

Du musst dich wehren, Baby.

„Hast du das verstanden? Antworte!"

Henry griff in ihre Haare und zog ihren Kopf gleichzeitig nach oben und zur Seite. So zwang er sie, ihn anzusehen. Er würde ihr das Genick brechen.

„Bis in vier Wochen, hörst du?"

Sie nickte.

Abrupt ließ er sie los und presste ihr Gesicht wieder gegen die Tischplatte. Es war nur noch eine Hand, die ihren Kopf fixierte. Mit der anderen löste Henry seinen Gürtel.

Joys Herz raste ebenso wie die Gedanken in ihrem Gehirn.

Du musst dich wehren. Du bist im Vorteil: Henry ist betrunken und rechnet nicht damit, dass du dich wehrst. Weil du dich nie gewehrt hast, weil du es immer akzeptiert hast.

Sie presste ihre Finger zu einer Faust zusammen.

Als Henry ihren Hintern anhob, um ihr die Jeans über die Hüften nach unten zu ziehen, griff sie nach der

Glasflasche und schlug damit nach hinten in Richtung seines Gesichts. Henry heulte auf vor Schmerz und Wut. Joy drehte sich um, trat wahllos in seine Mitte und griff nach der Waffe, die auf dem Tisch lag. Er hatte sie abgelegt, um sie besser vergewaltigen zu können.

„Nie mehr“, sagte Joy und richtete seine eigene Waffe gegen ihn. „Nie mehr wirst du mich vergewaltigen.“ Sie zielte nicht auf sein Geschlecht, sondern auf sein Herz. „Hast du das verstanden, Henry?“

Henry fuhr sich mehrmals über die Stirn, die zu bluten begann, dann nickte er und zog sich die Hose wieder über. Er verstand es wie immer, seine Gefühle zu verbergen. War er beeindruckt? Fühlte er Hass?

„Ob du das verstanden hast?“, wiederholte Joy und entsicherte die Pistole.

Er nickte wieder.

Joy rutschte vom Tisch und bedeutete ihm mit einer Kopfbewegung, dass er in den Flur gehen sollte. Dabei ließ sie ihn nicht aus dem Blick.

„Na los“, sagte sie. „Raus hier.“

Joy manövrierte ihn durch den Flur, wobei sie darauf achtete, dass immer eine Armlänge Abstand zwischen ihnen war.

„Mach die Tür auf“, sagte sie.

Zögernd wischte sich Henry mit dem Ärmel über die blutende Stirn, dann öffnete er die Haustür. Der Wind blies kalte Luft herein, die zum ersten Mal in diesem Jahr nach Schnee roch.

Henry sah sie an.

In diesem Moment hätte sie ihn töten müssen. Mit seiner eigenen Waffe. Hausfriedensbruch, versuchte

Vergewaltigung, Notwehr. Joys Zeigefinger lag auf dem Abzug. Wenn sie ihn jetzt gehen ließ, war sie ihm wieder ausgeliefert. Sein Hass würde weiter anwachsen. Eines Tages würde er sie fertigmachen. Er würde sich rächen. Eines Tages würde er sie töten, und das nur, weil sie sich nicht traute, ihn zu töten. Ihr Finger zitterte.

Tu es!

Töte ihn!

Joy zitterte am ganzen Leib. Sie schaffte es einfach nicht, ihren Vorteil auszuspielen. In diesem Moment wurde ihr klar, dass sie niemals frei sein würde. Weil sie ein Gewissen hatte, das sie davon abhielt, den endgültigen Schritt zu gehen. Jetzt und hier.

Töte ihn!

„Meine Waffe", sagte Henry und streckte die Hand aus.

Ihre Blicke trafen sich. Joy nahm die Munition aus der Pistole und legte das Eisen in seine Hand. Sie bemerkte die Überraschung in seinem Blick, ein Zögern, als wollte er etwas sagen. Dann zuckte sein Mund und der Moment war vorbei. Wortlos nahm er die Waffe entgegen, drehte sich um und ging davon. Seine Schritte hallten im Innenhof nach. Joy blieb an der Tür stehen, bis er den Motor anließ und davonfuhr.

VIERZEHN WOCHEN SPÄTER

WEIHNACHTEN

JOY

ICH FÜRCHTE NICHTS – NICHTS – ALS DIE GRENZEN DEINER LIEBE.

Ein bisschen weiter nach rechts“, sagte Joy.

Bela rückte den Weihnachtsbaum ein paar Zentimeter nach rechts. „So?“, fragte er und lugte zwischen den Ästen der Nordmanntanne hervor.

„Noch ein Stückchen“, sagte Joy. Ihre Stimme klang konzentriert. „Und noch fünf Zentimeter zurück, in Richtung Fenster.“

Bela trug Handschuhe, um den Baum besser anpacken zu können. Pirat lief schwanzwedelnd umher. „Weg hier“, sagte Bela zu dem Hund, der sich zwischen den Beinen seines Herrchens hindurchquetschte. Dann rückte Bela den Baum weiter nach rechts, die Äste wackelten, und er fragte wieder: „So?“

„Ich denke, so können wir es lassen“, sagte Joy. „Ja, doch.“

„Endlich“, stöhnte Bela, der von der Tanne verdeckt wurde. Doch das ratternde Geräusch deutete darauf hin, dass er den Stamm in dem Ständer fixierte.

„Oder was denkst du, mein Süßer?“ Joy blickte ihren Sohn an. „Ist es gut so?“

Milan nickte begeistert. Als Bela unter der Tanne wieder zum Vorschein kam, rief der Kleine: „Papa!“

„Richtig“, sagte Bela grinsend. „Papa ist wieder da.“

Pirat wedelte begeistert mit dem Schwanz.

So standen sie im Wohnzimmer und betrachteten den Christbaum. Selbst Milan verstummte für einen Augenblick und staunte mit offenem Mund. Der Baum war wunderschön. Sie hatten ihn am Vortag in ihrem eigenen kleinen Waldstück geschlagen. Milan hatte geholfen, ihn nach Hause zu tragen. Bereits im Wald war die Tanne schön gewesen, doch hier drinnen sah sie noch größer und prächtiger aus, nach oben reichte sie bis fast zur Decke, die Äste waren voll und grün. Der Tannenduft erfüllte den Raum, frisch, grün, geheimnisvoll.

Wie Colin wohl Weihnachten feiert?

„Der Baum ist vollkommen“, sagte Bela, „er braucht keinen Schmuck mehr.“

„Er wird noch schöner werden“, entgegnete Joy und öffnete die große Kiste mit dem Weihnachtsschmuck, die auf dem Wohnzimmertisch stand. Sie enthielt Kugeln, die in bunten Farben schillerten und glänzten.

„Vorsicht“, sagte Joy, als Milan eine in seine kleinen Händchen nahm. „Wenn die zerbrechen, tust du dir weh. Nicht zu fest drücken, ja? Wie bei einem Ei.“

Milan nickte.

Die zweite Kiste enthielt kleine Holzfigürchen. Bela hatte sie von seiner Stiefmutter vererbt bekommen, er liebte die kleinen Trommler, Engelchen und Musikanten über alles.

„Das ist ja so süß“, sagte Joy und zog ein Engelchen mit roten Bäckchen hervor, das die Trompete blies.

Auf Belas Gesicht spiegelte sich das vergangene Kinderglück wider.

„Zuerst müssen wir die Lichter anbringen“, sagte Joy und öffnete eine dritte Kiste, welche die elektrische Lichterkette enthielt. Es waren sehr kleine Lichtlein, die sie tief im Inneren des Baumes anbrachte, damit dieser aus der Tiefe heraus leuchtete wie der Sternenhimmel bei Nacht.

Es war der 24. Dezember, Weihnachten. Mit Henry hatte sie dieses Fest nie gefeiert. Erst seit Milan auf der Welt war, ergab Weihnachten einen Sinn. Weihnachten war das Glitzern des Baumes in leuchtenden Kinderaugen.

Sie aßen früh an diesem 24. Dezember zu Abend. Bereits um siebzehn Uhr saßen sie um den festlich gedeckten Tisch herum. Bela und sie stießen mit einem Glas Weißwein an, Milan konnte kaum stillsitzen und Pirat lag andächtig im Hundekörbchen. Ein festliches Essen war mit einem Dreijährigen nicht drin, deshalb gab es Kartoffelsalat und Saitenwürste für alle, eine Tradition, die sie von Belas Stiefeltern übernommen hatten.

„Papa hat den als Kind geliebt“, sagte Joy, nachdem sie Milan einen Löffel Kartoffelsalat auf seinen Teller geschöpft hatte. „Papas Stiefmama konnte den besten Kartoffelsalat der Welt machen.“

„Sag nicht immer Stiefmutter“, erwiderte Bela. „Sie war meine Mutter. Punkt.“

Joy nickte.

Milan spuckte den Salat wieder aus, sobald er ihn in den Mund genommen hatte.

„Sauer“, sagte er.

Nach dem Essen verschwanden Bela und Milan im Kinderzimmer, um nach dem Christkind zu schauen, das Joy angeblich durchs Mühlental hatte schweben sehen. Milans Zimmer lag im oberen Stockwerk und bot den besten Blick über das Tal.

In der Zwischenzeit bereitete Joy das Weihnachtszimmer vor. Sie schaltete die Lichterkette ein und zündete die echten Kerzen an, die sie zusätzlich außen an den Ästen befestigt hatte. Sie löschte das Deckenlicht, auch in der Küche, damit der Raum bis auf den leuchtenden Baum vollkommen in der Dunkelheit versank. Pirat beobachtete alles aus großen, feuchten Augen.

Joy blickte zum Fenster hinaus. Es war noch nicht ganz dunkel, ein seltsames Licht lag über dem Tal, das geheimnisvoll schimmerte. Die ersten Schneeflocken fielen. Bereits am Vortag, als sie die Tanne aus dem Wald geholt hatten, waren zarte Flöckchen vom Himmel gefallen. Der weiße Hauch über dem Tal war jedoch sofort wieder verschwunden. Doch jetzt tanzten große, dicke Flocken durch die Luft, beinahe Fetzen, die innerhalb kurzer Zeit das Tal weiß färben würden.

Wenn der erste Schnee fällt.

Exakt an diesem Tag vor siebzehn Jahren war Diana Fürst gestorben. Joy seufzte und versuchte, das beklemmende Gefühl abzuschütteln, das der Fall hinterlassen hatte. *Es ist vorbei!* Der Prozess im Mordfall Alexander Wagner war zwar immer noch nicht abgeschlossen, doch beide Verdächtige saßen in Untersuchungshaft. So würden die ungleichen Brüder zumindest Weihnachten zusammen verbringen. Nachdem Joy mit den Bändern des Flughafens vor Gericht das Alibi von Julius Wagner angezweifelt hatte, hatte der Prozess die erwartete Wendung genommen. Seitdem jagte ein Gutachten das andere. Doch egal, zu welchem Urteil das Gericht gelangen würde: Kronos und seine Sichel würden nicht mehr wiederkehren.

Es ist vorbei.

Joy nahm das Porzellanglöckchen und klingelte. Als sie Belas Stimme im Obergeschoss hörte, klingelte sie noch einmal. Kurz darauf schlichen Bela und Milan die Treppe herunter und traten ins Wohnzimmer. Milan saß auf Belas Arm, von wo aus er den leuchtenden Baum ehrfürchtig bestaunte.

„Das Christkind war da“, sagte Joy. „Ich habe es gerade noch weglaufen sehen.“

„Und schau mal, was es für Geschenke dagelassen hat!“, ergänzte Bela mit gespieltem Erstaunen. „Ja für wen sind denn die?“

Jetzt kam wieder Leben in den Kleinen. Er verlangte lautstark, auf den Boden gesetzt zu werden. Dort ging er schnurstracks auf das große Päckchen zu, das unter dem Baum lag. Es war mit einer samtenen, roten Schleife umwickelt. Milans Augen glänzten wie die Weihnachtskugeln, die sich darin spiegelten.

„Moment“, sagte Joy. „Zuerst wird gesungen. Wenigstens ein Lied. *Schneeflöckchen, Weißröckchen,* das kennst du doch aus dem Kindergarten.“

Joy setzte sich ans Klavier und spielte die Melodie. Milan kiekste mit seiner Kinderstimme einzelne Worte hervor, Belas tiefer Bass klang von Strophe zu Strophe sicherer.

Schneeflöckchen du deckst uns die Blümelein zu, dann schlafen sie sicher in himmlischer Ruh' …

Wenig später bauten Bela und Milan die Eisenbahn aus Holz auf, die in dem Geschenk gewesen war. Joy saß mit einem Glas Weißwein auf dem Sofa, kraulte Pirat und sah den beiden beim Spielen zu. Pirat legte sich auf den Rücken und streckte alle Viere von sich, um noch mehr Streicheleinheiten zu erhaschen. Ihr Mann blickte zu ihr herüber und schenkte ihr ein strahlendes Lächeln.

Joy schluckte.

Danke, mein Großer.

Bela wusste nicht, wie wichtig es war, dass er einfach nur da war. Wie gut es tat, ihn nur anzusehen. Er wusste nicht, wie tröstlich sein Lächeln auf Joy wirkte, wie begeisternd zugleich, und er wusste nicht, wie sehr sie ihn liebte. Er wusste es nicht, weil sie ihm nicht alles erzählt hatte, die ganze brutale Geschichte ihrer Ehe mit Henry. Denn sie wollte vor seinen Augen weiterhin Bestand haben. Sie hatte Angst, dass er sie danach anders betrachten könnte, weniger unbefangen, weniger offen.

Doch war es wirklich das, was sie daran hinderte, ihm alles zu erzählen?

Joy trank. Sie ließ die kühle Säure ihre Kehle hinabrinnen. In den letzten Monaten war sie ein großes Stück vorangekommen. Sie hatte keine Angst mehr im Dunkeln, sie hatte keine Angst mehr, vor Leuten zu sprechen, und sie hatte keine Angst mehr, nicht gut genug zu sein. Wieder sah sie Bela an. In diesem Moment wurde ihr klar, dass sie nichts fürchtete – nichts – als die Grenzen seiner Liebe.

„Mama!“, rief Milan plötzlich und deutete zum Fenster: „Da!“

„Ja, mein Schatz“, sagte sie. „Es schneit.“

Der Himmel hatte sich verdunkelt, doch die weiße Schneedecke reflektierte das wenige Licht so hell, dass die Kontur der Landschaft immer noch sichtbar war.

„Schneit“, wiederholte Milan begeistert. „Es schneit!“

Joy nahm einen Schluck Weißwein.

Während Bela den Kleinen ins Bett brachte, schenkte sie sich ein drittes Glas ein. „Na, Piri, was hältst du von Weihnachten?“, fragte Joy ihren Hund. Statt einer Antwort wedelte Pirat begeistert mit dem Schwanz. Der Schnee machte die Welt leiser und friedlicher, durch das Babyfon war das gleichmäßige Atmen ihres Sohnes zu hören.

Es war 19:20 Uhr

Plötzlich ein Schlag. Joy fuhr erschrocken hoch, Pirat bellte spitz. Beide starrten sie zur Fensterfront. Joys Atem stockte.

Oh nein. Bitte nicht.

Ein Mann stand draußen auf der Terrasse, sein Gesicht war auseinandergefallen, der Mund geöffnet, als wollte er schreien. *Nein!* Der Mann hob die Faust, als wollte er gegen die Scheibe schlagen, doch plötzlich kippte er nach vorne. Seine Wange lag auf dem Glas, die Hände rechts und links daneben. So rutschte er die Scheibe hinab und hinterließ eine breite, rote Spur.

„Oh mein Gott!“ Joy schlug die Hand vor den Mund.

Es war der alte Fürst, der soeben auf ihrer Terrasse zusammengesunken war. Baldur Fürst. Ungläubig erhob sich Joy vom Sofa und bewegte sich auf das Schreckliche zu. Sie musste dem Mann helfen, schoss es ihr durch den Kopf, doch sie war froh, dass die dicke Scheibe zwischen ihnen war. Die Lippen des Alten bewegten sich, als brabbelte er etwas. Seine Hände waren blutig. Joy erkannte

Schnittverletzungen im Gesicht, am Hals und am Oberkörper. Sein Hemd war blutgetränkt. Joys Blick wanderte tiefer. Doch dort, wo Kronos zugeschlagen hätte, schien alles in Ordnung zu sein. Der alte Fürst trug eine Hose, die noch ganz war.

Hilf ihm! Geh raus und hilf ihm!

Joy stand wie angewurzelt da. Sie blickte in den Garten. Doch sie konnte nicht sehen, wohin die Blutspur führte, die der alte Fürst im Schnee hinterlassen hatte. Denn ihr Blick endete dort, wo die Hecke den Garten vom Innenhof trennte.

Doch sie brauchte es nicht zu sehen. Sie wusste es. Die Spur führte zur Alten Mühle hinauf.

COLIN

NIMM MIR DIE ERINNERUNG.
DANN BIN ICH FREI.

Colin stand in seinem Wohnzimmer und blickte über das Donautal hinweg. Es war kurz nach sechs. Der Schnee fiel in dicken, dichten Flocken. Die Donau, die sich durch das wildromantische Tal schlängelte, war bereits kaum mehr zu erkennen. Auch die Schlucht unter seinem Haus wirkte friedlich, die weiße Schneedecke ließ den Abgrund weniger tief erscheinen.

Colin nahm einen Schluck Whiskey.

Er lebte in einem Dorf, das nur aus acht Häusern bestand, die alle in den Hang gebaut waren. Sein Wohnzimmer hatte eine große Fensterfront nach vorne raus, zwei kleine Zimmer gingen nach hinten weg. Mehr brauchte er nicht. Unter ihm war niemand. Über ihm der Himmel.

Nur er und die Illusion der Freiheit.

Sein Handy brummte. *Frohe Weihnachten!*, stand auf dem Display. Die WhatsApp kam von Joy. Er antwortete nicht.

Dafür setzte er das Glas Whiskey abermals an seine Lippen.

Colin zündete sich eine Zigarre an und ließ sich in den Ledersessel fallen.

Wieder brummte sein Handy. Niko Schädler hatte ein Foto geschickt. Es zeigte eine Gruppe von Kindern, die alle schwarze Haare und schwarze Augen hatten. Die Kinder packten Geschenke aus und strahlten. *5.000 Euro für das Kinderhilfswerk BuKi*, schrieb Niko. *Kam an!*

Colin zog an der Zigarre. Das war es noch, wofür es sich zu kämpfen lohnte. Für ein bisschen Freude. Und für ein kleines Stück Gerechtigkeit auf dieser Welt.

Er scrollte durch die Nachrichten und stoppte bei Saskia. Sie hatte ihm heute Morgen ein Foto geschickt, auf dem eine Mutter zu sehen war, die ein Baby im Arm hielt. Saskia engagierte sich in einer privaten Organisation gegen häusliche Gewalt. *3.000 Euro für Mütter in Not*, hatte Saskia geschrieben. *Danke!*

Colin betrachtete das Foto der jungen Mutter, die wunderschön war und glänzende, braune Augen hatte. Er blinzelte. Draußen verschwamm der Himmel zu einer blaugrauen Masse, über die sich ein Schleier legte. Doch das, was seinen Blick trübte, waren keine Tränen, sagte er sich. Es waren nur der Alkohol und die Erinnerung, die er sich aus dem Herzen geprügelt hatte. Warum stand ihm ihr Gesicht verdammt noch mal immer noch so klar vor Augen? Warum hörte er ihre Stimme noch? Warum erinnerte er sich an jedes ihrer Worte? Und das ausgerechnet an Weihnachten, an diesem sentimentalen Fest der polierten Liebe. Nach all den Jahren? Wie grausam war doch die menschliche Natur, dass sie einen dazu befähigte, sich nach all den Jahren noch immer an alles zu erinnern. An jedes Detail.

Es war 18:21 Uhr.

Es schneite noch mehr. Fette Flocken flogen vom Himmel, als wollten sie ihn ersticken.

Colin schwenkte den Whiskey, nahm einen Schluck und zog an der Zigarre.

Wieder brummte sein Handy. Sein benebeltes Hirn brauchte lange, bis es die Information verarbeitete, die gerade angekommen war.

Komm bitte in die Alte Mühle, stand da. *Ich glaube, ich habe ihn umgebracht.*

JOY

BRINGEN WIR ES ZU ENDE, BABY.

Du bleibst hier", sagte sie zu Bela, während sie die Pistole in das Halfter schob.

Ihr Mann starrte sie mit vor Entsetzen geweiteten Augen an.

„Der Notarzt ist verständigt", fuhr sie hastig fort. „Die müssten jeden Augenblick eintreffen. Sobald sie in den Hof fahren, winkst du sie herein. Pass gut auf Milan auf. Ich hoffe, die schalten das Martinshorn aus. Sonst wacht er noch auf."

„Aber", stotterte Bela und deutete wieder zur Terrasse hinüber, wo Baldur Fürst in seinem Blut lag. „Wie … was … ist er … tot?"

„Ich glaube nicht", erwiderte Joy und ging zur Tür. Sie hatte sich doch noch dazu überwinden können, ihm den Puls zu fühlen. Da war ein Pochen gewesen. Schwach, aber es war da gewesen.

„Aber Joy", rief er panisch. „Wo willst du hin?"

„Ich bin gleich wieder da", sagte sie. Etwas in ihrer Stimme klang derart entschlossen, dass Bela nickte.

„Sei vorsichtig", rief er noch. Dann zog sie die Tür ins Schloss.

Joy trat in die Kälte hinaus. Der Innenhof war mit Lichterketten geschmückt. Über dem Brunnen leuchtete ein Stern, den Joy zusammen mit Milan angebracht hatte. Der Schnee knirschte unter ihren Sohlen. Sie war auf dem Weg zur Alten Mühle hinauf, mit jedem Schritt wurde es dunkler und leiser.

Plötzlich wurde die Stille so umfassend, dass Joy das Weltall spürte. Für einen Moment hielt sie inne. Lautlos fiel der Schnee, und es war, als fiele sie mit ihm. Sie spürte jenes gewaltige, großartige Nichts, das sie umgab – und es machte ihr keine Angst.

Entschlossen schritt sie voran, der Strahl ihrer Taschenlampe folgte der dunklen, glänzenden Spur im Schnee, die sie zum Eingang zur Alten Mühle führte. Die Tür stand offen. Auf der Treppe war Blut.

Joy betrat das Gebäude. Der Strahl ihrer Taschenlampe geisterte durch den holzgetäfelten Eingangsbereich, in dem es nach Rauch stank. Auch die Tür zur Küche stand offen. Joy leuchtete hinein. Nichts.

„Kronos?", rief sie. Ihre Stimme wurde vom Holz geschluckt.

Ihre Schritte klackten auf den Holzdielen. Das Blut führte ins Esszimmer, langsam ging sie darauf zu. Im Mauerdurchbruch blieb sie stehen. Sie bemerkte das schwache Flackern einer Kerze, die auf dem Esstisch stand. Eine Person saß auf der Bank.

Die dunkle Gestalt hatte Joy den Rücken zugedreht. Sie schien durch das Fenster auf das Mühlental hinauszublicken. In der Hand hielt sie eine Zigarette, die sie in regelmäßigen Abständen zum Mund führte. Der ausgeatmete Rauch brachte die Kerzenflamme zum Flackern.

Joy zog ihre Waffe und ging in den Raum hinein.

Ihre Schritte waren deutlich zu hören, doch die Person am Tisch reagierte nicht. Sie schien keine Angst zu haben. Alles, was sie tat, war, die Zigarette zum Mund zu führen. Sie rauchte, als wäre sie alleine auf der Welt, als wäre das Ein- und Ausatmen des Rauchs ihre einzige Aufgabe.

Nachdem Joy nah genug dran war, erkannte sie das Gesicht. Es flackerte im Kerzenschein.

„Scheiße“, fluchte Joy. „Was machst du denn hier?“

Karina Decker drehte langsam ihr Gesicht zu ihr. Es war schön wie das Gesicht eines Engels, aus den ebenmäßigen Zügen starrten zwei große, blaue Augen.

„Ist er tot?“, fragte Karina. Der Engel rauchte.

„Ich weiß es nicht“, gab Joy als Antwort. Dann zog sie einen Stuhl unter dem Tisch hervor und setzte sich. „Und du?“

„Ich wollte das nicht“, erwiderte Karina tonlos. Dann drückte sie ihre Zigarette direkt auf dem Holztisch aus. „Ich wollte nur mit ihm reden.“ Mit zitternden Fingern klopfte sie eine neue Zigarette aus der Schachtel, die neben ihr lag. „Jemand musste es doch zu Ende bringen.“ Das Feuerzeug klickte. „Manuel sitzt in Untersuchungshaft. Julius macht sich die Hände nicht schmutzig. Mein Bruder, Martin und Niko schaffen das nicht mehr. Seit dem Prozess um den alten Wagner sind sie nur noch Schatten ihrer selbst.“

„Bleibst also du“, sagte Joy und griff ebenfalls nach dem Päckchen, obwohl sie nicht rauchte.

„Die Männer haben damals zu viel zerstört“, sagte sie und blickte Joy fest in die Augen. Leise fügte sie hinzu: „Jemand musste das rächen.“

Joy legte ihre Hand auf die Schulter der jungen Frau.

„Nach unserem Gespräch auf der Terrasse“, fuhr Karina fort. „Da habe ich das Geheimfach im Schreibtisch meiner Mutter aufgebrochen. Ich habe den Abschiedsbrief gefunden.“ Sie zündete sich die nächste an. Dann sagte sie mit erloschener Stimme: „Mein Vater hatte meiner Mutter geschrieben, dass er das nicht mehr aushalte. Dass er versucht habe, Baldur Fürst und Alexander Wagner dazu zu überreden, sich zu stellen, die Schuld einzugestehen. Doch das war keine Option für die beiden. Sie hatten ihm gedroht, dass sie seine Familie vernichten würden, wenn er mit der Geschichte an die Öffentlichkeit ginge.“

Joy zündete sich eine an, um der jungen Frau nahe zu sein.

„Dabei haben sie das ohnehin getan“, fuhr Karina bitter fort. „Sie haben uns zerstört. Nachdem mein Vater tot war, konnte ich nicht mehr studieren. Wir hatten kein Geld.“

Joy inhalierte den Rauch. Der scharfe Qualm drang in ihre Lungen, wo er den Schmerz betäubte. Dann fragte sie: „Was wolltest du studieren?“

„Astronomie“, antwortete Karina mit einem Lächeln. „Ich wollte Astronautin werden.“

Karina sah zu ihr hoch. Ihr Blick war tief und stark. „Ich wollte den alten Fürst nicht umbringen!“, bekräftigte sie.

„Ich wollte nur mit ihm reden. Ich wollte, dass er seine Schuld begreift."

Das haben schon andere versucht, dachte Joy, und drückte die Zigarette wieder aus.

Karina schloss für einen Moment die Augen. „Ich habe dem alten Fürst geschrieben", sagte sie. „Als Kronos. Er soll zur Alten Mühle kommen, habe ich geschrieben. Sogar eine Sichel habe ich mitgebracht." Sie deutete mit dem Kopf nachlässig zum Fensterbrett hinüber, auf dem eine alte, rostige Sichel lag.

Karina inhalierte den Rauch.

Joy hustete.

„Ich dachte eigentlich auch gar nicht, dass er kommt", fuhr Karina fort. „Doch er kam. Als er dann vor mir stand und mich erkannt hat, hat er mich als Nutte beschimpft. Als Hure. Als die größte Schlampe vom Dorf. Und meinen Vater hat er als Schlappschwanz bezeichnet." Ihr Mund verzog sich zu einem schiefen Grinsen. „Und dann packte er mich plötzlich am Arm", fuhr sie kopfschüttelnd fort. „Ich sollte es ihm besorgen, sollte ihm einen blasen, lauter so widerliches Zeug hat er gebrabbelt. Ich glaube, er war ziemlich besoffen. Ich habe gelacht. Doch das machte ihn wütend. Ich hätte nicht gedacht, dass er so viel Kraft hat."

Joy hustete wieder.

„Und da habe ich plötzlich zugestochen", gestand Karina mit tonloser Stimme. „In seine Hände, die Arme. Ich weiß nicht, was ich alles getroffen habe." Sie blickte in die Kerze hinein und blies den Rauch gegen die Flamme. „Irgendwann ist er dann zur Tür raus."

Draußen fiel der Schnee.

„Mehr weiß ich nicht mehr", fügte Karina leise hinzu.

Sie blickten über das Mühlental hinweg.

„Das war Notwehr“, sagte Joy schließlich.

Karina nickte. Verzweifelt krallte sich ihr Blick in ihren, als sie sagte: „Das war es wirklich, Joy! Wirklich!“

„Ich weiß.“

Karina rauchte. Draußen fiel der Schnee.

„Ist er tot?“

„Er ist schon lange tot“, antwortete Joy. „Selbst wenn er die letzten Jahre noch so getan hat, als lebte er.“

Joy starrte auf die Flecken am Boden.

Sirenen waren in der Ferne zu hören. Keine fünf Minuten, und sie würden hier sein. Vielleicht zehn, wenn die eintreffenden Helfer den alten Fürst zuerst versorgten. Im Gang waren Schritte zu hören.

Jemand war im Flur.

Karina und Joy blickten sich an.

Joy griff nach ihrer Waffe und trat in den Flur hinaus. Das war ein Fehler. Denn im selben Moment wurde sie von jemandem zur Seite gerissen und grob gepackt. Die Mündung einer Pistole grub sich in ihre Wange.

„Was soll das verdammt“, fluchte sie.

„Joy!“ Colin ließ die Waffe sinken.

Schwer atmend standen sie sich gegenüber und blickten sich tief in die Augen, solange, bis Joys Puls sich beruhigte. Dann ließ sie sich in Colins Arme fallen, der sie wortlos festhielt.

„Frohe Weihnachten“, murmelte sie an seiner Brust.

Er nickte. Sein Bart kratzte an ihrer Wange. So standen sie da, bis die Polizei die Alte Mühle stürmte und Karina Decker festnahm.

COLIN

Liebe beginnt jenseits von Gut und Böse.
Dort, wo der Hass endet.

„Du hast mich all die Wochen im Unklaren gelassen", sagte Joy. Ihr Ton klang vorwurfsvoll. „Und ausgerechnet heute willst du mich aufklären?"

„Richtig", erwiderte Colin.

Es war ein kalter Januartag, an dem sie gemeinsam durch den Wald gingen, der hinter der Alten Mühle begann. Der Boden war gefroren und fühlte sich hart an. Colin blickte zu Joy hinüber. Ihr Atem stand weiß in der Winterluft. Sie trug eine dicke Fellmütze, unter der ihre braunen Haare hervorquollen.

„Warum heute?", fragte sie.

„Weil der Prozess gestern zu Ende ging."

„Ja und?", fauchte sie.

Colin hatte Joy das klärende Gespräch viel zu lange verweigert; wenn sie deshalb wütend war, konnte er das verstehen. Das, was er ihr jetzt zu sagen hatte, würde sie noch wütender machen.

„Ich konnte in den letzten Monaten nicht offen mit dir reden", sagte Colin geradeheraus. „Du wärst imstande gewesen und hättest das Urteil verhindert."

Joy sah ihn an. Ihre Wangen waren gerötet. Ihr Blick war scharf und durchdringend wie eine Rasierklinge. Dieser Blick hatte so viel Kraft, dass Colin unweigerlich verstummte. Joy war nicht mehr die kleine, überforderte Joy; sie war so viel stärker geworden im letzten halben Jahr.

„Warum hätte ich das Urteil verhindern sollen?", fragte sie. „Das Gericht hat entschieden. Julius hat gewonnen. Das akzeptiere ich."

Colins Blick wanderte über den Waldboden. Ja, Julius hatte gewonnen. Mal wieder hatte er gewonnen. Sein Bruder Manuel war nach dem Grundsatz *in dubio pro reo* vom Vorwurf des Mordes an seinem Vater freigesprochen worden: Im Zweifel für den Angeklagten. Früher hätte man das einen Freispruch zweiter Klasse genannt, doch dagegen verwehrte sich die deutsche Justiz seit Neuestem. Dabei fühlte wahrscheinlich jeder, der den Prozess verfolgt hatte, dass etwas mit Manuels Freispruch nicht stimmte. Doch niemand schien es dem jungen Mann mit dem Down-Syndrom wirklich übel zu nehmen, hätte er getan, was ihm vorgeworfen wurde. Durch den Prozess hatte die Welt erfahren, was für ein gewalttätiger Mann sein Vater Alexander Wagner gewesen war. Und welches Verbrechen er zusammen mit dem Arzt Erwin Schädler, dem Wirt Baldur Fürst und dem Mechaniker Thomas Decker begangen hatte. Thomas Decker, das musste allerdings erwähnt werden, hatte die ganze Geschichte Jahre später zur Anzeige bringen wollen. Er hatte gespürt, dass die Schuld sein Leben zerstörte. Tatsächlich war sein Unfall ein Selbstmord gewesen, den er im Brief an seine Frau angekündigt hatte. Im Zuge des Prozesses hatte Karinas Mutter der Tochter endlich die Wahrheit gesagt.

Auch Arthur Maier, der Polizist, war nicht so skrupellos gewesen wie Alexander Wagner oder Baldur Fürst. Nachdem er den Unfallbericht im Fall Diana Fürst den Aussagen der Männer „angeglichen hatte", wie er es vor Gericht formuliert hatte, war er stillschweigend in die Landwirtschaft gewechselt. Sein schlechtes Gewissen hatte ihm nicht mehr erlaubt, weiterhin als Polizist zu arbeiten. Dennoch war es damit nicht getan. Nach seinem Geständnis wartete Arthur Maier jetzt – achtzehn Jahre nach der Tat – auf seinen eigenen Prozess. Es musste geklärt werden, ob er sich der Beihilfe zum Mord schuldig gemacht hatte.

Es knackte, als Colin auf eine gefrorene Pfütze trat.

Joy schwieg. Sie schien zu warten, bis er von sich aus zu erzählen begann.

Ganz Deutschland hatte Anteil am Schicksal von Diana Fürst und Manuel Wagner genommen. In Schwandorf hatte das Entsetzen wochenlang wie eine Glasglocke über der Gemeinde gelegen, die alle am Atmen gehindert hatte. Noch immer schüttelte man den Kopf, wie das hatte passieren können: Wie war es möglich, dass diese Männer einmal das halbe Dorf kontrolliert hatten? Viele verstanden das nicht. Und die, die es verstanden, blickten tief in sich hinein und waren erschüttert über die Undurchdringlichkeit menschlicher Verstrickungen.

„Der Titan ist am Ziel." Joys Worte klirrten wie Eiszapfen in der Luft. „Aber ich verstehe nicht, warum sein Ziel auch dein Ziel ist. Ich warte noch immer auf eine Erklärung, Colin."

Ein dunkler Vogel saß auf einer Birke und krähte, als sie vorübergingen.

Die Wahrheit im Fall *Kronos* war jahrelang misshandelt worden. Nach siebzehn Jahren hatte sie die Züge ihrer Folterknechte angenommen, weshalb viele Leute erschraken, wenn sie sie zu Gesicht bekamen. Weshalb einige Leute sie trotz allem nicht als eine von ihnen akzeptieren wollten. Auch im Dorf gab es eine Minderheit, wenn auch eine verschwindend geringe, die einfach nicht glauben konnte, was mitten unter ihnen geschehen war.

Colin hatte dazu beigetragen, dass die Wahrheit sich zeigte, egal, wie groß der Widerstand dagegen gewesen war. Doch rechtfertigte das sein eigenes Tun? Rechtfertigte die Wahrheit wirklich die Grausamkeit? Nein. Er kannte die Antwort – und dennoch hatte er nicht anders handeln können.

„Colin?" Joy warf ihm einen Blick zu. Es war eine abermalige Aufforderung, mit ihr zu reden.

„Damals an dem Morgen, als die Leiche auf dem Acker lag", begann Colin endlich, seine Geschichte zu erzählen, „da habe ich ihn gleich erkannt. Ich wusste sofort, dass es sich um Alexander Wagner handelt."

„Dann hättest du den Fall abgeben müssen", erwiderte Joy. Sie klang nicht überrascht. Diesen Teil hatte sie sich mittlerweile wohl selbst schon zusammengereimt.

„Richtig", sagte Colin. „Abgeben hätte ich müssen. Aber ich habe es nicht getan."

Sie gingen weiter.

„Also warum?" Joy wurde zusehends ungeduldiger.

Colin blickte in die Graustufen des Himmels, der zwischen den Wipfeln der Birken stand. Dann sog er die Winterluft ein, die seine Lungen mit Kälte füllten.

„Elena“, sagte er schließlich. Es musste heraus. So wie die Kälte wieder heraus musste.

„Elena Wagner? Die Mutter von Julius?“ Joy blieb stehen und sah ihm in die Augen. „Was ist mit ihr?“

„Ich habe sie“, Colin schluckte. „Ich habe sie geliebt. Als sie starb, bin auch ich gestorben.“

„Elena Wagner?“ Joys Pupillen weiteten sich vor Überraschung.

„Sie war meine Frau“, sagte Colin. Seine Tränen gefroren, noch bevor sie fließen konnten.

„*Deine* Frau?“ Joy starrte ihn fassungslos an. „Sie war *deine* Frau?“

„Also wir waren nicht verheiratet“, erklärte Colin. „Aber dennoch war sie meine Frau.“

Joys Blick drang tief in sein Innerstes vor, dann nickte sie und sagte: „Das ist verdammt romantisch.“

Colin starrte in die Ferne. „Findest du?“, fragte er tonlos.

Schweigend gingen sie weiter. *Erinnerst du dich, Elena, wie auch wir schon hier gegangen sind? Durch diesen Wald?* Obwohl sie seit zwölf Jahren tot war, erinnerte sich Colin an jedes Wort und an jede Sekunde. Wahrscheinlich war er wirklich längst verrückt geworden.

„Romantik ist das eine“, sagte Joy plötzlich nüchtern. „Das Gesetz ist das andere. Du hättest den Fall abgeben müssen, Colin.“

Er öffnete den Mund für eine Antwort, doch dann schloss er ihn wieder.

„Wie lange warst du mit Elena zusammen?“, fragte Joy schließlich.

„Fünf Jahre.“ Colin tastete nach der Schachtel Zigaretten, die irgendwo in seiner Jacke stecken musste. „Wir haben uns im Krankenhaus kennengelernt, im Mai 2003. Sie hatte gerade ihre Brustkrebsdiagnose erhalten, als ich den Gang entlang kam. Elena stand am Fenster und blickte über die Stadt hinweg. Die Sonne schien, das Schloss glänzte in der Ferne. Ich sehe es heute noch vor mir, ebenso wie Elenas Rücken, der ein schwarzes Loch in dem Ganzen war. Ich konnte einfach nicht vorbeigehen. Da war etwas, das ich nicht erklären kann. Bis heute nicht. Eine gewaltige Anziehung. Also sprach ich sie an. Als sie sich umdrehte und mich ansah, war es klar.“

„Was war klar?“

„Alles.“

Colin zog die Packung Zigaretten aus seiner Jacke und klopfte mit zitternden Fingern eine hervor.

„Dann kanntest du Julius natürlich auch“, stellte Joy fest.

„Ja.“ Colin fingerte das Feuerzeug aus seiner Hosentasche und zündete es an. Für einen Moment starrte er in die blasse Flamme, dann hielt er die Spitze der Zigarette hinein. „Als ich Elena kennenlernte, war Julius fünfzehn. Als sie starb, zwanzig. Julius war damals auf dem Internat in England, aber in den Ferien kam er zu uns. In diesen fünf Jahren bin ich zu einem Ersatzvater für ihn geworden.“

„Und Manuel?“

Ihre Schritte verlangsamten sich, und Colin zog an der Zigarette, bis die Glut das Papier durchdrang. Es knisterte. Dann gingen sie weiter. Die Kälte und der Rauch brannten in seiner Lunge. In den letzten Tagen hatte er wiederholt

Blut gehustet. Colin zerstörte sich selbst, er wusste es, doch der Gedanke schreckte ihn nicht.

„Manuel habe ich nie kennengelernt“, antwortete er aus einer weißen Wolke heraus. „Der Junge war damals in einer schwierigen Phase, er war aggressiv, vertraute niemandem, auf Fremde reagierte er mit Rückzug. Elena meinte, es würde ihn nur noch mehr verwirren, wenn er mich kennenlernt.“

Colin und Joy gingen weiter in den Wald hinein.

Ihre Schritte knirschten auf dem gefrorenen Boden.

„Damals in der Wohnstätte *Am Sonnenbühl*, da habe ich Manuel zum ersten Mal gegenüber gesessen“, fuhr Colin fort und blies den Rauch aus. „Das war nicht einfach für mich.“ Er stockte. „Zumal er Elenas Augen hat.“ Wieder atmete er den Rauch aus. Die Luft schlängelte sich weißlich um einen Birkenstamm. „Und ich Manuel überführen musste. Ich wusste ja von Julius, dass Manuel auf dem Konzert war. Nach dem Leichenfund habe ich lange mit Julius telefoniert.“

Joy sah ihn an. „Dann hat Julius das alles geplant gehabt?“, fragte sie. „Einen Mord mit Freispruch? Und du hast ihm geholfen? Hat er auch mich von Anfang an für seinen Plan missbraucht?“

„Jein“, sagte Colin und mied ihren Blick.

Tatsächlich hatte Joy eine wichtige Rolle gespielt in dem Prozess, indem sie vor Gericht das Alibi von Julius infrage gestellt hatte. Die Möglichkeit, dass Julius am Tatort gewesen sein könnte, hatte seinen Bruder Manuel entlastet. Dennoch waren die Aufzeichnungen vom Flughafen Frankfurt nicht ausreichend, um gegen Julius Anklage zu erheben. Zudem hatte sich die gesamte Dorfcombo vor

Manuel gestellt. Die Anwesenheit von Martin, Niko und Jonny am Tatort hatte die Zweifel an Manuels Täterschaft verstärkt. Denn das Gericht hatte nicht zu hundert Prozent ausschließen können, dass vielleicht doch einer dieser Männer zurückgekehrt war, die in einem eigenen Prozess wegen Körperverletzung und Beihilfe zum Mord angeklagt worden waren. Auf der Tatwaffe hatten sich mehrere Fingerabdrücke gefunden, auch die von Martin, Niko und Jonny. Ihre Erklärung lautete, dass Manuel die Hippe aus dem Werkzeugkasten der Band genommen hatte. Sie brauchten dieses Werkzeug, um damit Kabel für die Technik der Soundanlage zurechtzuschneiden.

Schweigend gingen sie weiter.

Colin war sich nicht sicher, ob die Dorfcombo-Jungs Manuel nicht sogar dazu ermutigt hatten, die Hippe aus dem Werkzeugkasten zu nehmen. Sie hatten ja alle auch ein Motiv für Wagners Tod – und kein schlechtes.

„Okay“, sagte Joy schließlich. „Julius, Martin, Niko und Jonny haben sich alle vor Manuel gestellt, indem sie sich selbst verdächtig gemacht haben. Das war der Plan, um zu einem Freispruch für alle zu gelangen.“ Sie rieb ihre Hände aneinander, die in dicken Fäustlingen steckten. Dann fragte sie: „Aber wer war es nun wirklich? Weißt du es?“

Colin nahm einen letzten, tiefen Zug, dann schmiss er die Zigarette auf den Waldboden, wo die Glut nach wenigen Sekunden erlosch.

„Manuel hatte Julius am Montag, den 29. Mai, in New York angerufen“, wiederholte Colin das, was Julius ihm erzählt hatte. „Manuel habe aufgelöst geklungen, verwirrt. Der Vater wolle ihn aus dem Heim nehmen, hatte er zu Julius gesagt, weil ihm das Heim zu teuer werden würde.

Dabei war Elisabeth Braschel die einzige Person außer Julius, zu der Manuel wirklich eine Bindung aufgebaut hatte."

Nachdem die Wohnstätte *Am Sonnenbühl* im April eine Erhöhung der Monatsbeiträge angekündigt hatte, erwog Alexander, den Sohn in eine günstigere Wohnstätte zu schicken. Dahinter steckte Rebekka Schumann, die zweite Frau, die es einfach nicht ertragen hatte, dass Alexander jeden Monat für seinen Sohn aus erster Ehe eine größere Summe überwies.

„Manuel hatte Julius am Telefon angekündigt, dass er den Vater am Mittwochabend umbringen würde", fuhr Colin fort. „Daraufhin ist Julius am Dienstag nach Frankfurt geflogen, so wie du es vermutet hast." Er blickte Joy an. Um eine braune Haarsträhne hatte sich Raureif gebildet. „Julius hat den bereits gebuchten Flug seines Mitarbeiters Singer dafür benutzt, um nach Deutschland zu kommen. Bei der Ausreise hatte er plausibel darlegen können, dass er den Flug mit seinem Angestellten kurzfristig aus geschäftlichen Gründen habe tauschen müssen. Doch auf der Passagierliste der Fluggesellschaft wurde er weiterhin unter dem Name Singer geführt."

Ein großer Ast lag über dem Weg.

Joy machte einen großen Schritt darüber hinweg.

„Anfangs wollte Julius nur verhindern, dass Manuel etwas tut, was er später bereuen würde", sagte Colin und ging um den Ast herum.

„Julius flog nach Deutschland, um den Mord zu verhindern?" Joy schüttelte den Kopf. „Das glaube ich nicht. Sonst hätte er das mit dem Flug doch aufgeklärt. Stattdessen habt ihr das als Alibi missbraucht."

Joy hatte recht. Einerseits. Und dennoch glaubte Colin, dass Julius ihm gegenüber die Wahrheit gesagt hatte.

„Ich kann nur wiederholen, was Julius mir gesagt hat", erwiderte Colin. „Anfangs war wohl geplant, die Gewalttat zu verhindern. Ich glaube das, weil Julius in der Vergangenheit schon mehrmals verhindert hatte, dass sein Bruder etwas Unüberlegtes tat. Doch als Julius sich dann am Dienstagabend in Schwandorf mit Martin, Niko und Jonny zur Beratung getroffen hatte, da erzählten sie ihm zudem von der Sache mit der Pacht. Alexander Wagner hatte über einen Anwalt gedroht, die Pachtverträge aufzulösen. Martin, Niko und Jonny müssten die Grundstücke kaufen, auf denen die Häuser ihrer Väter standen. Ansonsten käme es zum Abriss."

„Ist das rechtlich überhaupt möglich?", fragte Joy.

„Die Drohung hat gereicht", erwiderte Colin.

Sie gingen weiter. Ein Teil des Waldbodens war mit Blättern bedeckt, die der Raureif zu einem Teppich verbunden hatte.

„Und was ist dann passiert?", fragte Joy. Ihre Nasenspitze lugte rot vor Kälte unter der Fellmütze hervor.

„Julius hatte den ganzen Abend in seinem Auto auf dem Parkplatz beim Konzert gesessen, um im Notfall eingreifen zu können", antwortete Colin. „Nachdem Manuel mit der Hippe im Maisfeld verschwunden ist, hat Julius sofort Niko angerufen. Der hat bestätigt, dass Manual den Vater gefunden hat. Daraufhin ist Julius sofort zum Tatort geeilt, auch die Jungs von der Dorfcombo sind zurückgekehrt."

„Also haben sie doch gelogen?"

„In diesem Punkt ja", erwiderte Colin. „Aber als sie am Tatort ankamen, da hat Alexander Wagner noch gelebt.

Manuel habe weinend neben dem blutenden Körper des Vaters gesessen. Spätestens hier muss der Entschluss endgültig gefallen sein. Der Entschluss, Alexander Wagner nicht zu retten."

Etwas raschelte im Unterholz.

Joy schüttelte den Kopf. „Aber war es wirklich Manuel, der das Messer geführt hat? Ist das sicher?"

Colins Finger waren steif vor Kälte. „Ich weiß es nicht genau", sagte er niedergeschlagen. „Ich glaube schon. Aber das hat Julius selbst vor mir offen gelassen, um im Zweifelsfall vor Gericht im Vorteil zu sein. Julius ist zwar mein Junge. Aber er ist auch einer der besten Anwälte, die ich kenne." Colins Hände zitterten. Er steckte sie wieder in die Jackentaschen. „Ich weiß nur, dass Manuel seit Jahren den Vorsatz, sich am Vater zu rächen, mit sich herumgetragen hat. Andererseits hat er es immer wieder nicht geschafft, diesen Vorsatz auch wirklich umzusetzen."

„Was, wenn Manuel sich doch nicht getraut hat?", fragte Joy wieder.

„Für mich steht nur eins fest", erwiderte Colin. „Wenn Julius einen Plan fasst, dann setzt er diesen auch um. Julius besteht sozusagen aus Plänen. Wenn Julius entschieden hatte, dass in der Nacht zum Vatertag allem ein Ende bereitet werden sollte, dann kam es zum Ende. Selbst wenn Manuel in letzter Sekunde zurückgezogen haben sollte, hätte Julius die Tat vollendet. Für seinen Bruder – und für seine Mutter." Colin schluckte. „Letztlich wissen nur die beiden Brüder, wer den letzten Schritt vollzogen hat."

Die Bäume standen dicht beieinander. Mitten in die unheimliche Stille des Waldes hinein sagte Colin: „Vielleicht ist es auch egal, wer es getan hat. In diesem Moment schlug nur ein Herz in den Brüdern. Elenas Herz."

Colin taste abermals nach der Packung Zigaretten.

„Wie kam Manuel zu dem Konzert?", fragte Joy nachdenklich. „Hat Julius ihn abgeholt? Hat er ihn hingefahren? Das spräche doch eindeutig für eine geplante Tat."

„Julius wollte ihn tatsächlich am Mittwochabend in der Wohnstätte *Sonnenbühl* abholen", erwiderte Colin. „Doch als er dort um sechs eintraf, war Manuel bereits fort."

„Ich denke, er war beim gemeinsamen Abendessen?" Joy sah ihn überrascht an. „Dann hat uns die Braschel angelogen?"

„Offensichtlich", erwiderte Colin. „Stille Wasser, du weißt schon."

Joy schien nachzudenken. Ihr Blick verlor sich zwischen den Stämmen.

„Manuel ist die gesamte Strecke von Sonnenbühl bis zum Konzert zu Fuß gelaufen", fuhr Colin fort. Er fischte eine Zigarette aus der Packung, zündete sie aber nicht an. „Das sind fast dreißig Kilometer. Das spricht für den starken Entschluss, es diesmal zu tun."

„Der Weg führt über die Alte Mühle", entgegnete Joy.

„Wenn man durch den Wald kommt, ja", erwiderte Colin. „Warum?"

„Ich war an dem Abend draußen, mit Pirat", sagte sie leise. Ihre Augen spiegelten die Stille des Waldes. „Ich habe gespürt, dass etwas nicht stimmt. Jemand hatte sich hinter den Büschen versteckt. Dann war das also Manuel?"

„Gut möglich", sagte Colin. „Ich weiß, dass Manuel sich vor dem Konzert mehrere Stunden in der Alten Mühle aufgehalten hat."

„Manuel war das also“, sagte Joy mit zitternden Lippen. „Also spinne ich nicht.“

„Natürlich spinnst du nicht“, erwiderte Colin. „Das hat dir Henry eingeredet. Aber du bist nicht psychisch krank, Joy. Er ist es.“

Wie konnte sich eine jahrelange Abwertung nur so tief in einen Menschen einfressen? Die menschliche Seele funktionierte grausam. Ein Spiegel, der nicht zwischen Gut und Böse unterschied, sondern sich einfach alles zu eigen machte.

Colin und Joy gingen weiter.

„Henry“, flüsterte Joy kaum hörbar. „Weißt du, wer ihm die WhatsApp geschickt hat?“

„Julius“, sagte Colin. Er konnte und wollte seine Sucht nicht länger kontrollieren und zündete sich die nächste Zigarette an. „Du hast Julius anscheinend von Henry erzählt, also dass Henry dich …“

Joy wandte den Blick sofort ab. Colin inhalierte den Rauch. Warum hatte sie *ihm* das nicht erzählt? Warum hatte sie dieses Vertrauen zu Julius gefasst, nicht aber zu ihm?

„Mein Gott.“ Joy schüttelte den Kopf. „Julius ist unberechenbar.“

„Julius wollte Henry unter Druck setzen“, verteidigte Colin den Jungen. „Als ihr euch getroffen habt, Ende September, da hat er es wohl geschafft, an dein Handy zu gelangen. Er wollte dir helfen, Joy.“

„Willst du mich verarschen? Julius wollte mir nicht helfen“, sagte sie hart. „Mit der Kronos-Nachricht hat er mich doch beinahe abgesägt. Und das nur für seinen eigenen Vorteil! Er wollte einfach vor Gericht zusätzlich

Verwirrung stiften, damit die Zweifel an der Täterschaft von Manuel sich verstärkten. Und das hat er ja auch geschafft. Er hat mich missbraucht."

„Ich verstehe deinen Groll", erwiderte Colin. Julius konnte so sein, selbst zu den Menschen, die er liebte, konnte er grausam sein. So wie er selbst.

Mit dieser WhatsApp hatte Julius Joy tatsächlich massiv geschadet. Denn Henry hatte seine Ex-Frau deswegen angezeigt. Henry hatte behauptet, die Kronos-Nachricht vor dem Hintergrund des laufenden Prozesses als Drohung zu empfinden. Er hatte behauptet, eine Polizistin, die solche Nachrichten schreibe, sei unzurechnungsfähig. Letztlich hatte Henry Joy sogar als mögliche Täterin im Mordfall *Kronos* präsentiert. Es war ein Glück gewesen, dass das zuständige Gericht Joy geglaubt und die Sache nicht weiter verfolgt hatte.

„Wie konnte ich auch nur so blöd sein?", sagte Joy und lachte. „So leicht gebe ich mein Handy nicht mehr aus der Hand."

Colin wusste, was sie meinte. Nachdem Milan seinen Tee über ihr Smartphone gekippt hatte, war die Hörmuschel ausgefallen. Julius hatte ihr in dem Gespräch Ende September en passant angeboten, das zu reparieren. Zu diesem Zweck hatte sie ihm sogar ihr Passwort verraten.

„Julius hat mich benutzt", wiederholte Joy. „So wie er alle benutzt hat. Auch die Mutter seiner Freundin."

Lucy Brandstetter, die Dame, mit der Alexander im Maisfeld verschwunden war, hatte auf wiederholte Nachfrage der Staatsanwaltschaft zugegeben, dass doch eine „lose Verbindung" zwischen ihr und dem späteren Mordopfer bestanden hätte. Ihre Tochter sei nämlich mit dem Sohn von Alexander befreundet gewesen, mit Julius. Das hätte sie aber erst im Nachhinein erfahren, denn ihre Tochter hätte viele Freunde.

„Das Ganze war doch ein gut ausgetüftelter Plan", fügte Joy hinzu. „Davon bin ich immer mehr überzeugt. Julius hat auch dich dafür benutzt."

Colin schüttelte den Kopf. „Niemand kann mich benutzen", sagte er. „Ich tue nur das, was ich tun muss. Egal für wen."

Joy sah ihn an. In ihrem Blick stand kein echter Groll. Das, was sich darin spiegelte, war die Tiefe des Himmels.

So wie dein Blick, Elena. Darin habe ich mich verloren.

„Elena war eine hochgebildete Frau." Colin lächelte für einen Moment. Dann inhalierte er den Rauch und fügte hinzu: „Im Grunde war sie nie in Schwandorf zu Hause gewesen, sondern immer schon in der italienischen und europäischen Literatur. Eigentlich hätte sie das Verlagshaus ihres Vaters übernehmen sollen. Das wäre ihr Weg gewesen. Doch nein, sie verliebte sich in diesen Bauernlümmel Alexander Wagner." Colin hustete, warf die Zigarette weg und trat sie aus.

Joy sah ihn besorgt an.

„Und wer weiß, vielleicht wäre ihre Ehe ja auch gut gegangen", fuhr Colin schwer atmend fort, „so gut wie andere Ehen halt auch. Wenn Manuel nicht mit einem Gendefekt zur Welt gekommen wäre, hätten sie es vielleicht geschafft. Erst da zeigte sich die ganze Brutalität von Alexanders Charakter, sein auf Äußerlichkeiten gegründetes Selbstwertgefühl, seine Unfähigkeit, zu lieben." Colin atmete schwer. „Alexander konnte einfach nicht akzeptieren, so einen Sohn zu haben. Und er forderte auch von

Elena, sich von dem Kind zu distanzieren. Doch das hat sie nie getan. Seit Manuel auf der Welt war, bekam Elena die ganze Härte ihres Ehemannes zu spüren."

Colin zündete sich die nächste Zigarette an. Joy hob für einen Moment den Arm, als wollte sie dagegen protestieren, doch dann ließ sie ihn gewähren.

„Elena war nach Manuel und Julius noch einmal schwanger gewesen", sagte Colin. Er musste darüber sprechen. „Sie gebar Zwillinge, die wie Manuel mit dem Down-Syndrom zur Welt kamen. Es war eine Hausgeburt. Alexander hatte seinen Freund Doktor Erwin Schädler gerufen, die Hebamme aus dem Dorf hatte man nach Hause geschickt. Elena bekam die Zwillinge direkt im Erkerzimmer der Alten Mühle auf der Eckbank. Sie verlor sehr viel Blut, die Flecken sieht man bis heute." Er inhalierte den Rauch. „Manuel und Julius waren damals noch klein, drei und fünf Jahre, doch sie haben alles mitbekommen. Doktor Schädler nahm die neugeborenen Babys in Empfang und brachte sie zum Vater. Eine Stunde später kam Schädler mit zwei toten Kindern zur Mutter zurück. Die Diagnose des Arztes lautete: nicht überlebensfähig aufgrund eines schweren Herzfehlers." Colins Hand zitterte, als er die Zigarette abermals zum Mund führte. „Elena glaubte das nie, weil sie spürte, dass Alexander die Kinder hatte sterben lassen wollen. Doch ihr fehlte die Kraft, gegen ihren Mann und den Arzt vorzugehen. Alles, was ihr blieb, waren ihre zwei Söhne und die Hoffnung, dass die Brüder eines Tages das Unrecht sühnten."

„Hat das niemand mitbekommen?", fragte Joy. „Die Leichen der Kinder konnten doch nicht einfach so verschwinden."

„Natürlich haben die Leute mitbekommen, dass Elena schwanger gewesen war. Doch die Kinder sind halt bei der Geburt gestorben, hieß es. Frühgeburt, hieß es, zudem behindert. So was passiert halt, hieß es.“ Colin rauchte. „Elena wollte, dass die Zwillinge unter der großen Birke beim Brunnen begraben werden“, sagte er. „Zumindest diesen Wunsch hat ihr Alexander erfüllt.“

Joys Lippen schimmerten bläulich. Sie schien an etwas Bestimmtes zu denken, doch sie brachte keinen Ton hervor.

„Weißt du, wie schwer es für mich war, diesen Arschlöchern nicht den Prozess zu machen? Es wäre mir ein Leichtes gewesen, sie vor Gericht zu bringen“, sagte er und inhalierte den Rauch tiefer. „Doch Elena hat mich angefleht, es nicht zu tun. Sie wollte die letzten Jahre ihres Lebens glücklich sein. Und nicht vor Gericht stehen. Jeder Tag war kostbar geworden.“

Joy öffnete ihren Mund. Abermals brachte sie keinen Ton hervor.

„Alexander und Schädler haben Gott gespielt, indem sie über Leben und Tod entschieden haben“, fuhr Colin bitter fort. „Hinzu kommt die Geschichte mit Diana Fürst.“ Wütend schmiss er die Zigarette weg. „Elena hatte zwar gemerkt, dass Alexander dem Mädchen nachgestellt hatte, doch dass er sie vergewaltigen würde, hatte sie nicht geglaubt. Erst als sich Diana Elena anvertraut hatte, fiel es ihr wie Schuppen von den Augen, zu was ihr Mann tatsächlich fähig war. Elena hatte das Mädchen dazu überredet, Anzeige zu erstatten. Das war kurz vor dem Unfall gewesen. Das war meines Erachtens auch der eigentliche Grund, weshalb Diana sterben musste: Damit sie vor

Gericht nicht aussagen konnte. Auch Baldur Fürst, ihr eigener Vater, hatte davon gewusst, doch aufgrund der finanziellen Abhängigkeit und der eigenen Verstricktheit in die Geschichte hatte er geschwiegen."

„Deshalb hast du ihn gefoltert?"

Colin schwieg. Wieder krähte der dunkle Vogel.

„Irgendwo verstehe ich dich ja, Colin", sagte Joy. „Aber der Rechtsstaat ist der einzig mögliche Weg. Baldur Fürst anzuzeigen wäre der richtige Weg gewesen." Sie blieb stehen und hielt ihn am Arm fest. Ihr Blick war ohne Vorwurf.

„Du bist stark geworden", erwiderte Colin. „Ich schwach. Deshalb werde ich meine Stelle auch niederlegen. Und ich möchte, dass du dich bewirbst."

Sie sahen sich an. Doch plötzlich ging Joy einfach weiter.

„Joy, warte." Er folgte ihr. „Es wird Zeit, dass Frauen wie du Verantwortung übernehmen", rief er ihr nach. „Nicht nur im kleinsten Kreis für ihre Kinder, sondern in der Gesellschaft. Dass sie Führungspositionen einnehmen und es besser machen als die Männer, die ihre Chance hatten."

„Aber das ist doch ein Mythos."

„Mythos?"

„Das Frauen es besser machen würden", sagte sie atemlos. Sie ging schnell. „Das stimmt doch nicht. Warum auch? Weil sie ein zweites X- anstelle eines Y-Chromosoms haben? Über solche Parolen sind wir doch längst hinweg."

„Sind wir nicht", beharrte Colin. Er schluckte, als er an seine Mutter dachte, die in den 68-ern eine Kämpferin für Frauenrechte gewesen war. Doch letztlich hatte sie keine

Chance gehabt. „Meine Mutter war so wie du“, sagte er. „Sie hat sich die Gesellschaft schön geredet, bei aller Kritik.“

„Warum hast du mir nie von deiner Mutter erzählt?“, fragte Joy.

„Warum hast *du* mir nie von *deiner* Mutter erzählt?“, konterte Colin.

Für einen Moment lächelten sie sich an.

„Es kommt immer auf den Einzelnen an“, sagte Joy schließlich und verlangsamte ihre Schritte. „Auf die Einzelne. Wir müssen aufhören, in Schubladen zu denken. Es gibt sie nicht: *die* Männer und *die* Frauen. Das wurde schon oft gesagt. Aber es wird wohl nie in den Köpfen der Menschen ankommen.“

„Joy“, flehte Colin abermals. „Bitte, bewirb dich.“

„Du willst also wirklich gehen?“

„Ich habe keine andere Wahl“, antwortete er.

Plötzlich blieb Joy stehen. Sie sahen sich an.

„Ich verachte das Gesetz“, fügte Colin leise hinzu, „und zugleich ist mir klar, dass wir es brauchen.“ Ihr Blick drang tiefer in seinen. Sollte er es ihr sagen? Hier und jetzt? Nein. Das wäre zu viel auf einmal, das hatte noch Zeit. Stattdessen sagte er: „Die Obrigkeit schert sich doch einen Scheißdreck um das Unrecht, das den Armen widerfährt. Aber ich mache da nicht länger mit. Ich handle, wo es nötig ist, anstatt Intrigen zu spinnen und die Leute, die wirklich für Veränderung sorgen könnten, an der Erlangung von Machtpositionen zu hindern.“

Joy sah ihn seltsam an. Ahnte sie es längst?

„Bitte, Joy, lass nicht Hagen mein Nachfolger werden." Colin blickte zu Boden. „Bewirb dich. Ich werde mich für dich einsetzen."

„Aber das ist doch total unrealistisch", entgegnete sie. „Mir fehlt doch die Erfahrung."

„Dann wirst du es lernen", erwiderte er. „Da wächst man rein. Man tut es einfach." Er sah kurz auf. „Außerdem stimmt das nicht. Warum wertest du deine Biographie permanent ab? In deinem Lebenslauf steht, dass du drei Jahre als Leiterin im Dezernat für Rauschmittel gearbeitet hast."

Joy trat auf der Stelle hin und her. In ihrem Blick flackerte etwas auf, das er nicht deuten konnte.

„Wer bist du, Colin?", fragte sie in die Stille hinein. „Warum sagst du es mir nicht?"

„Was?"

„Hast du was mit dem Moor-Kreis zu tun?"

Colin schwieg.

Als sie weitergingen, schien es dunkler geworden zu sein.

„Du bist ein Guter", beharrte Joy.

„Nein." Colin starrte vor sich hin. „Warum glaubst du das nur?" Diesmal sprach er zu sich selbst, als er sagte: „Ich bin gescheitert, Joy. Seit Jahren kämpfe ich für eine neue, wahrhaftige Moral, die sich nicht scheut, jenseits der archaischen Unterscheidung von Gut und Böse zu argumentieren. Ich kämpfe gegen die Überzeugung, dass immer nur die anderen das Böse sind. Nein, wir alle sind gut und böse, verstehst du? Ich kämpfe gegen eine Moral, die nur eine Maske ist. Die Leute tragen diese Maske der Zivilisation, doch dahinter lauert der blinde Instinkt zur Rache. Wir müssen die Maske abnehmen, damit es kein Versteck mehr gibt für das Grauen."

Joy warf ihm einen undurchdringlichen Blick zu.

„Die Menschen werden von der Politik nicht dazu aufgefordert, selbst zu denken“, fuhr Colin fort. Früher hatte er solche Reden voller Eifer gehalten, heute tat er es nur noch für Joy. „Im Gegenteil. Sie bekommen fertige Bausteine vorgesetzt. Aber weißt du, was das Schlimmste ist? Seit Jahren überprüfe ich diese fertigen Annahmen über die Welt kritisch, um die Masken zu sprengen und die Aufklärung zu vollenden.“ Er schluckte. „Und dann stehe ich vor Alexanders Leiche – und fühle nichts als Hass. An diesem Morgen gelangte ich an die Grenzen meines Verstandes. In mir erwachte der blinde Instinkt zur Rache, den ich seit Jahren bekämpfte. Das offenbarte mir einen Abgrund, vor dem mir schwindelt.“

Joy sah ihn an. Dann nickte sie.

„Ich werde für Karina aussagen“, sagte sie schließlich wie aus dem Zusammenhang gerissen. „Es war Notwehr. Ich bin mir sicher. Als ich in der Mühle eintraf, war sie panisch und verstört.“

Colin schwieg. Sein Hass auf Baldur Fürst war ungebrochen. Der Mann war drei Tage nach Weihnachten seinen Verletzungen erlegen. Colin konnte das nicht betrauern. Auf Karina wartete ein Prozess, in dem es um die Frage des Totschlags und der Notwehr ging. Wenn Colin etwas für ihren Freispruch tun konnte, würde er es tun.

Sie waren an einer Weggabelung angekommen. Der eine Weg führte zum See hinab, der andere zur Alten Mühle. Joy blieb stehen, ihr Atem war weiß, ihr Blick noch dunkler als sonst.

„Überleg es dir“, sagte Colin.

„Ich verspreche es“, sagte Joy. Dann zog sie einen Handschuh aus und legte ihre eiskalte Hand auf seine Wange. „Und du versprich mir, dass du auf dich aufpasst. Ich brauche dich.“

Joy wirkte vollkommen ruhig, als sie das sagte. Nur im Flackern ihres Blickes erkannte Colin, wie sehr sie innerlich aufgewühlt sein musste. Sie nickte ihm zu, drehte sich um und ging davon.

Joy ließ ihn einfach stehen.

Colin blickte ihr nach. Sie nahm den Weg zur Alten Mühle hinab, auf dem ihr ein kleiner, schwarz-weiß gefleckter Hund entgegenkam. Zuerst ging sie langsam, doch dann begann sie zu rennen. Beinahe sah es aus, als flöge sie ein Stück.

NACHWORT

Sie wollen wissen, wie es weitergeht?

Der Fall *Kronos* ist abgeschlossen. Jedes Buch der Colin-und-Joy-Serie steht für sich. Aber ja, trotzdem warten in der Welt von Colin und Joy noch etliche Figuren darauf, dass ihre Geschichten zu Ende erzählt werden. Wir erzählen Geschichten, um zu leben, sagte die Schriftstellerin Joan Didion. Indem wir eine Welt zum Leben erwecken, leben wir selbst. So werden Figuren, die im ersten Band zu kurz gekommen sind, im zweiten weiterleben. Joys Ex-Mann zum Beispiel wird so schnell keine Ruhe geben. Für Joys erwachte Stärke wird er sich rächen wollen, mehr noch als für alles andere zuvor.

Und haben Sie es gemerkt? Auch Joy verbirgt ein Geheimnis: Sie war schon einmal schwanger gewesen, damals von Henry, als sie gerade sechzehn Jahre war. Und ja, entgegen dem ausdrücklichen Wunsch von Henry hatte sie es nicht geschafft, dieses Kind abzutreiben. Was ist nur aus dem Baby geworden? Es müsste längst erwachsen sein. Diese Frage stellt sich Joy seitdem fast täglich.

Auch Karina Decker ist eine Frau mit viel Potential. Ich würde es ihr gönnen, wenn sie eines Tages doch noch als Astronautin ins Weltall fliegen könnte, und ich hoffe, das Gericht wird ihr Glauben schenken, dass sie in Notwehr gehandelt hat.

Dann ist da noch Colin. Was wird nur aus ihm werden, wenn er tatsächlich seinen Posten als Kriminalhauptkommissar niederlegt? Und wird Joy wirklich seine Nachfolgerin werden?

Doch seien wir ehrlich: Ein einfaches Happy End wird es weder für Colin noch für Joy geben. Das hätten sie längst haben können, jeder auf seine Weise.

Der zweite Band der Colin-und-Joy-Serie wird Antworten auf die oben gestellten Fragen geben. Er erscheint voraussichtlich im Mai 2020.

DANK

ICH DANKE …

Meiner Mutter und meinem Vater – für alles. Anders als Joy habe ich Eltern, die immer für mich da sind. Und, was fast noch wichtiger ist: für meine kleine Tochter.

Meinem Lektor Volker Maria Neumann – für die Geduld, die Spontanität und für seine ruhige Art, die mich immer wieder erdet.

Meinen Probelesern – verschiedene Menschen haben das Manuskript vorab gelesen und mir wichtige Tipps gegeben. Menschen, die mir alle auf ihre Weise sehr am Herzen liegen: Tanja Nussbaumer, Tanja Utoft, Carmen Hugger, Melanie Truhöl, Konstantin Lott, Christian Schwarz, Jule Lauterbach, Sabine Leins und Albert Drescher. Eure Arbeit ist extrem wertvoll und kann von mir nicht hoch genug geschätzt werden. Zumal ihr alle selbst mitten im Leben steht und eure Zeit ein großes Geschenk ist; vielleicht das größte, das wir geben können.

Tanja N. – für unsere Gespräche und Abende in der *Kostbar*. Deine klugen Analysen meiner Bücher und Figuren zeigen mir oft genug neue Perspektiven auf und wirken so beschwingt inspirierend. Vielen Dank dafür! Das muss endlich mal gesagt werden.

Jule – für deine Treue und für deinen scharfen Verstand. Dein nüchterner Blick für die Realität kollidiert zwar manchmal mit meinem, doch beide wissen wir, dass wir uns gerade hierin ergänzen und bereichern. Bitte bleibe noch lange an meiner Seite. Das wünsche ich mir.

Roland – für das Formatieren der Bücher.

Christian – für deine Tipps und Analysen, die über das normale Maß des Korrekturlesens hinausgingen. Sie haben die Story verdichtet und das Verbrechen in der Erde verankert.

Carmen – für deine mittlerweile langjährige Unterstützung beim Krimilektorieren. Es ist schön, seit Gymnasialzeiten bis hoffentlich ins Pflegeheim verbunden zu sein.

Michael – für die Inspiration beim Schreiben und für den letzten Lesedurchgang.

Claudia M. Spranz – für die jahrelange Lese-Freundschaft und ihr super scharfes Auge, was Fehler betrifft. Danke!

NACHWEIS DER ZITATE

Manche der Zitate am Kapitelanfang sind originale Aussprüche der Romanfiguren aus diesem Buch, manche beziehen sich in intertextueller Anspielung auf andere Romanfiguren und Autoren.

Die Quellen sind folgende:

„Ich bin mein Himmel und meine Hölle." Friedrich Schiller, *Die Räuber.*

„You can't stop the girl." *Song von Bebe Rhexa.*

„Man kommt weit mit einem Lächeln. Aber noch weiter kommt man mit einem Lächeln und einem Revolver." *Al Capone.*

„Der Mut wächst mit der Gefahr. Die Kraft erhebt sich im Drang." Friedrich Schiller, *Die Räuber.*

„Das Gesetz hat zum Schneckengang verdorben, was Adlerflug geworden wäre. Das Gesetz hat noch keinen großen Mann gebildet, aber die Freiheit brütet Kolosse und Extremitäten aus." Friedrich Schiller, *Die Räuber.*

„Ich fühle eine Armee in meiner Faust: Tod oder Freiheit!" Friedrich Schiller, *Die Räuber.*

„Ich fürchte nichts – nichts – als die Grenzen deiner Liebe." Friedrich Schiller, *Kabale und Liebe.*

„Willst du die andern verstehn, blick in dein eigenes Herz." Friedrich Schiller, *Tabulae votivae, Der Schlüssel.*

„Wer es könnte: die Welt hochwerfen, dass der Wind hindurchfährt." *Hilde Domin, Dichterin.*

„Jenseits von Gut und Böse" bezieht sich auf Friedrich Nietzsches Werk *Jenseits von Gut und Böse. Vorspiel einer*

Philosophie der Zukunft, das bereits 1886 auf eine Kritik überkommener Moralvorstellungen zielte, die ihrer Zeit weit voraus war.

FOLGE MIR – JENSEITS VON GUT UND BÖSE...

WEBSEITE: silkenowak.de

FACEBOOK: https://fb.me/SilkeNowak.de

INSTAGRAM: SilkeNowak.de

NEWSLETTER: https://silkenowak.de

MAIL: silke@drnowak.org

Printed in Poland
by Amazon Fulfillment
Poland Sp. z o.o., Wrocław

55825565R00221